IN
COUNTRY
Bobbie Ann Mason

楚尘
文化
Chu Chen

北京楚尘文化传媒有限公司 出品

在乡下

[美]博比·安·梅森 著　　　　　方玉　小二 译

中信出版集团 | 北京

图书在版编目（CIP）数据

在乡下 /（美）博比·安·梅森著；方玉，小二译 . -- 北京：中信出版社，2023.8
（博比·安·梅森经典作品）
ISBN 978-7-5217-5581-7

Ⅰ.①在… Ⅱ.①博… ②方… ③小… Ⅲ.①长篇小说－美国－现代 Ⅳ.① I712.45

中国国家版本馆 CIP 数据核字（2023）第 078665 号

IN COUNTRY by Bobbie Ann Mason
Copyright © 1985 by Bobbie Ann Mason
Chinese simplified translation copyright © 2023 by Chu Chen Books.
All Rights Reserved
本书仅限中国大陆地区发行销售

在乡下
著者：　　[美] 博比·安·梅森
译者：　　方玉　小二
出版发行：中信出版集团股份有限公司
　　　　　（北京市朝阳区东三环北路 27 号嘉铭中心　邮编　100020）
承印者：　北京启航东方印刷有限公司

开本：880mm×1230mm　1/32　　印张：11.5　　　　字数：216 千字
版次：2023 年 8 月第 1 版　　　　印次：2023 年 8 月第 1 次印刷
京权图字：01-2023-2872　　　　　书号：ISBN 978-7-5217-5581-7
　　　　　　　　　　　　　　　　定价：69.00 元

版权所有·侵权必究
如有印刷、装订问题，本公司负责调换。
服务热线：400-600-8099
投稿邮箱：author@citicpub.com

献给罗杰

I'm ten years burning down the road

Nowhere to run ain't got nowhere to go

——*Bruce Springsteen, "Born in the U.S.A."*

我已在路上奔波十年

无处可去亦无处可逃

——布鲁斯·斯普林斯汀 《生于美国》

中译本序

小 二

评论家朱迪丝·弗里曼把美国作家博比·安·梅森的小说比作"绿甘蓝和汉堡包的混搭"：一种结合了旧风俗与新事物、淳朴的乡村与发展中的都市以及地域特色与流行因素的混合大餐。

梅森自己的生活讲述的是同样的故事。在肯塔基州梅菲尔德一个小奶牛场长大的梅森从小就干着各种各样的农活：喂牛、采桑果、在烈日下除草，等等。与外部世界的接触大部分来自当地电台里播放的流行音乐。上中学时，她做过"山巅族"组合的粉丝会主席，并去底特律和圣路易斯参加"山巅族"组合的音乐会。大学毕业后她离开肯塔基去东部深造，先后在纽约州立大学宾汉姆顿分校和康涅狄格大学获得英语文学硕士和博士学位，博士论文是对纳博科夫小说《阿达》的分析研究，并以"纳博科夫的花园"为题公开发表。在西肯塔基的乡下干农活，在康州的高等学府研究纳博科夫，乡村生活与都市文化同时汇聚在她的笔下，混合碰撞，成就了梅森独特的文本。

大器晚成的梅森获得博士学位后并没有开始专职的文学创作，而是去了一所大学教授新闻传播学。她投稿的小说曾被《纽约客》退稿多达二十次，最终，在她四十岁那年，短篇小说《供奉》首次登上《纽约客》。至今，梅森已发表五部长篇小说、五部短篇小说集、一部自传和多部非虚构作品。她的第一部短篇小说集《夏伊洛公园》出版后即获当年的"美国笔会海明威奖"，同时入围"美国笔会福克纳小说奖""美国图书奖"和"国家图书评论圈奖"；自传《清泉》入围"普利策奖"；长篇小说《羽冠》和短篇小说集《蜿蜒而下的山路》分别获得"南方评论圈奖"；短篇小说《心愿》获得"小推车奖"。反映越战后遗症的长篇小说《在乡下》被改编成同名电影，由布鲁斯·威利斯和艾米丽·劳伊德出演男女主角。梅森还获得过美国文学艺术学院颁发的"文学艺术奖"，她的短篇小说多次入选《美国最佳短篇小说集》和《欧·亨利奖短篇小说年度作品集》。

特有的生活经历让梅森对城乡之间的反差以及美国南北方

的生活方式和价值观都有着充分的了解。20世纪中叶，美国南部的乡村发生了巨大的变迁。传统的生活方式和价值观受到通俗文化和来自北方新理念的挑战，高速公路和大型购物中心缩小了城市与乡村的差别，动摇和改变了农村传统的生存模式。"新住宅区像漂在水面上的浮油一样在西肯塔基扩散……那些周六下午聚集在法庭前广场上下跳棋嚼烟草的农民不见了。"（《夏伊洛公园》）。家庭、社区及自我等基本概念被重新定义。年轻人不再从事祖辈相传的劳作，而是去"新建成的工厂里上班"（《孟菲斯》），有的则被高速公路带到"北方的汽车制造厂工作"（《1949，底特律的地平线》）。传统的"美国梦"——土地、自由和一种独立的乡村生活——受到空前的挑战：生活在农村的人主动放弃了土地，选择去工厂打卡上班。虽然这些人"在新建成的工厂里上班，挣的钱比以往任何时候都多。认识的人都有一个停着各种车子的院子：摩托车、三轮摩托、跑车、皮卡等"（《孟菲斯》），但在生活得到改善的同时，他们却失去了祖辈赖以为生的土地和与之伴随的传统。

20世纪60年代兴起的女权运动则使得女性在家庭中的分工和地位发生了根本变化，这种变化在改变女性思想和行为模式的同时，也动摇了男性的统治地位。这样的变化当然会引起男性的不满。在《电波》这篇小说里，当简指责父亲丢下她、哥哥和母亲离家出走时，他的回答是："问题就出在这里，太多的女人出去工作，男人找不到工作……女人应该待在家里。"

相反，女性对于变化的态度却普遍比男性来得从容，尤其是年轻的女性。在《抽签》这篇小说里，一直不说话的外祖父在家庭圣诞晚宴上突然说道："按常理，应该男人先吃饭，孩子们在另外的桌子上吃。女人应该最后吃，在厨房里吃。"孙女艾瑞斯回答道："如今时代不同了，我们跟男人一样棒。"而出来打圆场的艾瑞斯的父亲则说："她是从电视里看来的。"这段三人之间的对话精妙地概括了不同年龄、不同性别的人物面对变化的不同态度。

梅森小说中的人物以女性居多，她们通常对自己的现状感到不满。但她们对于自身现状的认识以及面对危机所采取的态度却不尽相同。女权运动使得传统的婚姻和生育观念发生变化，保守的南方已开始接受同居、未婚生育和人工流产这些有违传统的事情。在《第三个星期一》这篇小说里，三十七岁的琳达未婚怀孕，但她不但不想和孩子的父亲结婚，还打算把孩子生出来独自抚养。女主人公鲁比宁愿与一个在跳蚤市场认识的狗贩子同居，也不愿意像其他人那样随便嫁人。她在克服世俗压力的同时，也在克服疾病造成的身体残缺（因乳腺癌而做了乳房切除）对自己的影响。《靓仔镇》里的女招待黛比则在女权意识上走到了极致，她告诉新认识的女朋友自己为什么要做结扎："你知道我为啥要做结扎吗？因为我讨厌被定义。我前夫认为每天晚上六点钟他回家的时候，我必须准时把晚饭摆到桌子上。可我也上班啊，我五点半才回家。所有买东西、打扫卫生、煮饭的事还都得我来做。我讨厌人们觉得这种事理所当然——我该做晚饭就因为我长着生育器官。"《静物西瓜》里的露易丝经受着失业和丈夫离家出走的双重打击。面对混乱和经济上的压力，她表现得异常镇静，通过画笔重新建立自己的世界。《电波》中的女主角简的同居男友失业后因骄傲而搬离她家，她自己也失业了，使得她重新振作的是去当一名无线电女兵的想法。《高粱饴》中的丽兹的婚姻出了问题，她不像以前那样爱她丈夫了："他喝醉酒的时候，做起爱来就像是在种玉米，她一点儿也不享受。"外遇艾迪后，丽兹开始了一种她向往已久的生活，但由于阶层差异，她无法融入艾迪的朋友圈，同时又担心自己会因外遇而失去孩子。但所有这些都不能阻挡她追求幸福的愿望。《定居与迁移》讲述了另一个红杏出墙的故事。小说开宗明义地说明："自从我丈夫去路易斯维尔工作后，我找了一个情人，对此连我自己都感到惊讶。"与《高粱饴》中的丽兹不同，《定居与迁移》中的"我"是个见过世面的女性，而且她丈夫是个负责任、为家庭奔波的男子，但"我"最终还是出轨了。

大部分女性却没有这样的勇气。在《夏伊洛公园》这篇小说里，诺玛的丈夫勒罗伊因伤结束了长期在外的工作回到家里后，诺玛反而无所适从了。她寻求出口的方式是做一些以前从没做过的事情,通过健身、去夜校学习和学习烹饪来调节自己。而身为卡车司机的勒罗伊则做起了模型手工,并声称要为诺玛搭建一栋木头房子。尽管双方都在为维持这段婚姻做努力,但由于缺乏沟通技能,他们的婚姻最终还是走向了破裂。除了诺玛,梅森笔下类似的女性还有很多,梅森通过她们行为的细微变化来表现她们的困惑、不满和摆脱困境的努力——尽管这种努力往往是徒劳无功的。在《退修会》这篇小说里,与做牧师的丈夫结婚十年并育有两个孩子的乔治安看似过着平静的生活,宗教信仰似乎增强了他们的婚姻,丈夫除了周日主持礼拜,平时在外面做电工补贴家用,而乔治安则帮着誊写教堂做礼拜的小册子,并在周末的礼拜仪式上担任钢琴伴奏。但乔治安并不幸福,也找不到不幸福的原因。她感觉自己受到了无形的约束,不断做出各种反叛的行为,比如在本该去教堂的礼拜天穿着牛仔裤清理鸡窝,在教堂做钢琴伴奏时故意弹错曲子,以及拒绝参加一年一度的教会退修会,等等。乔治安最终还是去了退修会,但她却在一个有关婚姻的讲座上提出一个问题:"如果你嫁的男人……是所有造物中最好的一个……可是有一天你却发现他并不是适合你的人,你们会怎么办?"乔治安自己没有找到答案。她只能通过躲在地下室里打电子游戏来获得掌控自己命运的感觉。当一个卡车司机提议为她买一杯啤酒时,她重新发现了自己被丈夫忽略的女性魅力——当然,这给她带来的仅仅是心理上的安慰而已。

在传统和变化之间,小人物一边享受变化带来的种种好处,一边却仍然缅怀变化前的世界。和传统的抗争表面上看似理所当然、冠冕堂皇,但在现实生活中,一个人固有的生活习惯、根深蒂固的道德观念,都会给大多数人带来心理上的巨大困惑与矛盾。小说《定居与迁移》中的一段话惟妙惟肖地描述了这样的人群在摆脱困境时的努力与徒劳:"我突然看见另一条车道上有一只兔子在动。它正在原地跳跃,就像跑步选手在原地做热身运动。它的前腿疯狂地摆动着,可是它的后腿被碾碎了,使它无法离开车道。"

除了以上的主题,梅森也非常关注战争给人们留下的创伤。《纽约时报》著名书评人角谷美智子称赞梅森的第一部长篇小说《在乡下》是"一部像闪光灯一样在人们脑海中留下烙印的小说"。小说的主角是一个父亲在她出生之前就丧生越战的十七岁女孩山姆·休斯,她试图收集她沉默寡言的舅舅和其他人的记忆来想象和构建她父亲的越战经历。当读到已故父亲直率且真实的战争日记时,她终于意识到她的想象只是被电视、电影培养出来的幻觉。小说以前往越战纪念碑的旅程开始和结束,分裂的三代人终于相聚在刻着山姆父亲名字的纪念牌前,释放出他们积压已久的悲伤。与梅森的大部分作品一样,这部长篇小说对广阔的郊区和乡村景观进行了精细的描述。豪生酒店、乡村厨房连锁餐厅和州际公路沿线的埃克森加油站这些在美国随处可见的商家，收音机和立体声音响里播放的流行音乐——从《大门》乐队到布鲁斯·斯普林斯汀的摇滚乐——通过叙述者的感性筛选，创造出一幅生动的音景。

大量流行元素的使用是梅森小说的另一特色。20世纪60年代大众文化的盛行对南方的传统习俗、伦理和生活观念产生了颠覆性的冲击：祖辈的生活经验被电视节目主持人的说教取代；电视广告和摇滚乐影响着人们的日常生活，潜移默化地改变着他们的思想和行为。在梅森的小说里，正在播出的电视节目和正在流行的通俗歌曲与人们的日常生活交织在一起。这点很像贾樟柯导演的电影，时装、广告和流行歌曲等带有时代烙印的东西在她的作品中随处可见。梅森想要描述通俗文化对她笔下人物的思想和日常生活的影响。这些新的文化元素潜移默化地改变着世代相传的习俗观念，梅森用近乎白描的叙事手法讲述她的人物如何自觉或不自觉地顺应着这些变化。《旧物》这篇小说里贯穿着各种电视节目。先是《今天》节目主持讨论单亲家庭问题，而《今晚》电视节目主持人一段滑稽的舞蹈让克利奥想到自己离过两次婚。《明天》这个节目里则在讨论青少年酗酒问题，梅森选择的这三个电视节目的名字本身就隐含寓意。她借助这些电视节目来呈现形形色色的社会问题。在小说《电波》里，当简的父亲让她回来和他一起住时，简的回答是："不行,我们已经不喜欢看同一个电视节目了。"

梅森很早就在为文娱杂志撰写文章,也尝试过小说创作,但直到四十岁她才找到了自己的叙述语言,这就是她祖辈使用的语言,那是肯塔基州西部一个叫作"杰克逊购置地"的半岛上居民的语言。"我用简单明了的英语写作,"她说,"那种肯塔基农村和小镇人常用的语言和韵律。我能听到他们言谈里的音乐,我觉得这种语言传达了他们对世界的态度。这就是我讲述他们的故事的语言。"而且她小说中的人物几乎全部生活在或来自这个地区,梅森也因此被一些评论家贴上"地域作家"和"南方作家"的标签。

梅森关注的对象多为蓝领阶层,他们从事着廉价购物中心收银员、餐馆女招待之类的工作,评论家们因此给她贴上了诸如"购物中心现实主义""肮脏现实主义"这一类的标签,其中最著名的是"蓝领超现实极简主义"。而梅森则俏皮地称自己的小说是"走进超市的南方哥特体"。由于写作年代以及对中下阶层的关注,很多评论家把梅森归入以雷蒙德·卡佛为代表的"肮脏现实主义"作家群。梅森的短篇小说《西瓜静物》就曾被选入英国文学杂志《格兰塔》介绍"肮脏现实主义"的专刊里。纵观梅森的作品,它们确实具有"肮脏现实主义"小说的特点,比如关注蓝领阶层,写作的手法简洁平实、注重琐碎小事、有控制的叙述、与叙事主体保持距离等；通过一些日常琐事的描写，让读者自己体会到其中的深意；摒弃修饰性的词句，以开放式的结尾激发读者了解故事真相的愿望。但不同于卡佛等人的小说，梅森的小说有其特有的品质，她更关注社会变迁对普通人的影响，注重女性意识和女性身份的认同。梅森在接受艾伯特·威廉采访时表述了自己的文学观，她认为："文学最主要的东西不是主题和象征，而是质感和情感。主题和象征就像浴帘下方的铅坠，它们只起固定浴帘的作用并赋予它形状，但它们并不是浴帘。"尽管梅森博士论文的研究对象纳博科夫是位文体家，她也承认纳博科夫和詹姆斯·乔伊斯这两位注重形式的大师对她的影响，但她并不认同纳博科夫"高度象征"的叙事方式。不过纳博科夫的"去情绪化"以及"细节就是一切"的写作信条却对梅森影响深刻，她注重对细节的描述，避免情绪化的描写。另外从文本角度来讲，相比其他"极简主义"作家，梅森的小说相对丰满和更富情感，篇幅也相对长一点。

　　曾有评论家批评梅森的作品涉及太多的流行元素，质疑其能否经受时间的考验而成为经典，但梅森认为通俗文化更接近她的人物，能反映他们的感受和信仰，她说这些东西是真实的，对很多人来说很重要，我无法忽略他们。梅森只在乎这些通俗文化对她笔下人物的影响，以及他们在面对通俗文化和所谓的科技进步的冲击时,如何调整自己而不被生活淘汰。她在向读者介绍肯塔基大学出版社为她出版的作品精选合集《拼缀物》时表明了自己的小说观:"小说带你去一个你自以为知道却发现它既熟悉又陌生的世界冒险。它会扭曲你原来的想法,惊得你跳起来。作为一名读者,我希望被人摇晃和骚扰,被推搡得晕头转向。我想惊讶得目瞪口呆。我想写你在阅读我在写作时都有这种感受的小说。我不想让小说去安抚或祝贺什么。它不应该证实你的偏见或只是反映你自己的生活。据我所知,小说应该提供的不仅仅是连接点点滴滴的满足感,或是温暖被窝带来的舒适感。写作的快乐是找到穿破被面的纤细的绒毛。弗拉基米尔·纳博科夫在他的小说《阿达》中写道:'细节就是一切。'"

梅森也喜欢采用"开放式"的结尾。但与暗示不祥或灾难性结局的卡佛式的"开放"结尾不同,对待生活的态度更加积极的梅森的"开放式结尾"暗示的结局尽管不确定,但往往隐含着希望。在《高粱饴》里,女主人公面对的是一个不确定的未来,她不知道自己能否离开丈夫,和艾迪一起过上美好幸福的生活。但在小说的结尾处,她还是表现出尝试不同生活的决心。"她用脚指头试了试水温。水烫得有点受不了,但是她决定忍受——像是一种惩罚,或者是一种习惯之后就会变得美妙无比的新体验。"在《孟菲斯》的结尾处,贝弗莉"把昨天的信件带回家——乔的汽车杂志、他该付的信用卡账单和一些垃圾信件。她把乔的信件放在厨房的一个架子上，紧挨着从乔那里借来但忘记归还的录像带"。尽管梅森没有交代贝弗莉做出了什么决定，不过读者仍然可以感觉到她告别过去的决心。

时代变迁不仅反映在物质世界里，它还包括文化层面上的变化。尽管程度有所不同，但变迁带给每个个体的冲击都是巨大的。新生事物在带来生活便利的同时，也冲击着固有的传统观念。乡村城市化是一种物质上的变化，我们可以用农村人口的变化、新型住宅和高速公路等精确地加以定义。而对新观念和新文化的接受以及对旧传统习俗的"背叛"则是漫长和无法确切定义的。梅森在以自己为原型的小说《南希·卡尔佩珀》里探讨了这种现象。在城市生活多年并有了自己的孩子的南希仍然牵挂着远在肯塔基老家的父母和奶奶。在来宾包括吸大麻的雅痞出现的婚礼上，在与未婚夫共舞的时候，她脑子里却在想着在老家的父母晚餐吃的是什么。中国正在经历20世纪下半叶美国经历过的变迁。城市生活吸引着年轻人，大量的农村人口涌入城市，年轻人为了更好的机遇北上南下。但过年的返乡大潮反映了人们对传统的遵从和依附。他们有人违心地参加父母安排的相亲，甚至有人为了让父母安心，租一个男（女）朋友回家过年。梅森精准地描述了人们面对文化变迁时心理层面的微妙起伏，这在某种程度上让她的作品具有"永久"性和"广义"性。变化永恒存在，每一代人都会面对属于自己时代的变迁，读一读梅森的作品，也许能让你在面对时代巨变时会更从容镇定一些。

2022 年 3 月

第一部

1

"我得再停一下,蜜糖。"山姆的祖母说着,拍了一下她的肩膀。山姆·休斯正在开车,她舅舅艾米特坐在旁边,快睡着了。

"我们这是在哪儿呢?"艾米特咕哝着。

"还在 I-64 上。婆婆要上厕所。"

"上次停车的时候我忘记吃药了。"婆婆说。

"要不要让我来开?"艾米特问,摸出一支烟。他抽"肯特"牌的烟,今天在路上的两个小时里,他已经抽了七支烟了。

"你真的想开车了吗,艾米特?"

"想不想又有什么区别。"

"我刚刚才开顺手了。"山姆恼火地说。

这是**她**的新车。在列克星敦那段交通拥挤的地带,一直是艾米特在开,因为山姆对于市区行车还没什么经验。可是在州际公路上开车很容易,她简直可以就像这样一路疾驰而去,穿越整个美国。

高速公路的下一个出口处，路边突然冒出几块巨大的标志牌，标着几个加油站的名字：埃克森、雪佛龙和桑诺克，牌子立在一根柱子上，柱子上还挂着农家菜馆、麦当劳和斯塔基路边店的标识。山姆听说斯塔基非常差，农家菜倒还不错。她注意到在一座小山坡上的几棵树下，有些白色的箱子形状的东西——不是养蜂场就是一片小型家庭墓地。她朝出口坡道冲过去，速度快了点，车轮打滑发出尖利的摩擦声。婆婆喘着气，紧紧抓住山姆车座的靠背。但是艾米特只顾在大腿上玩弄着他那件旧军用外套的纽扣。他们出发之前艾米特把这件衣服从衣橱里翻了出来，他说华盛顿可能会冷。现在是夏天，山姆才不信他呢。

山姆把车开进桑诺克加油站，她跳下车子，好让婆婆下车。婆婆的屁股像个桶一样，腰间缠着一圈一圈的肥肉。她实在太胖了，睡觉的时候必须戴上一个特殊的胸罩。她撑撑腿，舒展着手臂。她穿了一条桃色的针织裤，印花衬衣，白袜子，蓝色网球鞋。像跟外婆一样（山姆管她叫姥姥），山姆跟休斯婆婆其实并不熟。可是婆婆总是摆出一副对山姆了如指掌的样子，这真让人毛骨悚然。婆婆老是说："哇哦，你就是这个样儿的，山姆。"或者是："这就是你像你爸的地方。"她让山姆觉得自己好像多年以来都在被人秘密跟踪着。带婆婆一起出门是艾米特的主意，此刻他正盯着一只从桑诺克标志上方飞过的鸟。

"普通油？"一个穿着桑诺克 T 恤衫的金发男孩问。

"对。加满。"山姆喜欢说"加满"这个词,终于买了车,加油是买车的乐趣之一。"来吧,婆婆。"她碰碰婆婆的手臂,说,"你看着车,可以吗,艾米特?"

他点点头,仍然朝鸟飞去的方向看着。

洗手间上了锁,山姆不得不回去找加油的男孩要钥匙。钥匙穿在一个挂着笨重的塑料桑诺克标志的钥匙圈上。洗手间是粉红色的,很脏,地板黏糊糊的。在厕所隔间板壁上,山姆看见好几个用唇膏写的电话号码。上面还有句话写道:屁股总数加上垂悬角度等于奶油的尖叫。她真希望自己以前上代数课的时候就已经见过这句话了,那她一定会把这句话写进作业里去的。

婆婆小便的声音大得就像牛在撒尿。这次旅行真够疯狂的,让山姆想起塞维·蔡斯[1]演的一部电影,讲的是一家人出门度假,也带着一个老太太。结果老太太在路上死了。因为孩子们都不愿意坐在死尸旁边,他们只好用一张毯子把她裹起来,放到旅行车顶上。一个月以前,你给艾米特一百万他也不会去华盛顿的,可是这个夏天,在经历了一系列事情之后,他改变了主意,如今他一心想去那里,还非得拖上婆婆。

"我憋得都快要爆炸了。"婆婆说。

她刚才说要吃药其实是在撒谎,婆婆不想让艾米特知道她要

---

[1] 塞维·蔡斯(Chevy Chase, 1943—):美国喜剧演员、作家。

小便。

他们交还钥匙的时候,婆婆从一架自动售货机里买了些薯片。"今天早饭艾琳没给我们吃饱,"她说,"你要不要点什么?"

"不要。我不饿。"

"你太瘦了,山姆。你眼睛都凹陷了。"

艾琳是山姆的母亲,艾米特的姐姐。头天晚上他们是在她位于列克星敦的新房子里过的夜,那是一座带露台的单层砖房,屋里铺着地毯。艾琳三十七岁,又添了一个孩子。那个小宝宝真可爱,可是艾琳的丈夫一点儿没个性。他名叫拉里·姜耐尔,但是山姆管他叫洛伦佐·琼斯。在学校的社会学课上,山姆的老师喜欢播放电台老节目的录音带。《洛伦佐·琼斯》是一出老肥皂剧,山姆母亲的生活也是一出肥皂剧。如果她母亲也能来,这趟行程将会十分不同。不过山姆带着她母亲的信用卡,这东西此刻正躺在她口袋里,烧得她难受。这张卡她还没用过,那是用来应急的。

艾米特坐在驾驶座上,让汽车引擎开着。他正在喝百事可乐。"你们都好了没?"他问,扬手把烟灰抖到柏油路上。他把车挪了一下地方,不过离油泵仍然很近。山姆脑子里闪过一幕惊天动地的爆炸场面,那情形就像一座弹药库被引爆了。

"给我喝一口。"山姆说,"你付了钱没有?"她喝了一口艾米特的百事可乐,又把罐子递回给他。

"给了。六块三毛钱。我把里程数记下来了,平均每加仑油我们可以跑三十一英里。"

"真棒！"

油标坏了，山姆必须依靠猜测决定什么时候加油。为了安全起见，每跑两百英里路程她就加一次油。这部大众车是1973年的，发动机换过。不到两周前，汤姆·哈德逊把它卖给了她。他的手印无疑还在车上——发动机上，轮轴盖上，油箱盖上。车里到处都是他的影子。

"我喜欢这辆车，"山姆说，爱抚地拍打了一下她的大众车，"它是一只不错的小鸟。"突然间，她觉得这么说很奇怪。艾米特总是在观察鸟，并把它们写在他的鸟类记录单上。他曾经寻找过一种奇异的鸟，他断言这种鸟在飞往佛罗里达的途中有时候会在肯塔基停留，他一直在找一只这样的鸟，却从来没在肯塔基看见过它。山姆建议说他们可以去华盛顿动物园看看，他却说那跟在野地里看到的不一样。

山姆爬进汽车后座，婆婆已经在准备上车了，但是这时她说："我还是瞧瞧我的花儿怎么样了吧。今天早上我要给它们浇点水就好了。"

她走到车尾，透过后窗朝汽车里面张望着。

"它们看着还不缺水嘛。"山姆说，扫了一眼挤在车座后面的天竺葵花盆。

"我寻思它们也还行。"婆婆将信将疑地说，"只不过我担心还没等我们到那里，那些花就已经掉光了。"她坐进了汽车前座。"我把土弄到艾琳家漂亮的地板上了，我还在害臊呢，我猜她肯定觉得我是个在泥里打滚的乡巴佬。"

艾米特把烟踩熄，启动了车子，他们开上高速公路的时候，他换到了第四挡。

"我在寻思我们真的到得了那儿吗？"婆婆问，"我们可能会迷路的。"

"别担心，休斯太太，我们有地图。"

"在美国你不可能迷路。"山姆说，"尽管如此，我还是希望我会迷路。我希望我能够一觉醒来，不知道自己在哪儿。"

"天啊！孩子，你这念头是打哪儿来的？"婆婆说。

艾米特一声不响地开着车，像个巴士司机一样，只管一心一意地干他的活儿。艾米特三十五岁，个头很大，脸上长满脓包。自从他们昨天离开希望镇以后，他就一直很安静。也许因为婆婆让他感到紧张，他容易紧张。

"这变速器越来越糟糕。"过了一会儿，他说，掉头瞥了山姆一眼，"又从四挡脱开了。"

"汤姆说他修过变速器，应该没问题啊。"

"好吧，反正脱挡了。我觉得应该告诉你一声。"

"好吧，我不后悔买了这辆车。所以别拿它来打击我。"

她把头靠在从母亲那里借来的枕头上，观看着窗外疾驰而过的车辆。路肩上堆着爆裂的卡车轮胎，橡胶碎片像被抛弃的玩具一样摊了一地，远处是雪糕球形状的滑稽的小山丘。她居住的地方很平，在此之前她从来没到过这么远的地方。她快十八岁了，该出来看看世界了。她想搬到遥远的地方去——比如迈阿密或者旧金山。只要不是希望镇，她愿意住在任何地方。在路上，一切事物都显得比从前更加真实，似乎一直以来，她对任何事情都未曾特别留心过，直到最近——上星期她逃跑到沼泽地去的那个夜里。这种感觉让她想起去年在健身馆带她们做骨盆倾斜运动的健美操教练，"热裤"小姐（她有个非常难念的外国名字）。一排女孩屁股朝天。"压住臀部，压紧，姑娘们。"她会说，她们就会咬紧牙关，翘着臀部，一直数到五。然后她会接着说，"再往下压，再压深一层。"这就跟她自己那种新感觉一样：对有些事，你的了解不过是尽你所能，等到你再深一层去追究，你就会发现更多新东西。

艾米特的烟飘到后座，让她窒息。过了一阵，当艾米特把方向盘让给她的时候，她很高兴。她为这辆车感到很骄傲。车子是米色的，打着浅橙色的小补丁，那是被汤姆油漆过的锈点。重装的发动机声音听上去还不错。

"这车我如果重新漆一下会好看很多的。"她说。

"你想漆成什么颜色，蜜糖？"婆婆问。

"黑色。"山姆一直在想，等冬天到了，她要去买一件黑色的骑摩托车穿的外套，再把那双褐色旧牛皮靴染成黑色，那是一双系带子的靴子，如果染成黑色看上去会很邪气。他们两分钟前超越的一辆卡车呼哧呼哧地追上了他们，鸣了一声喇叭。她朝那辆车狠狠地按着喇叭。"操蛋的卡车司机。"她暗自咕哝着。

"哇哦，看那里，快看！"艾米特嚷嚷道，他指着一辆旅游车，那辆车后面拖着一个小平板车，上面载着一架截抛物面天线。"车牌是亚利桑那州的。他们从亚利桑那一路拖过来的啊！想想看，如果有这么一台设备，地球上的任何节目你都能收看得到。"

"有可能是'老大哥'[1]的。"山姆说。

"对啊。他真可能有这么一台设备，还有自己的卫星。"艾米特一副深思的语气。

"你们在说谁的哥哥呢？"婆婆想知道。

"《1984》里的'老大哥'，是我英语课里规定的一本必读书。"

"变速器又出问题了。"艾米特说。

"哦，操！"山姆抱怨道，声音不高，免得让她祖母听见。说脏话会吓坏婆婆的。

实际上，这个夏天之前山姆从来没怎么说过脏话。可是如今

---

[1] 指奥威尔小说《1984》，里面的"老大哥"是一个象征权力、一直监视着人民、却一直未曾现身的形象。

她觉得自己似乎需要释放。如今她心里装着那么多的邪念和糗事，说"操"让她感觉良好，即便只能悄悄地说。

2

收音机里，一个老歌频道正在播放摩城唱片[1]：马文·盖伊、尤尼尔·沃尔克尔和全明星，还有一个也叫尤尼尔，但是山姆没听清楚歌手的姓氏。信号越来越弱，他们正在进入西弗吉尼亚的高山区。

她开着车，艾米特坐在她身旁，两条长腿搭在一起。他把烟灰弹出窗外，从参军那会儿起他就开始抽烟了。山姆不知道如果自己也去参军的话，是否也会抽烟。她断定自己不会这么做。仅从周围都是烟鬼来看，她大概迟早会死于肺癌。艾琳和艾米特总是把烟吐出去，一边喷着浓烟，一边警告她说抽烟这个习惯她无论如何不可涉足。不过艾琳去年怀孕的时候戒了烟。大麻就不同了。如果婆婆知道山姆钱包里藏着大麻的话，一定会心脏病发作的。山姆已经打算好了，假如他们被警察拦截，她会把那些大麻塞进车门底部的一个小洞里。道路前方，一块广告牌上打着一个

---

[1] 摩城唱片公司出产的唱片。摩城唱片公司主要出产摇滚乐、灵魂乐以及流行音乐唱片。下面提到的乐队和歌手均属该公司签约乐队及歌手。

可以免费收看 HBO 节目的汽车旅馆广告。

"我们晚上就能到华盛顿,"艾米特说,"没多远了。"

"可是我们到了那儿又干吗呢?在那儿过夜要花一大笔钱。最好还是明天一早到那里,这样我们可以不用过夜就出城。"

"山姆的话有道理,"婆婆说,"要花一大笔钱。"

这样的对话他们已经进行过十几次了。艾米特说他在那里认识一个人,一个老战友,他们可以去那人家里住。可是他没有那个人的地址,而他又拒绝给那人打电话,因为是长途。他想等他们到了那里再去找他。

变速器越来越糟糕,第四挡总是脱挡。艾米特用手按着变速杆,把它固定在原地,但是过了一会儿他的手就累了,于是山姆在开车的时候用闲出来的那只手按着变速杆。她那只手疼得慌。

"如果我们不扶住它,就只能开三挡,那样的话我们要一个星期才能到。"艾米特抓着变速杆说。

"要是车子散架了,我们被困在路上,那该怎么办啊?"婆婆说。

"我们肯定会想出办法来的。"山姆说。收音机里开始放布鲁斯·斯普林斯汀[1]的歌,她把音量调大。如果不是婆婆跟着她会开

---

1 布鲁斯·斯普林斯汀(Bruce Sprinsteen,1949—):美国著名摇滚乐歌手,昵称"老板",于20世纪70年代初开始走红。最有名的专辑包括《生于美国》等。

得更大声。

"想想吧,像那个样子赶路。"艾米特说。他开始跟着收音机一起吼"光荣的日子"。山姆"咯咯"地笑着。变速器又脱挡了。

"你们就那样闯进我家,轰我上路,我到现在还没想通。"婆婆说。

"你不高兴?"

"高兴啊,不过我不知道我们到那儿以后我还能站多久。我的腿已经在发作了。"婆婆不吃药腿就会肿。"我宁可休息好了,早点儿到那儿,免得到时候站的时间太长。"

收音机里正在播放钟点新闻,他们听到关于总统竞选以及得克萨斯州刮了一场飓风的消息。山姆换了一个台,那里在放大门乐队[1]的《客栈布鲁斯》。上帝啊,如果吉姆·莫里森还活着,她会把车一直开到他那里的。"让我们摇滚吧,宝贝,摇滚……彻夜不停。"她仿佛看见他穿着黑夹克的样子,迷迷糊糊地想着他在一场演出中因为脱光衣服而被逮捕的情形。

他们在一家霍华德·约翰逊连锁旅店前停下来。山姆因为一直按着变速杆,累得要死。四点钟左右,艾米特接过方向盘时,山姆发现她可以把她的钱包带子拴在变速杆上,把变速杆拉住。

---

[1] 建立于1965年的一支美国摇滚乐队。下文提到的吉姆·莫里森(Jim Morrison)是乐队主唱,1971年死于过量吸毒,乐队在1973年解散。

不过这么做效果不好，不如按着变速杆，把它固定在原地。婆婆建议用打包绳在变速杆和车窗上的塑料挂钩之间缠上几圈，可是他们又没有带打包绳。买了一辆变速器有问题的车子真让人失望。山姆曾经渴望拥有一辆赛车，像跨美。她母亲有一辆跨美，洛伦佐·琼斯有一辆福特野马，他还是一家赛车俱乐部的会员，不过他车子开得非常糟糕。

"这排挡的问题可没让我们省心。"艾米特说。

他们坐在停车场里，讨论下一步怎么办。艾米特建议三个人同住一间房，因为这样能省点钱，可是婆婆不大情愿。

"别担心，婆婆，"山姆说，"我睡加床，这样就可以你睡一张床，艾米特睡另一张床。"

"我不知道我们应不应该跟一个男人在同一间房间里睡觉，山姆。"

"行了，我这一辈子都跟艾米特住在一起。难道你以为我以前没见过艾米特穿睡衣的样子？"其实，艾米特睡觉时不穿睡衣。

"我从来没跟男人在一间房间里睡过觉，除非他是我丈夫。"婆婆笑道，"老家的人会怎么想啊？他们会以为我发疯了，居然开始找野食吃。再说我也没带着我那件好睡袍。"

"我也没带。"山姆说。

艾米特走进旅店打听房价。

"好了，艾米特回来了！"过了一会儿，婆婆说，"也许他们不愿意让我们三个人住一个房间,艾米特跟我又不沾亲带故。"

"你们有亲属关系,"山姆说,"他是你儿媳的弟弟。"

"前儿媳。"

"那他就是你孙女的舅舅。这个关系总还在吧?"

"他们想知道驾照号码,"艾米特透过车窗说,"单人间五十四块,双人间五十九块,三个人带加床另加三块。"

"我睡加床。"山姆说,"是两张床吗?"

"两张双人床。比单人间只贵五块钱,两个单间要花一百零八块。"

"好了,我寻思就这么着吧。"婆婆说,"我可以在身上缠一张床单。我们可以把灯关掉。"

房间很大很漂亮,有一扇朝向停车场的玻璃推拉门,挂着深色的条纹窗帘,每个床头的墙上各挂了一幅巴黎街头生活的照片。甚至连卫生间都很时髦,坐厕是米色的,用一圈纸条封着,山姆打开坐厕盖子,纸条"砰"的一声断开了,那声音让人感到满足。"这是干吗用的?"婆婆问,山姆做了解释。婆婆不大出门,前一天他们在路上停下来吃饭的时候,婆婆连装在小管子里的植物奶油都不认识。

婆婆在浴室里料理她的天竺葵,山姆这时重重扑倒在床上,艾米特则在把电视频道换来换去。一个男人送来一张小床。艾米特已经把所有的电视台都按了一遍。

"要到六点半才播新闻。"他说。

"我怎么也不习惯,"婆婆说,"住在另一个时区。昨天我们一到列克星敦我就没时间感了。"

山姆沿着一条车不太多的州道跑步。山姆穿好跑步鞋正要出门的时候,婆婆警告她不要走丢了。山姆喜欢这个旅店房间,而她现在却要离开它,这件事似乎有点奇怪。这个房间那么干净,没有一点儿归属于任何人的迹象,然而它却包含了一段数千人的秘密历史,他们的灵魂,他们的精髓,渗入了墙壁,渗入了地毯。

她跑过埃克松加油站。一辆别克旅游车和一辆红色萨普正在那里加油,那辆萨普车车顶上有一个自制的木头行李架,那是一个合成板做的笨重玩意儿,样子有点像雪橇,用几片按照车顶尺寸切下来的曲线形木片拼凑而成。山姆心想:那些人太抠门,不愿意花钱买现成的行李架。这让她想起艾米特的行为方式,想起房子内外那些他为了省钱,七拼八凑起来的东西。艾米特甚至用废木料和一把锯短了的扫帚做了一个厕纸托。那辆萨普车驶离油泵,朝另外一辆路过的萨普鸣笛打着招呼,可是另外那辆萨普没有鸣笛回应。

天气很潮湿,她已经出汗了,不过她准备至少跑四英里。她在运动手表上设定了时间。巨大的货车轰隆隆驶过。他们刚才开车经过前一个高速出口时,曾见到一个购物中心。那个购物中心离这里远了点，可是她希望自己能够一路跑到那里去，这样她就可以看看那里有没有她一直在寻找的甲壳虫乐队的唱片。

3

电视新闻过后，他们坐在霍华德·约翰逊旅店餐馆的一个橙色小隔间里。艾米特要了啤酒。

"我要跟一个醉鬼睡一个房间了。"婆婆叫道，这话有一半是在自嘲。

山姆无法决定点什么菜，选择太多了。她一定要点油炸蛤，因为是这里的特色菜，但是她在大盘蛤和蛤肉卷之间犹豫不决。她还想留点肚子吃雪糕。

"这些菜都好贵。"婆婆说。

"我们带着妈妈的信用卡呢，"山姆提醒她，"万一我们的钱花光了也没关系。"

"炸鸡要五块三毛五，差不多够我在商店里买两只鸡了。你打算吃啥，艾米特？"

"美味牛肉汉堡和炸薯条。你点鸡吧，休斯太太，我来付钱。"

"我想吃点从来没吃过的东西。"山姆说。

招待他们的服务生看上去又老又麻木，好像她自从本世纪初就在这里给客人上美味牛肉汉堡包一样。山姆知道做服务生有多辛苦，她以前放学后就在"汉堡小子"打工。

"他们把鸡在油锅里炸过，"吃饭的时候婆婆说，"这样就把鸡肉弄得很硬。"

"蛤还挺好的。"山姆说。

"看着像肉虫，"艾米特说，"不过没关系，肉虫里蛋白质多。"

他们不声不响地吃着饭。最后婆婆用面包卷擦着盘底的肉汁，她开口说："我一直在想德韦恩，没有了他，所有人的生活都变了样。如果他还活着，他会跟艾琳在我家附近买一座房子，你就会在那儿长大，山姆。我对你的了解也会多得多，蜜糖。你还会有兄弟姐妹。"

想到自己在一个农场长大，做着自己讨厌的事情，从来没机会进城，这念头让山姆不寒而栗。她吞下一口蛤肉，说："你凭什么认为他会留在农场？也许他会去新奥尔良，说不定我会在那儿的法国区长大。"

"才不呢，他才不会跑到新奥尔良去，在那儿过日子要花好大一笔钱。"

"你凭什么认为他不会有钱？也许他会成为一个大人物。他可能会当上飞行员，或者电影导演。"

婆婆大笑起来："他只想回家种烟草。"

"都还好吗？"突然冒出来的服务生问。

"鸡好硬，"婆婆说，"炸过了。"

"他们之所以这么问,是为了万一发现食物里有玻璃啊什么的东西,你就不能去告他们了。"等到服务生"嗖"的一声走掉之后,艾米特说,"就像一份口头协定。"

"你知道我在电视里听到啥了?"过了一会儿,等服务生收掉他们的盘子之后,婆婆说,"有个金星妈妈[1],她一直不知道自己儿子是怎么死的,她儿子死的时候身边有个哥们儿。她儿子死前,这个哥们儿发誓说要回去找到他妈,把事情的经过告诉她。他发了誓,可等他回到家以后,却下不了决心去找她。过了十年他才终于写了一封信去。"

"然后怎么样了?"

"嗯,知道了事情的经过,那个母亲松了口气。那个男孩后来去拜访她,你知道吗?这就像又有了一个儿子一样。他去看她,然后他们开始一起出去野餐,他们就成了朋友。"

婆婆的手指沿着菜单上的甜点栏移动着。她说:"这个故事真温暖,我老是想起它。"

山姆的精神都集中在菜单上,研究着雪糕的口味。她挑了黑覆盆子和碎果仁巧克力味,这两种味道看起来根本不搭配,不过她想大胆尝试一下。艾米特点燃一支烟,凝视着窗外的天空。

---

[1] 美国有军人的家庭可以在窗户上悬挂一面政府颁发的荣誉旗帜,上面标有星形。金星代表这个家庭的军人亲属已经战死,蓝星代表军人亲属还活着。这个习惯起于1917年。所以战死士兵的母亲被称为金星妈妈。

4

他们到了马里兰州。他们在一座加油站等待一个名叫比尔的机修工前来查看车子,已经等了一个小时。山姆和婆婆是坐拖吊车到这里的,艾米特则是搭顺风车过来的。婆婆吃力地带着她那盆天竺葵,山姆挤在婆婆和司机中间。司机是个多话的胖子,他试图跟山姆调情。可是山姆没一点调情的心情。那辆大众车后轮着地,跟在他们后面,看上去可怜兮兮的,就像一条在用后腿走路的狗。

现在婆婆在洗手间里,山姆在一张他们坐在那里等候的野餐桌旁走来走去。

"放松点,"艾米特说,"你都出汗了。"

"再这样下去我要吼了。但愿这趟旅行早点结束,她快把我弄疯了。"

"好了,她以前从来没到过这么远的地方,她不知道该怎么做。"艾米特看上去非同寻常地冷静和体贴。山姆无法理解。

"我打赌,我们要和她一起困在汽车旅馆里了。那个变速器一辈子也修不好,我们又住不起单间。她在的时候我们连收音机都不能调大声。"

"你可以听这个随身听。"艾米特说,把一部随身听递给山姆。

"现在不要。"山姆喝了一口百事"激浪",打了一个嗝。"我真希望你给那个华盛顿你认识的人打了电话,这样我们就有地方住了。"

"我连他现在是不是还住在那儿都不知道。等我们到了那儿再说吧。"

"不知道分脂手术对她的脂肪团是否起作用。"

"那是什么东西?"

"是一种把脂肪取出来的手术。"

艾米特把他的百事可乐罐子投进野餐桌边上的一个垃圾桶里。他的腋下有濡湿的汗圈,那些汗圈和他T恤的条纹交织在一起,好像立体几何课里的抽象设计。他坐在桌旁,两手撑着脑袋。他今天频频按摩两鬓,似乎折磨了他整个夏天的头痛更加厉害了。

"我们要打电话给汤姆吗?"她问。

"他能做什么?"

"我不知道。我就是想给他打电话,不过我不知道该说些什么。"他们动身之前,山姆曾经试过给汤姆打电话,但是她听说汤姆去圣路易斯看他哥哥了。

"你可以让他开辆拖车跟着你。"艾米特说。

"严肃点。"

"我很严肃。一个新变速器要好几百块钱。我以为你说过他修了变速器。"

"他修过的。可是这车老了,变速器卡住了。"

"你怎么知道变速器卡住了？"

"我就是知道。"

"你在为他找借口，山姆。你不想承认他卖了一辆烂车给你。"

"那不是烂车，那是辆好车。等我刷了漆它会很好看的。我要把它漆成黑色的，让它看上去坏坏的。"

婆婆摇摇摆摆地朝野餐桌走来。她把腿放到长凳上，按摩着她的胫骨。"哦，我的天！我坐得都打结了。"

"你好些了吗，艾米特？"山姆问。

"还在痛。"

"艾米特脑袋里面疼，"山姆对婆婆解释道，"时好时坏，医生不知道什么原因。"

"没那么糟糕，"艾米特说，"不过是时不时有那种感觉而已，就像山姆手表上的蜂鸣器一样。"

"我知道你的意思，"婆婆说，"是不是那种过一会儿就在你耳朵上面刺一下的小东西？"

"嗯，不完全是。"

"那是神经痛。老爹也有过，都是当兵时闹下的。"

"不是那样的，"山姆说，"是另外一种。"

"一到换季的时候，老爹的头痛就会变得更厉害，"婆婆说，"我有过一两次，不过后来自己就好了。"她用力拉了拉她的胸罩带子，一边扫视着高速公路。"你寻思我们还要在这儿困多久，艾米特？"

"别担心，休斯太太，"艾米特安慰她道，"我们又没被困在荒山野岭。我们会有办法离开这儿的。"

"但是修车要花掉好几百块钱呐。我可没那么些钱，你们也都没有。"

"塑料卡片钱。"山姆说，她懒得再跟她解释什么是信用卡了。

婆婆把天竺葵移到野餐桌底下一块比较阴凉的地方。艾米特伸手在他的T恤口袋里摸索出一支烟，单手划燃火柴。天空中，白日里的月亮是挂在淡蓝背景上的一弯白色手指甲。艾米特把随身听的耳机戴在头上，手随着节奏敲打着野餐桌。

"你在听什么呢，艾米特？"山姆问。

"《烧毁这座房屋》。"

一辆皮卡轰隆隆地冲进加油站，一个穿绿色连身衣的家伙跳下了车。艾米特摘下耳机："这人一定就是那个著名的比尔了。"

比尔用了十分钟在车里查查找找，据他说，这辆大众的变速器需要动动。"四点钟之前我都抽不出时间来，因为我要给几个刹车换衬带，然后我还要给一部车的发动机换活塞。我估计大约要到下班时间才能弄完。"他掰着手指计算着，"我估计明天中午以后可以让你们拿到车。你们着急赶路吗？"

"要多少钱？"山姆问。

"全看要花多少人工了。不过我尽量控制在三百以下，这么老的虫子[1],有时候变速器很难卸下来。"

"我就知道变速器会卡住。"山姆看着艾米特说。

他们现在住在一家"假日酒店"里,就在高速公路对面。房间四十六块一晚。使用艾琳的信用卡可能会变成一种习惯,太轻而易举了。他们离华盛顿只有一百英里,这里的山脉长而蓝,像画一样。山姆把婆婆和艾米特留在电视机跟前,她自己坐在游泳池边,观看着车流———一条无止无尽的河:度假的家庭,打探市场的推销员,流浪的怪人,拉着货物的卡车。美国的一切都在这里、在路上进行着。山姆喜欢这种陌生的感觉。他们位于一个十字路口:东西走向的是一条州际公路,南北走向的是一条国道。她处身其间,位于这巨大能量的正中心,柴油卡车的嘈杂声浪正如一首摇滚歌曲的背景音乐。

下午天气凉快下来以后,山姆又出去跑步了,她把手表的速度设定在每英里六分钟,本来这么热的天气她是达不到这个速度的,不过她可以用这个速度来做最后的冲刺。她带着艾米特的随身听,收听着宾夕法尼亚州的一个地方电台。当一首歌结束,开始放广告的时候,她就把耳机摘下来,倾听高速公路的车流声。

晚上,他们吃的是从 7/11 便利店买来的薄脆饼干加奶酪和曲

---

[1] 对大众"甲壳虫"车的另一种称呼。

奇饼，在大厅里的自动售货机买了可乐来喝，假日酒店的餐厅价钱太贵。后来，艾米特又拿回来几罐可口可乐，售货机里的百事可乐卖完了。

"过来，山姆。"艾米特示意她到隔断后面去，这个隔断把房间的卧室部分和洗手池分隔开来。"你想不想来点甜东西？"他小声问。

"甜东西？"他管大麻叫"甜东西"。

看她有点犹豫，艾米特说："没事。你会感觉好些，再说，你已经成年了。"

他往可口可乐里掺了点威士忌，当他把可乐递回给山姆的时候，他朝她眨了眨眼睛。婆婆正坐在一张床上，没注意到他们。洗手池旁边，她的天竺葵正在怒放。

山姆和艾米特坐在另一张床上，靠着枕头，一边呷着波旁可乐，一边看电视。因为要播一个有关选举的特别节目，电视里没放《黑尔街布鲁斯》[1]。几个记者在讨论沃尔特·蒙代尔[2]选择一个女人做候选人对民主党的选票是有利还是有害。

"她不会当选的，"婆婆说，"没人愿意选女人。"

山姆提醒她肯塔基已经有一个女州长了。

---

1 美国20世纪80年代流行的一部系列警匪电视剧。
2 沃尔特·蒙代尔（Walter Mondale，1928—2021）：美国民主党政客，在本书故事期间，他出任美国副总统。1981年年初，他和总统卡特退任，共和党首领里根入主白宫。

"杰拉尔丁轰动了，"屏幕上出现一张杰拉尔丁·费拉罗[1]的照片时，艾米特说，"我喜欢她的口音。"

"她不会让我们参战的，"山姆说，"里根想打仗。"

节目拖拖拉拉地进行着，一大堆清谈。当屏幕上闪现出杰拉尔丁·费拉罗在民主党代表大会上所作的接受提名演讲纲要时，山姆想起那个代表大会，不禁顾自微笑起来。政治代表大会是那么滑稽，里面尽是些戴党帽的疯子，政纲、政见、发言权，争吵不休。山姆无法断定杰拉尔丁·费拉罗跟其他政客是否有任何区别——她是在说真话还是在演戏。政客们做什么事都必须演戏。山姆喜欢杰拉尔丁·费拉罗的口音，还有她举起拳头的样子，不过她不应该穿那套老太婆才穿的套装。

婆婆说："你们为啥那么笑啊？我是不是错过啥了？"

"别说话，婆婆，"山姆说，咯咯笑着。"这个节目真不错。"

"你还要不要来罐可乐，山姆？"艾米特问。

"现在不要。"

"给我一口那玩意儿，蜜糖，"婆婆说，"送我的药。"

"哦，这一罐空了！我给你拿点水吧。"山姆跑到洗手池边，朝着镜子里的自己微笑。她的脸红了，捉弄婆婆真好玩。婆婆觉

---

[1] 杰拉尔丁·费拉罗（Geraldine Ferraro，1935—2011）：美国民主党政客，是美国第一位列入主要政党名单参选副总统（1984年）的女性。

得使用信用卡就像是在伪造支票。傍晚，山姆帮她打电话回家，她告诉老爹说她的腿要了她的命，不过她正在看世界："他说家里那边在下雨，"她跟山姆和艾米特报告，"我们倒是真需要那点雨。"那之后，婆婆提了两次家里那边下雨的事情。

但是这里，在马里兰，夜色澄净。房间很漂亮：充满蓝蓝绿绿的颜色，铺着豪华的绒毛地毯。浴室地板是黄色的瓷砖，非常干净。空调机没有把水滴在窗帘上，坐厕没有堵塞。

"琼·利维尔代替了约翰尼·卡尔森[1]，"过了一会儿，艾米特说，"这是旧戏重演，再没什么真事儿了。"

"我受不了琼·利维尔。"山姆的感觉正好相反——对于她来说，如今他们在路上，一切都显得更加真实。她不禁怀疑，如果她祖母突然被单独滞留在这里会发生什么事情，她会怎么应对。

琼·利维尔穿了一件臀部带球形花边、缀着小珠子的黑色塔夫绸衣服。她说自己这套行头是"乔治男孩"健身俱乐部的会服。她的妆化得很漂亮，金发，不过她其实没那么漂亮，头发也没那么金黄。她说洛杉矶在下雨——威利·尼尔森终于可以洗头了，她说。她说他脖子上戴着套蟑螂的夹子。她的第一位清谈嘉宾是唐·里克尔斯。唐·里克尔斯告诉琼·利维尔："约翰尼雇你是因

---

[1] 两人同为美国夜间清谈节目主持人。后文提到的琼·利维尔也是一位节目主持人，曾主持"今夜"清谈节目。唐·里克尔斯则是一位喜剧演员。

为你对他来说不构成威胁。"他说约翰尼在家,穿着游泳衣摆姿势说:"这身体,怎么样?"唐·里克尔斯和琼·利维尔翻来覆去地唠叨他们俩在拉斯维加斯的那些约会。琼·利维尔说一个女人只需要一张让人感兴趣的脸蛋儿和一副会摆来摆去的髋骨就够了,但是唐·里克尔斯说大学学历才算优点。他女儿要上大学了。

"我想月亮饼了。"电视上播放一个猫食广告时,艾米特突然说。一个邻居在帮着喂他们名叫"月亮饼"的猫。

"我想家,"婆婆说,"如果我们能够平安无事地回到家,我就满意了。"

我想汤姆。山姆爬上吊床时,对自己说。她越来越困。艾米特又出去买了一罐可乐,拿着它进了浴室。婆婆,满头纵横交错的卷发夹,在肩膀上围了一条毛巾。她说空调吹到她脖子了。山姆的头昏昏沉沉的。婆婆不知道山姆醉了,而且还吸了毒。在暗淡的房间里,山姆牢牢抓住有关汤姆的记忆。艾米特挺直身子坐在床上,头发塞在百事可乐帽子里,喝着可乐,驱赶着他脑袋里的疼痛。婆婆打鼾了,可是山姆还在抵抗着睡眠,她想让这一夜持续下去,希望那辆车永远修不好。她害怕去华盛顿。

第二部

1

这个夏天，麦克·杰克逊举办了名为"胜利"的巡回演出，布鲁斯·斯普林斯汀举办了名为"生于美国"的巡回演出，这两个演出山姆一场都没看成。在毕业典礼上，毕业礼致辞人，一个身为卫理公会教派信徒的部长，进行了一场关于保持国家强盛，强调牺牲精神的演讲。他让山姆感到不安，她想到战争，这个念头整个夏天都在她脑海里停留不去。

艾米特从越南回来了，但是山姆的父亲却没能回来。退伍以后，艾米特跟父母一起住了两个星期，然后就走了。他无法适应。几个月以后，他又回来了，山姆的母亲让他跟她们一起住在那座用她丈夫的人寿保险金买来的房子里。艾米特留了下来，帮着干些打理房子的活计。人们都说艾琳把他惯坏了，她把他当成残疾人对待，从不指望他去工作。她总是说战争"把他弄坏了"。她在一个牙医诊所做前台接待员，还从政府手里领取战争补偿金。回顾从前，山姆意识到她早年间的生活是多么奇怪。艾米特搬来时，带来了一帮朋友——一群嬉皮士。希望镇的人从来没有见过嬉皮士或者反战分子，当艾米特跟三个邋里邋遢、扎着马尾辫、留着络腮胡的家伙一起出现在镇上的时候，引起了一场轰动。他那些朋友来自遥远的西部地区——阿尔伯克基、尤金、圣塔克鲁斯。直到七十年代，留长发才终于成为时尚，那之前希望镇的男孩从没留过长发。山姆清楚地记得艾米特当时的样子：身穿军用外套、黑皮靴，一根紫色头带穿过他满头乱蓬蓬的长发。她记得他的朋友们从一辆迷彩面包车里蜂拥而出，但是除此之外，她对他们就没什么印象了。镇里的人至今还在谈论艾米特和他的嬉皮士朋友们在法院塔楼上挂起一面越共旗帜的时光。初冬里阴沉的一天，他们通过一扇侧门进入法院大楼，在钟楼底层集合。镇巡回法庭的一个职员看见他们冲上楼梯，后来她说她就知道要出事了。他们用透明遮护胶带把旗帜固定在塔楼一侧，遮住了大钟的一部分。广场周围的店家们对此感到不安，让人以扰乱和平的名义把他们抓了起来。有意思的是，艾米特总是说，居然没人知道那是一面越共的旗帜。那是他在波莱古的一个裁缝那里定做的，像别人定做结婚礼服一样。旗帜事件之后不久，有窃贼用水泥块撞碎窗户，闯入梅因街的一家建筑材料公司，人们怀疑那是艾米特他们那伙人干的，但是没人能够提供任何证据。

　　朋友们终于走了，艾米特也安静了下来。有两年，他进到默里州立大学读书,但是后来又退了学。他干些零活——给院子割草,修理小家用电器——勉强维生。时不时也会传来些谣言。一次,邻居们认为帕蒂·赫斯特[1]就藏在艾米特和艾琳家。有一个星期的时间,山姆因为害臊而没去学校上课,但是后来她却以艾米特为傲。他就像她的哥哥一样,她和艾米特是好朋友,他从来不曾对她颐指气使。他们喜欢同样的音乐:大部分是老歌金曲。艾米特最喜欢的当代乐队是"汽车"和"发声头"[2]。

艾琳的新丈夫在列克星敦找到了一份不错的工作,可是山姆拒绝搬去跟他们同住。必须有人照顾艾米特,山姆坚持说,而且她不愿意在高中最后一年换学校。房子贷款已经付清,山姆还在拿政府补贴。去年她母亲离开之后,山姆和艾米特养成了每天晚

---

[1] 美国报业大王威廉·赫斯特的孙女。1974年2月4日在加州柏克莱被美国激进组织共生解放军绑架,该组织要求赫斯特家族发放四亿美元的救济物资给加州的贫民,否则就要杀害帕蒂,赫斯特家族发放部分物资,但共生解放军并未释放帕蒂。1974年4月3日,她发表声明宣布加入共生解放军,并改名为"塔尼亚"("Tania",这个名字来自切·格瓦拉在玻利维亚游击时一名女性同伴的姓名),4月15日她参与了共生解放军在旧金山的一起银行抢劫案,被联邦调查局发布通缉令。1975年9月被捕,1976年3月20日因参与银行抢劫案被判刑7年,但后来被美国总统吉米·卡特特赦,仅服刑22个月便在1979年2月1日出狱。出狱之后她与自己的保镖伯纳德·萧结婚,2001年1月20日美国总统克林顿撤销了她的所有罪名。

[2] 均为20世纪70年代美国摇滚乐队。

上看电视连续剧《野战医院》[1]的习惯。通常，他们会弄点烧烤，然后看新闻、两集重播的《野战医院》和一部 HBO 或者 Cinemax 频道播放的电影。山姆的男朋友朗尼·马隆以前也会跟他们一起看，那时他还没有在克洛格商店上班，不需要工作到很晚。山姆最喜欢的一集《野战医院》，是当"热唇"胡里安得知丈夫唐纳德·配诺布斯各特没有告诉她一声就要求调到旧金山去时，把一扇门给踢垮了。艾米特则更喜欢早期老集子里的情节，那里面有亨利·布莱克上校和弗兰克·彭斯。他说：彭斯让他想起他在越南的指挥官，一个地道的傻瓜。这是那段时间艾米特讲过的唯一关于越南的事情。艾米特笑起来真诚温厚，像"鹰眼"的笑。"鹰眼"的笑是那么感染人，有时候，当"鹰眼"和"诱奸犯"约翰放声大笑时，山姆和艾米特也会忍不住跟着笑起来，为纯粹的快乐而笑。

多年以前，布莱克上校飞机失事后，山姆受到很大震动，有好多天，她坐卧不安。那时她还是个孩子，对于她来说，电视节目里上校的死比自己父亲的死还要真实。即便是重播，仍然让人震撼。每次她看到这个情节，她父亲在战争中丧生这件事就变得

---

1 1972 年首映的一部美国讽刺式黑色幽默电视剧，英文原名是"陆军流动外科医院"（*Mobile Army Surgical Hospital*）的缩写。此片改编自 Richard Hooker1968 年出版的同名小说；两者均以 20 世纪 50 年代的朝鲜战争为背景，描述一班在战地医院工作的医生的经历，借此挖苦当时仍在进行的越南战争。下文提到的都是剧中的角色。

更加清晰。她一直认为他的死是理所当然的，但是事情的真相逐渐占据了上风。现在，当这个情节再次重放，当她看见拉达尔向指挥室里的上校报告，说布莱克上校的飞机在日本海上空坠落，这时她会感到刺骨的悲伤，因为"雷达"把布莱克当成父亲一样对待。上校对"雷达"说的最后一句话是："你最好乖一点，否则我会回来踢你的屁股。"

这个夏天很潮湿。六月初，一场龙卷风在希望镇南边的主要高速公路上登陆，把几辆拖车房撞作一堆，还好没人受伤。一周之后的一天夜里，另一场预期的龙卷风就要来临。艾米特一整晚都焦躁不安，收听着收音机里播放的天气报道。暴风雨前那个闷热的夜晚，厨房的钟显示着十点二十一分。空调机"吱吱嘎嘎"地转动，电视开着。隔着这些噪声，山姆仍然听到了朗尼的面包车拐进房前车道的声音。这辆面包车有一个出了故障的点火关闭喷气口，就是说朗尼关掉发动机之后，它还要颤动几分钟，就像一个大吵大闹的顽童。

"你提前下班了？"山姆站在门廊的灯下大叫道。一只蛾子飞进来，嗖嗖地围着过道天花板上的灯泡打转。

朗尼·马隆在克洛格商店帮顾客装包。他带了一排六罐装的"瀑城"啤酒，一只手里还拿着一罐已经开了盖的啤酒。他有五英尺十一英寸高，一头褐色的卷发。山姆认为他体型很性感。他的胸部有一个美丽的胎记，一块状如埃索牌衬衣上的鳄鱼图案的斑点。朗尼曾经在希望镇印第安营地做过保安。他进到门廊里时，山姆把他的头发撸到他耳朵上面，在他嘴上响吻了一下。他嘴里一股啤酒味，很像被车碾过的臭鼬。

"我在 I-24 公路上看到一个警察，当时我开到六十迈了。"他笑嘻嘻地说。

"你运气好，他没在你喝啤酒时抓你个正着。"山姆说，纱门在他们身后"砰"的一声合上了，这时，就像回声一样，一阵雷鸣穿过天际。"你到底在哪儿弄到的啤酒？"[1]

"在'巴藤'酒吧。我找到一个家伙帮我进去买的，一个又疯又老的傻瓜。他开了一辆皮卡，准备穿越县界公路。当时他拿着一瓶用纸袋子包着的威士忌狂吞，看谁敢来找他的碴儿。"

"沿路起风暴了没有？"

"没有。出了飓风警告，不过我觉得刮不到这儿。"

艾米特出现在厨房门口，他把整个门填得满满的，厨房里的光线被挡得严严实实。"嗨，我正在做马菲拉塔三明治，你俩，"他说，"朗尼，你要不要来一块？"

"要啊，我饿死了。我晚上只吃了一个汉堡包。"朗尼从塑料

---

[1] 美国法律规定，年满二十一岁才允许饮酒。商家卖酒给二十一岁以下人士会受到惩罚。所以年轻人在买酒时往往必须出示身份证明。法律同时规定，在公共场合饮酒时必须掩藏包装的酒精标志，所以商家会用纸袋包住酒瓶。

套里扯拽出一罐啤酒,递给艾米特。"来罐啤酒吧,艾米特,好哥们儿。"

艾米特打开啤酒罐,喝了一口,然后用他的烤箱手套向飞蛾挥去,没打中。

当朗尼看清楚艾米特穿着一条长裙的时候,不禁愣了一下。艾米特穿了一条长而薄的带有印度图案的裙子,上面印着大象和孔雀。朗尼放声大笑起来。

"这裙子你从哪儿弄来的,艾米特?"他问。

"这是为了好玩,因为《野战医院》里的克林格穿了件女装。"山姆说。

艾米特面对厨房门摆了一个夸张的时装模特姿势,他的烟在嘴角摇晃着。"我在帕迪尤卡的商场里买的。"他说。

"你也会像克林格那样受到第八条军规[1]的处罚吗?"朗尼问。

"又没什么坏处。"艾米特笑嘻嘻地说。

山姆怀疑艾米特是在用裙子来分散别人对他脸上脓包的注意力。这些脓包越来越糟糕,她真想把它们给挤掉,可是他不让她挤。

艾米特把三明治塞进烤箱,然后转过身来,昂首阔步,像乔治男孩[2]一样,摇摆着他的裙子,脸上一副捡了便宜后得意扬扬的

---

1 美国军规第八条规定对性变态将予以惩罚。
2 乔治男孩(Boy George, 1961—):英国歌手,成名于20世纪80年代初,以其男女难辨的怪异打扮及举止著称。

表情。

"够前卫!"朗尼说,冲艾米特咧嘴笑着。朗尼喜欢仿效艾米特,他们经常一起去中学打篮球。朗尼甚至有一件军用外套,那是他在二手货商店搜到的,不过山姆知道他不会因为艾米特穿了一条裙子就也去穿裙子。他不会那么过分。朗尼甚至不喜欢乔治男孩。

"你怎么会在晚上这个时间来这里的?"山姆问,在客厅里那张凹凸不平的沙发上坐下来,沙发向一边倾斜着。

"我辞职了。"朗尼说。他没有看她,他的目光穿过房间,落在电视屏幕上一群坐过山车的摇滚歌手身上。他喝了好大一口啤酒,腮帮子都鼓了起来。

"噢,操。"山姆不禁呻吟了一声。

"这回又出什么事了,朗尼?"艾米特同情地问。

"这工作不适合我。我希望有一天能拥有自己的生意,待在那儿我什么气候也成不了。"朗尼停了一下,点燃一支烟。"我喜欢做点户外的事情,做我自己的老板。我要独立。"

"是件好事。"艾米特说。

朗尼笑了,灌了一口啤酒。"至少现在玩电脑游戏我能够赶上那帮家伙了,如果我能攒足那么多二十五分的硬币[1]的话。"

---

1 指玩街头电脑游戏机需要投入二十五分硬币。

"你可以玩艾米特的雅达利[1]。"山姆说。

"艾米特没有《大金刚》,也没有《安全帽老兄》。"

"嗨,朗尼,我今天打《吃豆人》超过五万分了。"艾米特说。

"哇!"朗尼慢慢吐着烟,"我永远赶不上你,艾米特。你太厉害了。"

"我弄清楚了'吃豆人'的秘密。关键是你不能理那些维他命小药片。那些东西是为了分散你的注意力,让你以为自己可以不劳而获。如果你一心只想着你的目标,你就能一直不停地玩下去了。"艾米特喝了点啤酒,又加上一句,"这就是'吃豆人'之禅。"

"我得试试看。"朗尼说。

"你辞职这事儿真糟糕,朗尼。我需要借点钱来还我欠政府的债。"

"你欠了多少债?"

"五百多块。"艾米特捞起裙子扇着他的腿。"他们给了我当头一棒,我都把这件事儿给忘了。"

"是他从默里退学的那个学期,"山姆解释道。艾米特虽然没去上课,但是接着领了一学期退伍军人助学金。

"尽管如此,他们不会让我上法庭的,"艾米特说,"这点钱不够他们瞎折腾。我也没有任何工资可以扣押。"他笑了。

---

1 一种电子游戏机商标。自20世纪70年代末开始在美国流行。

"你可以拿我的教育补贴金来付学费，"山姆说，"我也不是那么想上大学。"

"你提醒了我，山姆，今天晚上你出去跑步的时候你妈妈打电话过来。她想知道今年秋天你去不去肯大。"

"我不想跟我母亲上一样的学校。那样也太怪了，简直叫人说不出口来。她有没有叫我回电话？"

"没有。她只是让我告诉你她仍然希望你去她那儿。"

"别去。"朗尼说，伸手去抓她的手，"我需要你留在这里帮助我起步。"

"我不准备去列克星敦。反正默里的田径队比肯大的好，更个性化。"山姆接到了肯塔基大学和默里州立大学的录取通知，默里就在附近。她希望住在家里跑通勤。

艾米特给了山姆一罐啤酒。"来，喝掉它。我不会告发你的。这东西会给你提供碳水化合物，够你明天跑步用的。"

山姆抿了一口啤酒，啤酒的味道没有闻起来那么糟糕。她和朗尼相互依偎着坐在沙发上，山姆赤裸的双腿摩擦着朗尼的牛仔裤，激起了她的欲望。沙发毛茸茸的，划着她的腿。这沙发是艾米特在一个庭院旧货摊上买的，艾米特的大部分东西都是在庭院旧货摊上买的。他们所有的东西都是废旧物品。她感到空荡而失望。朗尼没有工作，也不打算去上大学。山姆曾经在汉堡男孩快餐店打过两年课余工，但是三月份她辞了职，这样她才有更多时间用来学习。她曾答应秋天再回去工作。

艾米特把马菲拉塔三明治从烤箱里拿出来，放进山姆母亲留下的塑脂盘子里，好盘子都被她带走了。他把马菲拉塔端给山姆和朗尼。

"谢谢，艾米特。"朗尼说，"这才叫服务周到。"他把烟在艾米特的烟灰缸里掐灭，烟灰缸上印着肯塔基湖的图案。

"算不了什么。"艾米特说。

山姆并不怎么喜欢啤酒的味道，不过马菲拉塔很好吃。艾米特知道怎么做好吃的马菲拉塔，里面放了好多橄榄和洋葱。艾琳从来不做马菲拉塔。

"我觉得风暴不会来了。"艾米特端着他自己的盘子走进来，说。

"今天晚上 HBO 放什么？"朗尼问，"这些 MTV 垃圾太怪了。"

比利·约尔[1]正在唱《上城女郎》。他穿着一件汽修工的连身工作服，正在向克里斯蒂·布林克里献殷勤。山姆说："HBO 今晚的节目令人作呕——《地底怪人》。不过 Cniemax 半夜会放一部限制级的电影。"

"哦，好啊！"因为那些限制级的电影，朗尼的父母不愿意安

---

[1] 比利·约尔（Billy Joel, 1949— ）：美国歌手、钢琴手、歌词作者。成名于20世纪70年代初。下文提到的克里斯蒂是美国20世纪70年代走红的模特和演员。

装有线电视。两星期之前，有人用一颗球形红色爆竹把有线电视安装员的信箱给炸掉了。

艾米特按动着频道选择板上的按钮，屏幕上闪过几个冲浪者，接着是警察。他把电视调到约翰尼·卡尔森的清谈节目，端着盘子坐了下来，把猫轰到一边，他的裙子掉到了猫身上，不过月亮饼并不妥协。月亮饼是只黑猫，只有腋窝是白色的，有一张碟子一样的大圆脸。艾米特对这只猫喜欢得发疯，甚至跟它睡在一起。月亮饼总是在早上四点钟把他弄醒，这时艾米特就会起来喂它。不过最近艾米特在他枕头下面放了一袋干猫粮，又在床边放了一个碗，这样他就可以很方便地一边睡觉一边给月亮饼喂食了。

"你怎么知道《地底怪人》不好看？"朗尼问。

"地底**臭屁**"，山姆说，"我看过，臭死了。噢，快看约翰尼的西装！"她大叫起来，用手指点着。约翰尼·卡尔森的西装在电视灯光下映射出一道彩虹——那柔和闪耀的颜色，就像一汪机油在阳光下反射出来的颜色。这些颜色让山姆想起去年她过生日的时候母亲寄给她的木星模片，那是母亲在辛辛那提的一个博物馆里买来的。那个木星模片是一个塑料圆圈，就像一片巨大的软性隐形眼镜，当你透过它看东西时，看到的风景会披上一层闪烁的颜色。真是一件可笑的礼物。

朗尼笑了："嗨，你能想象约翰尼·卡尔森穿裙子吗？"他说，"艾米特，有种你就穿着那条裙子到公共场合去。"

"男人穿裙子更有益健康。"艾米特一本正经地说,"他不会给塞得鼓鼓囊囊的,挤得难受。"

山姆对朗尼说:"他脸上的脓包真让我抓狂。他自己不愿意提这事儿。"

"你的脸怎么了,艾米特?我还没留意呢。"

"只不过是青春期罢了。你没注意到我在变声吗?"艾米特故意用一种做作的又尖又短的声音说道。

"严肃点。"山姆说,"你得了橙剂后遗症[1]。你那些脓疮跟新闻里描述的一模一样。"橙剂后遗症让她感到恐怖。最近新闻里播报了太多与此相关的消息。

"我没有沾染过橙剂。"艾米特说。

"你可能在橙剂附近待过,只不过你自己不知道。"

"也许你可以跟政府要点钱,艾米特,"朗尼说,"这样你就可以把你欠他们的债还了。"

"这么做有什么意思?讲一大堆废话,到头来还不是一无所获。还是让他们留着那些钱自己用吧。"艾米特摸了摸脸。"这不算什么事儿。"他说。他耸了耸肩,然后翘起头。雷声。"苏格拉底就穿着托加袍,"他拍着月亮饼说,"所有希腊人和罗马人都穿

---

[1] 橙剂是一种除草剂,在越南战争中被美军用作生化武器。被称为"橙剂"的除草剂因为包含有剧毒的化学物质二噁英而对人体造成了巨大伤害,在战争结束之后,越南出生的许多畸形婴儿以及出现的许多怪病就与此有关。

女装。"

山姆笑了:"你打算早上穿上这条裙子去麦当劳吗,艾米特?"艾米特总是在麦当劳和朋友一起吃早饭。

"我可不想让别人胡思乱想。"

山姆和朗尼都笑起来。"他们会怎么想呢,艾米特?"朗尼说。

他们知道人们会怎么想。那里流传着很多关于艾米特的故事:艾米特是镇里的毒贩头子;艾米特和外甥女睡觉;艾米特依赖姐姐过活;艾米特引诱高中女生;他在越南杀死过婴儿。不过他很有名,而且艾米特也不在乎别人说什么。

爱德·麦克马洪[1]爆发出一阵他特有的虚伪的捧腹大笑,然后传来一声响亮的霹雳,震得灯光乱闪。艾米特突然弯下腰,抓住胸口。

"你怎么了,艾米特?"朗尼问。

艾米特痛得脸都变了形。

"你的心灼热又发作了。"山姆说,"都是你晚饭吃的煎玉米卷闹的。"山姆对朗尼解释道,"他一直闹胀气。我跟他说了不要吃夹辣椒的玉米卷。他吃了那玩意儿老是打嗝。"

"我猜也是。"艾米特说着,直起身来,甩了甩肩膀。雷声再

---

[1] 爱德·麦克马洪(Ed McMahon,1923—2009):美国谐星。以协助约翰·卡尔森清谈节目,为其插科打诨著称。

次轰隆隆地响起来，艾米特退缩了一步。山姆害怕了，她自己从来没得过心灼热，不知道这是否跟心脏病有关。

"你还好吗，艾米特？"朗尼问，"你不会还没有完成你的心愿就翘辫子了吧？"

"没事儿，"艾米特说，"没那么痛了。"

穿着裙子的艾米特显得很庄重：他高高的个子，宽宽的肩膀，像个生过好几个孩子的中年妇女。山姆和朗尼坐在沙发里，双手放在对方的大腿上，艾米特小心翼翼地在那张仿皮椅子上坐下来，抖开裙子，让空气流过大腿。

"广告过后，我们马上回来。"约翰尼说。

2

之后不久，风暴就来了，他们四处乱窜，飞快地拔下家里电器的插头。风暴期间，艾米特和月亮饼挤坐在楼梯上。雨非常大，雨水从排水管里涌了出来，漫过院子。地下室大概又被淹了。

过道上，黑暗中，朗尼抓住山姆，把她拉近自己。"你是不是对我感到失望了？"他们相吻之后，他问。

"我以为你喜欢克洛格。比起你在夏姆利的工作你更喜欢那份活儿。"夏姆利是一家大型农业用具工厂，朗尼高中毕业后的那个冬天曾在那里做学徒。那时为了工作，朗尼不得不买了一双昂贵的安全鞋，但是后来他被解雇了。如今那双鞋头又硬又圆的安全鞋也就没什么用处了。

"在克洛格没有出路，"朗尼说，"太闷了，而且我老是偷懒。我会把所有罐头装到一个袋子里，就为了使坏。"

"我不是对你感到失望。可是我很失望。"

"也许我可以去英格索尔兰特试试。"

"他们不招人。"

"老妈老爸该大发雷霆了。"他们曾希望朗尼去职业学校学门手艺，如今他不能打篮球了，朗尼不知道他到底想做什么。在一场赢得希望镇最大的竞争对手——宾利·巴尔道格队——的比赛中，他曾经十二次投跳投中十个，因此颇有名气。希望镇人至今还会津津乐道地说起朗尼在那场比赛中的表现。

这时雷电交加。风暴就在那里，就在房子的上方。山姆站在厅里，紧抓着朗尼。在闪电的光亮中，她看见楼梯上的艾米特，他正在抽烟。他们在黑暗中待了很长一段时间，然后，突然间，雨小了下来，闪电变成一点闪烁的光亮。

风暴完全退去之后，朗尼吻了山姆一下，说："我知道我现在要做什么。"

"什么？"

"喝醉。"

在黑暗中，他从冰箱里拿出一罐啤酒打开。"嗨，艾米特，"

朗尼说,"风暴减弱了。让我们到哪儿去逛逛吧。"

"十一点半的《野战医院》差不多要开始了。"艾米特说,他在抽第二支烟了,现在是他和月亮饼坐在沙发里。

"你就不能少看一集吗?"朗尼说。

"可我是为了看《野战医院》才特意打扮成这样的啊,"艾米特说,拂动着他裙子的褶边。"我怀念《野战医院》。这部电视剧完了之后我就得了相思病。后来拍的续集和它根本就不是一回事。"

"他们不能打一辈子朝鲜战争,艾米特。"朗尼说。

艾米特从茶几上抓起他的烟,塞进裙子口袋里。"那我们走吧。去哪儿?巴藤?"

"那地方我今晚已经去过一次了,"朗尼说,"我们可以开车到处溜溜,看看风暴有没有造成什么破坏。"

"我知道我们可以去哪儿了,"艾米特说,从冰箱里取出最后一罐啤酒,"我们去卡伍德池塘吧。"

"你当真吗,艾米特?"朗尼大叫,"我以为你害怕那个地方。"

卡伍德池塘是山姆和朗尼最喜欢停车亲热的地方。它算不上什么真正的池塘,只是一块遍布污水坑、蛇满为患的沼泽地。山姆曾经听说那里有鳄鱼出没。艾米特小时候经常去那里,但是后来他就不去了。山姆奇怪他怎么会建议去那里。

"我没害怕,"艾米特说,"走吧。我这儿也许还能找到点'甜东西'。"他从厨房柜子里拿出一个混合可可饮料罐。"啊哈!"他看着罐子里面说道。

艾米特找到一件套头衫,套上之前,他闻了一下套头衫的腋窝。他摸了一下脸,他脸上的一个脓疮眼看就要爆了。

"我们去池塘吧!"他叫道。"别放月亮饼出去。"他们离开房子的时候他说,"夜里猫最容易被车碾。车头灯会让它们不知所措。"艾米特仍然穿着那条裙子。他太高了,穿着那条裙子显得很滑稽。山姆忍不住笑了起来。

街灯反射在刚刚汇集成的水坑里,闪闪发光。山姆的两只跑鞋都踩到了水里。她觉得自己被啤酒灌醉了。她躺在朗尼面包车后座的垫子上,朗尼和艾米特坐在前排。她在垫子上颠簸前行,因为看不见他们在朝哪里开,感觉自己就像一个坐在装甲车里的士兵。有一次艾米特曾经告诉她:那些车辆如何让人感到幽闭恐怖。十几个人一股脑儿地挤坐在长条凳上,他们的步枪相互碰擦,开车的人坐在一个小窝里,只有一个潜望镜用来看路。就像在潜水艇里一样,艾米特说。

"那儿有架推土机。"他们开上通向池塘的那条碎石路时,艾米特说。"他们在把沼泽地抽干,给小溪改道。那些生物学家快要气疯了。他们说这样会把蛇给饿死,鸟也不会来了。"

"没蛇我日子照样过。"山姆说。

卡伍德池塘是以一个臭名昭著逃犯的名字命名的:安德鲁·卡伍德。他曾经藏身此处,人们认定他掉进了一个水坑里。

大学里的生物学家让人在这里清理出一块地方,用来停车,还沿着沼泽地外圈铺了一条木板路。山姆和朗尼曾有几次在这里过夜,就睡在朗尼的面包车里。

"昆虫们正在聊天呢,"艾米特说,"它们在谈论我。我知道,因为我的耳朵在发烧。"

朗尼熄掉车灯,他们沉默地坐在车里,他们看见潮湿的木头在碎石空地上围出一个黑色的框。

艾米特和朗尼越过车座,爬到车尾,背朝山姆坐了下来。艾米特把他的"甜东西"从烟盒里拿出来,他点燃一根大麻,传给朗尼。雨后的夜晚令人心旷神怡,时不时吹来一阵微风,他们能够听见树叶上水滴摇落的声音。

"鸟都在哪儿啊,艾米特?"山姆问。

"晚上它们都睡了。除了猫头鹰。"

"鸟在哪儿睡觉啊,艾米特?"朗尼问,咯咯笑着。

"在鸟窝里。"

"嘿,讲讲你一直在找的那种鸟的事吧。"山姆说,"也许现在这里就有一只。"

"晚上你看不见的。"

"如果是白色的,看上去会不会像鬼?"

"那是什么鸟?"朗尼问。

艾米特犹豫了一下,回答道:"白鹭。"

"白鹭是什么样子？"山姆问，"你肯定这附近有这种鸟吗？"

艾米特喝了点啤酒："我相信白鹭是佛罗里达州的州鸟。"他接过朗尼传过来的大麻，喷了一口烟。

山姆对朗尼说："这种鸟他在越南经常看见。"

"真的？"

艾米特缓缓呼着气："是啊。你可以在稻田里看见它们，头埋在水里，到处找东西吃。它们是水鸟。"

"那这儿倒真可能会有，"朗尼说，"在这种沼泽地里。"

"你为啥那么想见到那种鸟呢？"山姆小心翼翼地问。

"它很美。是我见过的最漂亮的鸟，浑身雪白，长长的腿。"艾米特摆弄着啤酒罐的拉环，"有点像燕八哥，不过燕八哥没那么漂亮。有时候你会看见水牛，每头水牛身边都坐着一只这样的鸟，就像水牛的宠物。"

"它们为什么那么做？"朗尼问。

"鸟会吃水牛翻出来的东西，还会把水牛头上的虱子挑出来吃了。有时候你会看见鸟就坐在水牛背上，水牛不在乎。"

"如果你再看到那样的鸟，会勾起你不好的回忆吗？"山姆问。

"不会，那是美好的回忆。他妈的唯一的一个。周围乱成一团，到处都是烂事，那些美丽的鸟却不理不睬，只顾做自己的事情。它们成群结队在空中飞过，飞的时候长脖子会叠起来。"艾米特把啤酒罐在手掌里滚来滚去，铝罐被弄皱了。他说，"有一次一颗手榴弹扔在一堆树丛附近,那些鸟像鹌鹑一样飞起,四面八方,到处都是。我们还以为是下雪了,不过是在朝上飘,不是往下落。"

"你在那边见过很多这类的行动吗?"朗尼问。

"见过几次。有一两次我差点把小命给弄丢了。"

"怎么了?"

"哦,你还是不知道的好。"

山姆把大麻传给朗尼。她呼出一口气,咳嗽起来。她似乎能够看见那些鸟。她心情平和,可是想到艾米特的事,却让她头晕。多年以来,他从未讲过这么多有关越南的事情。一定是看了那么多集的《野战医院》才引出了这些事情的,她想。艾米特以前有一个女朋友——安妮塔·史蒂文斯,但是圣诞节时他跟她分了手。他从来没说过为什么。他带她去假日酒店吃虾,在帕迪尤卡的派对中心买了昂贵的奶酪篮送给她。安妮塔开玩笑地把那篮子叫作她的复活节竹篮,问艾米特把"甜东西"藏在哪里了。那个竹篮里装了太多奶酪和意大利香肠,她的冰箱里大概现在还剩着一些。

"嗨,艾米特,"山姆脱口而出,"我真希望安妮塔现在跟我们在一起。你为什么不给她打电话了?"

"当然要打。把电话递给我。"

"我当真的。为什么你不能明天给她打个电话?"

"安妮塔不想要一个穿裙子的野鸟观察者。"艾米特断然说。

"嗯，那你就别穿裙子好了。"山姆说。

艾米特嘴里咕哝着什么。他靠着面包车后厢里的备胎坐着，手上烟头冒出的红光让山姆想起火星，它突然出现在夏日天空中的样子，闪着鲜橙色的光芒，看上去似乎正朝着地球的方向移动。

朗尼打开收音机，布鲁斯·斯普林斯汀吼叫着："我是一个美国摇滚酷老爹！"这是他新专辑里的一首歌。他们跟着大学短波频道"摇滚-95"播放的歌曲唱了一会儿。山姆看见月亮在破碎的云层后面缓缓移动。夜色清爽，收音机里正在放《不要搞再不要和肥婆搞》，这是艾米特喜爱的歌。安妮塔不是肥婆，她很漂亮，山姆敢肯定她对艾米特还很在意。山姆感觉到朗尼在拉她，等着要跟她亲热，可是在这黑暗之中，她的意识旋转飘忽，令她无法捕捉。

艾米特和朗尼走开了，山姆失去了时间概念。也许她打了个盹儿，她感到害怕。月亮出来了，把这里变成一场恐怖片的完美场景。她慢慢意识到收音机里传来的一个熟悉又陌生的声音。那是一首甲壳虫乐队的歌，可是这首歌她以前从没听到过。山姆本来以为她听过他们所有的歌，因为她母亲拥有他们所有的唱片。她搬去列克星敦时把这些唱片留给了山姆。"你最好不要招惹我的猫。"他们唱道。夹克虫怎么会出新唱片呢？她醺醺然地想，觉得奇怪。

"别出声。"这时艾米特和朗尼回到了面包车里，艾米特低声说。"朗尼,把你的烟用手包着。别让它露出来。"

"放松点,艾米特。没事的。"朗尼爬上驾驶座,打开油门。

"操他妈的耶稣基督,朗尼!"艾米特压低嗓门,用尖尖的声调激动地说,"安静!别开灯。把发动机关了!我们滑行到1号高速去。"

"别紧张,艾米特。沉住气。"

"你看见什么了,艾米特?"山姆问,探身去摸他的肩膀。

"不要这样!"艾米特叫道,猛地摆脱了她。

"他只不过受了点惊吓,"朗尼说,把车退出空地,"没什么。"

"哦,操,"山姆说,"你还行吗,艾米特?"

艾米特咕哝着:"赶快,"他说,"我受不了了。"

"我们回家,艾米特,"当他们颠颠簸簸地驶过月色中的碎石路时,朗尼说,"别把裙子脱了。"

3

"噢啊,痛!"

"对不起。就一分钟,山姆。"道恩说,"让我把冰块在你耳朵上放一分钟。我不需要把它弄得太麻木。"

道恩手拿一个装着碎冰块的塑料袋,放在山姆的耳垂上。

"如果我长了冻疮,耳朵给冻掉了,我就去告你。"

"别动。购物中心的人才不会给你做这些事呢,"道恩说,"他们会把耳钉直接穿过你耳朵,什么防痛措施都没有。好了!你什么都没觉察到吧,对不对?"

"倒不是真的那么疼。还好啦。"山姆打着战,她的耳朵一阵阵刺痛。

山姆的朋友道恩·古德温去年给她打过耳洞,现在又给她打了一对,这样山姆就可以戴两副耳环了。道恩每只耳朵上都有四个洞。她的耳环沿着耳垂的轮廓围成一圈,就像钉在一条皮带上的钉子。道恩和她的前男友司各特分手之前,山姆和朗尼经常跟道恩和司各特一起厮混,那时道恩还没跟肯特·威廉姆森在一起。朗尼跟肯特合不来,因此他们不太成对约着出去。道恩非常漂亮,但是她坚持认为山姆更漂亮。山姆不这么认为:她的脸太圆,还长着龅牙,等等。

"购物中心的人不给我打第四个耳洞,"道恩说,"他们害怕伤到软骨。就是去了医院也没有护士会给你打的。不过我很幸运,我这里肉多。我唯一发炎的那次是第一次,在购物中心打耳洞的那次。不过那次我没有照规定一天擦三次酒精。另外那只耳朵感觉怎么样?"

"还好。"第二根针很容易地穿了过去,让山姆松了口气。"我的耳朵红得像血。"她说,朝镜子里的自己咯咯笑着。她的圆脸像艾米特和艾琳。她留着短发,头发的颜色是"彭尼"牌皮便鞋的颜色。

"你耳垂很大,"道恩说,"可以打四个耳洞。"

道恩住在一座吱吱嘎嘎的老房子里,比山姆住的房子还要寒酸,但是道恩有一间巨大的卧室,贴着精美的金蓝双色花卉图案的墙纸,梳妆台上铺着带流苏边的台布。

"现在,如果你守规矩的话,就不会有问题。"道恩说,"让耳钉留在耳朵上,每天用酒精擦拭三次,擦两个星期。别忘了经常转转耳钉头。"

"我要戴一个长的一个短的,"山姆说,欣赏着镜子里自己的耳朵。"我有两个两英寸长的剑,可以戴在下面的耳洞里,我还要在新耳洞里插上小星星。"

道恩戴着大小不同、风格各异的耳环:心形、菱形、黑桃形和梅花形。黑桃耳环是黑色珐琅的,梅花耳环是长长的、摇摇摆摆的莱茵石,菱形耳环是金线的,心形耳环则是两个小小的耳钉。道恩的收藏极具特色,她大概有五十对耳环:银的、金的、景泰蓝的。山姆喜欢道恩的耳环。

道恩说:"最有意思的是去找些旧玻璃珠子串起来,做成三英寸左右的环或者串来戴。这种耳环跟你的头发非常配,要是愿意的话你还可以拿起来放在嘴里嚼。这儿,我把去年在湖边手工交易会上买的耳环送给你吧。是用马蹄铁钉做的。"她从她的珠宝盒里把那对耳环摘了下来,"我以前特别喜欢这对,不过现在我戴烦了。"她笑起来，"我容易感到厌烦，一感到厌烦我就去穿一个新耳洞。"

"哦，谢谢。"山姆把耳环塞进钱包里。

"你还记得那个因为穿无袖T恤被学校开除的男生吗？"

"记得啊。"山姆笑了，"对希望镇来说他太朋克了。"

"我听说他在奶头上穿了孔，在那个地方戴了个小金环。"

"哎哟！"

"我不喜欢那家伙，他真是个怪物。他在汉堡男孩后面抽大麻，然后跑来追我。我都不知道那是什么意思，我还以为他是个同性恋呢。我知道我挺坏的，不过他太怪了。"她们一起看着镜子里两人的脸，咯咯笑了。道恩比山姆高。"我们是希望镇最坏的女孩。"

"我想做什么我舅舅都会让我做，他居然连我跟朗尼睡觉也不在乎。朗尼辞职之后已经在我家过了三次夜了。"

"要是爸爸知道我做这种事情，他会把我杀了的。"道恩把湿棉球投进垃圾桶里。"来，他回家前我得把厨房收拾干净。如果他回来的时候还是一团糟，他会臭骂我半天。不过如果我不在家的话，他会以为今天是我打工的日子。"

道恩在汉堡男孩打工，山姆等不及要回去那里工作，这样她就可以挨着道恩了。道恩的母亲死了，她的四个兄弟里只有一个还住在家里。山姆和道恩都住在没有其他女人的房子里，她们意识到这种情形并不常见。这让她们拥有某种独立性，不过道恩比山姆顾家得多,而且她是个好厨子。

她们在楼下洗碗的时候,山姆吐露了对艾米特的脓疮的担忧。道恩吓了一跳。"姑娘!你不是当真的吧!"她从未听说过橙剂。"你是说过了这么多年还会发病?"

"会引发各种问题。我在图书馆的一本书里读到过。接触过那玩意儿的家伙如果有了孩子,孩子生下来就会有残疾。"

"也许这就是为什么你舅舅从不结婚的原因。也许从越南回来的时候他就知道会发生什么事情了。"

"也许吧。不过他们是不久之前才发现橙剂会起到什么作用的。"山姆把杯子擦干,杯子都是快餐店的免费礼品。

道恩说:"我表哥也去过越南,不过这事儿他从来不告诉别人。他就跟其他人一样。他在联合碳化上班,三班倒。这个橙什么的有办法治吗?"

"我不知道。艾米特脑袋会疼,让我害怕。时不时你会看见他照着额头猛抽,你就知道他又头痛了。吃阿司匹林也没用,有点像长了倒拉刺,不过我担心可能是脑瘤。"

道恩用一块钢丝刷对着一只煎锅下了手。"我认识一个得脑瘤的男孩,"她说,"是在博林格林,我姑姑住在那儿,有一次我在那儿待了一个夏天。这个男孩经常去游泳池,他很可爱。他的事情让我难过得要命。我还认识一个男孩,他*说*他得了脑瘤,只能活两年了。但是他是在撒谎,想引起我的注意。"

"你觉得哪样更糟糕：得脑瘤病死还是打仗战死？"

道恩继续擦拭着那只煎锅，沉思着。"我不知道。有时候我想突然死去肯定更好。我妈拖了好久，她们说那情形非常可怕。我那时太小，不记得了。"

擦完煎锅，道恩从冰箱里拿出一夸脱可乐，又取出些冰块。道恩的老式冰箱很小，冷冻室没有单独的隔门。她们在客厅里喝着可乐，山姆浏览着道恩的兄弟们留下的唱片：威利·尼尔森、克里斯朵夫·格罗斯、埃尔顿·约翰，都是山姆讨厌的歌手。

"我真希望我有钱去买斯普林斯汀的新专辑，"山姆说，"但是我得把所有的钱都存起来买辆车。"

"汉堡男孩的收音机整天都在放那些歌。"

"你知道那首关于老兵的首打歌吗？"

"《生于美国》？"

"对。那首歌里，他哥哥战死在那边，这家伙回家后遇到一大堆麻烦。他找不到工作，最后进了监狱。很棒的一首歌。"

"我喜欢那首洗车的，说的是一直在下雨，他丢了工作和女朋友。那是一首悲伤得不得了的歌。这首歌真让我害怕。"道恩打了个冷战，把杯子里的冰块弄得哗啦啦响。"我哥哥把我所有的唱片都拿走了，"她说，"他还偷走了我放在房间里的音响。我的收音机炸掉了。"

"我一直都在听我母亲的老唱片，"山姆说，"她去了列克星敦，过得挺好的，她好像也不担心艾米特了。这一点真让我痛心。"

"你还想你母亲吗？"

山姆用手指触弄着耳朵里的新耳钉。"想。我记得多年以前，周六的晚上，我们经常一起看电视。她会爆些玉米花，然后她、艾米特和我就会看喜剧节目，差不多要看三个钟头，一个接一个。先是《一家子》，然后是《野战医院》，然后是《玛丽·泰勒·摩尔》，然后是《鲍伯·纽哈特》，那之后再放一个小时的《卡罗·伯奈特》。真是不可思议。可是后来节目变了，几年前洛伦佐·琼斯开始到我家来，我们想一起看电视的时候他就在那儿讲话，即便放新闻的时候他也在讲话，讲他对世界大事的观点，弄得你连新闻都听不见。"

"我有个哥哥就像那样。"

"我真希望你和我可以做点真正狂野的事情，"山姆说，"我们可以在佛罗里达或者别的什么地方找份工作，每天都到海滩去。那不是很好玩吗？我们可以在迪士尼游乐场工作。"

"如果我们扔下朗尼和肯特走掉的话，他们会很高兴的。"

"我想要的是钱，"山姆说，"我需要老大一笔钱。"

"嗯，在汉堡男孩你是挣不到那么多钱的。"

"我还没想好要做什么！"山姆叫道，"我可以去肯大，可是艾米特要依靠我，而且还有朗尼。我觉得他打算一找到工作就结婚。"

"还要生孩子。"

"吃了药就不会。你知道吗,妈妈去年怀孕的时候,她立刻把我带到医生那里,给我开了避孕药。她连问都没问我。"

"吃那些东西你不怕吗?"道恩问,"我怕有副作用。"

"我不在乎。孩子才是个大得不行的副作用呢。"她咯咯笑着,摸着她的肚子,"一个前面的作用。"

她把杯子里的冰倒进厨房的水池里,把杯子洗了。

"你想嫁给朗尼吗?"道恩问。

"我不知道,"山姆缓缓地说,"我现在这种情况,朗尼目前不是我的主要考虑。"她从地板上捡起一张绵纸巾。"他对我很好,如果我们分手会要了他的命的。"

"朗尼倒真的是相当帅。"道恩说,"如果你嫁给他,你的名字就变成山姆·马隆,像连续剧《干杯》里面的那个家伙一样。"

"对啊。我以前经常觉得那样很恐怖,不过现在我不那么想了。"

道恩用洗碗布擦着桌子。她说:"你知道我希望我们可以做点什么事吗?我希望我哥哥会把他的车借给我们,这样我们就可以去帕迪尤卡那些出差的商人常去的酒吧里逛逛。我们可以穿上最性感的衣服,他们就会认为我们比实际年龄大。也许他们会给我们买东西吃,还会给我们钱。"

"如果我们能去帕迪尤卡的商城我就满意了。"

"对啊。这个镇子死气沉沉,连个商城都没有。"道恩说,扭绞着洗碗布。

4

山姆离开道恩回到家里，艾米特正沿着房子的一侧挖坑。他用力铲起泥土，把它们堆到草地上。

"你在干吗？"

"我想找找从哪儿开始漏水的，我得把厨房下面的地基晾出来。"

艾米特的衬衫汗湿了，满脸通红。隔壁，比格斯太太，一个依靠社保为生的寡妇，正在她家门廊里用怀疑的目光打量着他。杰西·杰克逊[1]可能当选总统，这让比格斯太太生活在恐惧之中。

艾米特看见山姆的耳朵后，说："爸爸以前经常这样给家畜钉上标签。"

"下次我可能会在奶头上穿一个环。"她说。

比格斯太太突然从黄杨木篱笆上的一个小门里闯了进来。"你想挖到中国去吗？"她说，声音像鸟叫。她个子很小，一头白发烫着大卷。

"我在做的事情是挖掘，"艾米特对比格斯太太解释道，"这是一份高贵的工作。埃及人和罗马人全都是伟大的挖掘者，同时也是伟大的建设者。这是一个伟大的传统。"

"你的猫又把屎拉在我的牵牛花里了。"比格斯太太说。

---

1 杰西·杰克逊（Jesse Jackson, 1941— ）：美国民主党政客，他是一位黑人。

"那可是好肥料，比格斯太太。月亮饼拉的是高品质的肥料。"艾米特嘟哝着，又扯到了他挖土的杰作，"埃及人也崇拜猫。这两件事情是分不开的：向猫和土方工程致敬。"他礼貌地对着她碰了碰他的百事可乐帽子。

艾米特一直工作到天黑，其间只停下来吃了朗尼带来的比萨饼。他好像着了迷一样。他把硬黏土铲起来，碰到石头的时候就用一把鹤嘴钳把石头挖出来。山姆还从来没见过他那么勤奋地工作过。他汗流浃背，嘴里诅咒着那些石头。有时他也休息一下，摸着太阳穴，等待阵痛过去。他好像是在倾听着内心的音乐。他一边工作，一边用随身听收听"摇滚-95"。他说他没听到过那首甲壳虫乐队的新歌，山姆也再没听到过那首歌。艾米特坚持说她肯定是弄错了。当她问起那一夜他在卡伍德池塘短暂的失态时，他若无其事地说："我只不过是一个又野又疯的家伙。"山姆一直在想：她应该鼓励他多讲些关于战争的事情，她小时候他就经常讲起。那还是在他冷静下来、适应了日常生活之前。多谈谈这个会对他有好处的，她告诉朗尼——这是《野战医院》里面西尼·弗雷德曼医生让他的病人们倾诉焦虑的方法。但是她知道，电视里的人总是能找到词语表达他们的感情，而在真实生活中，很少有人能做到。电视里的人有剧本作者。

第二天天一亮，艾米特就又到外面去挖土了，他甚至没去麦当劳吃早饭。山姆出去跑步，她回来的时候，艾米特的父亲，她的姥爷，正在那儿看着他。他是来找艾米特去帮忙拉牛犊的，但是艾米特借口推脱了。几年前艾米特的父亲想让他分摊一些大豆的费用，因为这事儿他们俩闹翻过一次。

"你什么时候才能像其他人那样去找份工作，不再鬼混了啊？"史密斯姥爷抱怨着。

"没啥值得做的事情，"艾米特说，把土投向姥爷脚边。"大多数工作都傻不啦叽的，只不过是在浪费地球资源，掠夺这个星球。妈妈怎么样？"

"她老催我，她想去佛罗里达。"

"你们应该去。那天夜里你们有没有被风刮到？"

"没有。只是刮了点大风暴，吹倒了围墙边上的一棵死树，我们家的狗疯了，我寻思我们得把它打死。"

"是克星吗？"

"不是，是锈儿，我去年买回来的那条板凳腿杂种狗。它真是神经紧张。"姥爷朝山姆点了点头。"山姆，你来我们家，我们会喂你吃的。你需要养胖点。"

"要是我有车我就会去的。"山姆说。

"我们可以来接你。你姥姥会给你做乡村火腿跟李子派。我们不给艾米特吃。"

"你要打死那条狗我就不去。"

"嗯,我估计我们不会打死它的。可是它一向不懂事。"

山姆在镇里看到一个贴在汽车保险杠上的招贴:**被喷射被出卖**[1]。她把这事儿告诉了艾米特,艾米特咕哝着继续挖土。他的脸上涂了抗痤疮药,她发现并不是每个从越南回来的士兵都像艾米特一样古怪。她认识的退役军人——同学的亲戚们——都调整得非常好。他们有漂亮的房子,有妻子和孩子;他们不穿裙子,就算是为了搞笑也不会穿;他们不拒绝找工作或者买车。阿伦·维肯斯就是其中之一,他开了一家男装店,还在一个小棒球联盟当教练,他女儿在第6频道的时尚电视节目广告里做少年模特。山姆怀疑造成艾米特现状的原因更多在于她疯狂的家庭,而不是越南战争。

第二天早上,她决定不像往常一样出去跑步,而是和艾米特一起去麦当劳。她对那些和艾米特一起厮混的退役军人感到好奇。她认识他们已经好多年了,但是对他们是老兵这件事她却从没多想过。

麦当劳里,艾米特的老友们还没到。一个跟朗尼的父亲一起在五金店工作的小个子秃顶男人在他们的桌子前停下来,打趣艾米特找了个"新女朋友",他指的是山姆。

"她让我保持状态。"艾米特说,用手肘碰了碰山姆。

---

1 指越战中美军喷射橙剂。

"艾米特，我听说饼干厂在招人。"那个男人说。

"操他妈的饼干厂。"艾米特说，嘴里塞满麦克鸡蛋松饼。

那人朝山姆眨眨眼："在家里你会让他说这种话吗，山姆？"

她耸耸肩："这是HBO里放的。"

"他让你看HBO？"

"他不在乎。"她说，被激怒了。

"如果我安了HBO，我不会让我妻子看的。"

"别搭理他，山姆。"那人走了之后，艾米特说，"他满脑子的屎。"

皮特·希姆斯和汤姆·哈德逊进来跟他们坐到一起。他们要了可乐和小份苹果派。皮特在一个高速公路乘务组工作，汤姆是个汽车修理工，有自己的汽车修理厂。山姆知道汤姆在战争中受过伤，但是他除了姿势有点僵硬，别的看不出什么来。他坐到艾米特旁边。

"我坐你旁边你有没有意见，山姆？"皮特问，"我不会咬人的。"

"如果你给我看你的文身，我就让你坐这儿。"山姆任性地说。艾米特有一次曾经跟她讲过皮特的文身。在越南的时候，皮特把一幅西肯塔基州杰克逊购置地[1]的地图文在了胸脯上。

---

[1] 肯塔基州原属于印第安人的土地，后被美国第七届总统杰克逊购得。

"你想让我在这个地方给你看?"皮特挑逗地说,"我会被抓起来的。我们出去到我卡车里我就给你看。"

"你的卡车是什么样的?"

"福特蓝鲸。怎么啦?"

"我需要一辆车。"山姆说。

"你需要头上有个洞。"艾米特说。

"我在想会不会有人把自己的脸文在胸脯上,"山姆说,"就像T恤上印的脸。"

"我来告诉你吧,"皮特说,"我倒希望我他妈有一件印着地图的T恤,而不是胸口上有张地图。"他吃了一口苹果派。"噢,好烫啊!艾米特,你这个长腿外甥女怎么跑这儿来了?她碰到什么麻烦了?"

"她裤子里进了蚂蚁。"艾米特说。

"他感染了橙剂。"山姆说,"看看他的脸。"

"我感染了橙剂,"皮特开玩笑地说,"在脑袋里。"他笑着,吹着他的派。"我腿上有过一块地方,全是棕色的,好笑吧?不过它自己好了。感情它是跑到骨头里去了?"

"没东西能够伤害你,皮特。"汤姆说,"你就像电视上那个吃自行车的家伙。"

"《不可思议》里面放的,"山姆说,"我看过。"

"你不知道那样做势必会把那家伙弄残吗?"皮特笑嘻嘻地说。

"你们中有人曾经被喷过橙剂吗?"山姆直截了当地问。

皮特和汤姆同时吸吮起他们的可乐吸管来。

"我觉得没有。"皮特慢慢说道。他从一个皱巴巴的烟盒里拍出一根烟来。

艾米特"砰"的一声合扣上他的鸡蛋松糕盒子。"山姆现在满脑子都是南[1],"他说,"她读了一大捆历史书,老缠着我。"

"那些书都告诉你什么东西了,山姆?"汤姆问,盯着山姆。

"什么都没有。都是些无聊的历史书。"她不好意思了。那些书没讲在那边的战争是什么样子,连图片都没有。

皮特说:"妈的,我记得他们那时经常喷药,他们让我们到房子里面去因为他们要喷药了,不过那不是什么大不了的事儿。闻着一股甜味,像橙子的味道。"

"曼格荣老伙计喝半罐啤酒就会生病,"汤姆说,"他们说是橙剂造成的。"

麦当劳的后院里闹哄哄的,一个儿童生日派对开始了。山姆试图想象这些男人在丛林里作战。她从来无法想象艾米特拿枪的样子,姥爷曾脱口说出要把狗射杀掉,艾米特告诉她姥爷不是当真的。

"我觉得我的问题是,我可能对跳蚤过敏,"艾米特抖了一下,

---

[1] 越南退伍兵对越南的简称。

说,"我的猫长了跳蚤。它就睡在我头的上方。"

"如果我有一辆车,我会带你去老兵联,"山姆说,"我会把你直接拉到那儿,让他们看看你的脸。噢,真的,如果能弄到一辆车,我愿意付出一切。"

"汤姆正有辆车要卖。"皮特说。

"那辆虫子?对,我可以把我的大众虫子卖给你。"汤姆和皮特相视而笑,"有几个地方我还得修一下,不过你可以拿六千块钱从我这儿买下来。"

皮特笑了。"别让他宰你,山姆。那辆车是73年的。"

"我便宜卖给你,"汤姆说,"你可以拿六百块买下来。那车跑得不错,不过我还要修一下。"

"我没那么多钱。"她银行里有三百块钱,不过她要靠这笔钱维持一个夏天。

"你可以过来看看。"

汤姆直视着她的眼睛,她移开目光,捅着饮料杯里的吸管。他身上有点什么东西让她感觉兴奋,但是她不知道那是什么。他看着她,似乎真的想让她拥有那辆车。她知道自己的脸肯定红了。

艾米特把鸡蛋松糕盒子压扁,去了洗手间。

"你想看我的文身吗,山姆?"皮特挤了挤眼睛,问。

"当然啦。"

"那是我住的街道,"皮特说,掀开T恤,指着他的胸脯。"那个看上去像瓢虫的小红玩意儿是我的老克尔维特。我不在的时候我老婆把它给卖了，放到现在的话可以算是一辆老爷车了。"

胸毛从杰克逊购置地的中心地带冒了出来，那幅文身跟《国家地理》杂志一样大，蓝色的轮廓，里面的镇子是红色的。

他说："我这么看着，它是倒过来的，在镜子里看又是反的。这大概是我这辈子做过的最愚蠢的一件事了。"他笑了起来。

汤姆跟他一起笑了。"在那个年纪，你做的总是你想得出来的最愚蠢的事情，你想：哦，哇，这难道不是世界上最好玩的事情吗！"他耸耸肩。他不难看，山姆想。他跟艾米特差不多大。

"考虑一下那辆车吧，山姆，"汤姆走的时候说，"如果你愿意就过来瞧瞧。"

回家的路上，山姆问艾米特："你的朋友们一直都那么滑稽吗？"

"他们都是好人，只不过爱开开玩笑。"

"我真希望能有那辆大众。"她说。她母亲以前有过一辆，山姆用那辆车学会了驾驶。

"我认为你不能买车。你还没成年。"

"如果你帮我签字就可以。"

"因为我如此地负责，又有那么多钱吗？对啊，所有告我的人都会发横财的！"

"假设我买车的话你会帮我签字吗？"

"你先弄到钱再来问我。"

山姆看到街上殡仪馆门前停着一辆蓝色的大众甲壳虫,她真不介意拥有一辆大众虫子。

山姆突然想起自己听说过的关于皮特的一些事情,小心翼翼地问:"嗨,艾米特,皮特有一次拿着一把猎枪把他妻子撵出了家门,是真的吗?"

"不是,是她撵他。他在外面开枪——不是打她。他只是在开枪。可是辛蒂不能容忍他做这种傻事。她告诉他要是不戒了这习惯,她就走。"

"皮特开枪打什么呢?"

这时他们正要过街,他没有回答。拐角处是一个牙医诊所,她母亲曾在那里做过前台接待。山姆又问:"皮特开枪打什么呢?"

"他说那只是一股突如其来的冲动,他要出去打几枪才能摆脱掉。"

还有一条街就到家了,这时艾米特突然说:"他的书房里以前有一张越南地图,被他妻子给扯了下来,因为那跟她的装饰风格不搭配。这话听起来很疯狂,不过我觉得他宁可回到越南去。"

"你也曾经这么希望过吗?"

"没有。该死,没有!你开玩笑啊?"

在他们那条街的拐角处,艾米特停下脚步,盯着田野里供水系统附近的什么东西看着,也许是一只鸟吧,可他的样子似乎是在倾听着什么,山姆想起《野战医院》里"雷达"欧雷利的样子,他总是能先于其他人听见运载伤员的直升机到来的声音。

艾米特什么东西都能盯着看上一阵——一丛玫瑰，一个停行牌，一只普通的鸟，甚至一份克洛格商店的传单，他全神贯注，似乎那是地球上最引人入胜的东西。这就是为什么他"吃豆人"玩得那么好的原因，这也是他观察鸟的方式，他悄悄跟踪着它们，大概在想象中看到了一只羽毛丰满的鸟，实际上却只不过瞥到一只翅膀、一块明亮的鸟冠或者咽喉。艾米特让山姆想起《哈维》里的詹姆斯·斯图尔特，那是一部他们在7台的《午夜剧场》节目里看过的老电影。哈维是詹姆斯·斯图尔特随身带着的一只兔子。有时艾米特似乎也随身带着一个隐形物体，一个指引着他的存在。不过那可能不是一只兔子，可能是一只猫。

山姆七八岁的时候，她和艾米特有过一本邮集。他们会花上好几个小时，一起专心研究邮票公司每个月寄来的装在玻璃纸袋里的外国试行邮票。他们的集邮本很旧，邮票上的国家也是错的：老殖民地国家，像锡兰、比利时、刚果，越南成了印度支那。他们在玩这些邮票的时候，艾米特会给山姆讲战争故事，夹杂着M-60、手雷发射台、C-13运输机，以及山姆最喜欢的——水陆两用车，艾米特把它笑称为"黄色潜水艇"[1]。艾米特的故事让山姆在脑海里描绘出一幅关于越南的图画：那是一个令人愉快的乡

---

1 甲壳虫乐队一首歌的名称。

村，有点像佛罗里达，那里有海滩、棕榈树、水田和绿色的山峦。天空中布满让人惊叹的飞机——带格林机关枪的C-47、修斯机、切鲁克直升运输机、空中列车、鸟犬。艾米特甚至还做了几架直升机和喷气式战斗机的塑料模型，他用这些模型来演绎他的故事。

艾琳不让他讲这些故事。提起战争就让她生气，但是山姆并不真正了解这件事的真相，直到不久后的一天，他们有了第一台彩色电视机。那时她八岁还是九岁，晚间新闻里，一个关于越南的报道——她觉得那是1975年西贡的秋天——播放的是一群背负包袱的人走在一条路上，有些人怀里抱着孩子，军用吉普在路上轧轧驶过。风景很真实——远处的一座小山，一条街沿肮脏狭窄的铺砌路，一块种植着成行的某种绿色植物的田野。那条路跟那条在洼地里蜿蜒通向帕迪尤卡的老希望镇路一模一样。第一次，越南变成一个真实的地方。在山姆观看时，一个身着T恤、没穿裤子的小孩沿着公路跑来，他的母亲跟在后面叫喊着他的名字，训斥着他。

5

山姆又在收音机里听到了甲壳虫乐队的那首新歌，当时她正跟朗尼和道恩一起在汉堡男孩喝可乐。那真的是甲壳虫乐队——

DJ说这是一首1964年录制的、以前没有发布过的歌。听这首歌时感觉荒诞,就像那是来自坟墓的声音。山姆茫然地坐在那儿,试图领会歌词的意义,朗尼则在一边跟道恩喋喋不休地谈论他帮他叔叔做的一件建筑活儿。他们没有注意到她根本心不在焉。"你最好别打扰我的小猫",那首歌唱道。真是一首很棒的歌。听着它,山姆感觉到六十年代的那股力量,就像欲望在堆积,在爆发。但是歌里又有一种嬉戏的东西,让人觉得对于年轻人来说,那是一个比现在好得多的时代。她母亲认识一个曾经听过甲壳虫乐队1966年音乐会的人。

山姆回家后告诉艾米特那首歌的事情,他仍然无法相信。"艾琳听到了会发疯的。"他说。

他正在厨房里做墨西哥煎饼。他把洋葱切碎,把它们横直交叉铺起来,再把长出来的端头切掉。"朗尼在哪儿?"他问。

"在跟他叔叔弄房子。"

"他来吃晚饭吗?"

"不来。他母亲家今晚吃鸡肉和饺子。"

艾米特拉开一盒墨西哥煎饼皮,拿出六张煎饼皮来放在一个平底锅里,再把平底锅放进烤箱。他专心致志地做着这一切,似乎期待着看见煎饼会在烤箱里变成某种精美绝伦的东西。

"你妈妈又打电话来了。"他说。

山姆从冰箱的冷冻室里拿出一根橙味冰棒,把它掰成两半,拿起其中一半，撕掉包装纸，咬掉尾部。冰棒有点软。

"冰箱又不正常了。"她说。

"艾琳说九点以后给她打一个对方付款的电话。"艾米特说。

山姆吞下一块冰棒："她今年夏天会来这里吗？"

"她没说。"

"离开洛伦佐·琼斯她大概会受不了的。他把她给捆住了。他声称自己在维特尼是这个，"山姆把手指头交叉起来，竖在艾米特面前。"可是我碰巧知道，事实是他只不过是维特尼马场的一个看马的，而且那还是好久以前的事情了。"

"你嫉妒了。"

"我**没有**。"

"我要为莱瑞说句话，"艾米特说，"虽然他从前不怎么样，不过现在正在努力。艾琳很高兴自己老公是 IBM 的名人。"

"我只不过气她把我们给抛弃了。如果我去肯大，有个婴儿在我肯定怎么也睡不着觉。"

"你在嫉妒那个婴儿。"

"小洛伦佐。"

"她的名字叫希瑟。我觉得这个名字实在漂亮。"

山姆笑了。"妈妈还觉得萨曼莎是个漂亮名字呢。她向来受不了每个人都管我叫山姆。"

"是你爸爸给你起名萨曼莎的。"艾米特说。

"嗨！你什么意思啊？"

艾米特拉出一罐百事可乐，在回答之前先喝了一口。"德韦恩有一次写信给艾琳，说他想给你取名叫萨曼莎，因为那是他最喜欢的名字。"他打了一个响亮的嗝。

"这件事我一直都不知道。"山姆吃了一惊。冰棒水滴到了她的腿上。

山姆一直认为她的名字是艾琳照着某个爱好斗牛、名叫萨曼莎某某的女演员给起的。有一次山姆在逃避一头史密斯姥爷租来给他的母牛下种的公牛时，被带刺的铁丝刮伤，必须打破伤风针。"你为什么给我起了个斗牛人的名字？"她责问母亲，但是艾琳否认山姆的名字和一个斗牛影星有任何关系。山姆很混乱，如果她连自己名字的起源这样一个简单的事实都不知道，那么她还能真正知道什么呢？

艾米特拿着一张报纸在她面前晃着："让我给你看看道布斯医生今天怎么说的。"他找到报纸中间的医药栏目。"有个患心口灼热的人给报纸写信，道布斯医生说那可能是泰奇氏综合征。这跟心脏病的症状一样，不过只是胸腔软骨肿胀。感情我就是那毛病，不是什么毒气？"

"也许吧。你为什么不写信问问他你脑袋里响爆竹的事情呢？问问他你鼻子上的脓疮为什么两个月了还没好？为什么脓疮蔓延到你脖子上了？他会说那是橙剂后遗症，我敢跟你打赌。"

"哦,那些医生不相信橙剂后遗症。"

山姆吸吮着冰棒棍,烤箱里传出一阵阵墨西哥煎饼皮的味道。她突然说:"嗨,艾米特,告诉我关于越南你记忆最深的是什么。除了那种鸟。"

艾米特眯着眼睛朝烤箱里看着。"你想知道这个干什么?"他问。

"问问而已。"

"鱼露的味道,"他说,"还有稻田里的人粪。还有所有那些骑自行车的人。"

"别的呢?告诉我发生了什么事情。告诉我关于那个棚屋炸飞了的事情。"她还记得那个故事,一群士兵炸掉了一座房子。挡在窗户上的夹板盖子爆开后,下起了弹雨。棚屋里有一座掩体,里面藏着越共。艾米特说那场景就像狼和三只小猪的故事。当时有一头猪在那里号叫,棚屋倒下来的时候,这头猪转着圈子跑着,号叫着。有人朝它开了枪,可是它仍然没有停止跳舞,直到倒下死去为止。然后这头猪就被烤熟了。

"别去打听那些事情,山姆。"

"不,我想知道。"

"你这样的想象力,现在就够麻烦的了,我不会再去喂它的。"

"如果你不告诉我,那我就会把它想象得比事实还要糟。"

"不,你不能这么做。"

"嗯,那好,跟我多讲一点有关棚屋的事情。"

艾米特猛地拉开一扇柜门，再把它关上，然后又拉开另一扇。"你看见那个我给生菜去水的小玩意儿了吗？"

"被月亮饼弄到第六街去了。"

"严肃点。"艾米特"砰砰砰"地开关着另外几扇柜门。"噢，操他妈的蛋！那个滤网去哪儿了？"

山姆和艾米特一边看《野战医院》，一边就着一夸脱百事可乐吃墨西哥煎饼。他们在电视桌上吃饭，那张桌子是艾米特从一个庭院旧货摊拉回来的。在《野战医院》里，"诱奸犯"约翰患上了溃疡，"鹰眼"因为"诱奸犯"可能会回家而感到兴奋，但是"诱奸犯"在东京总医院待了三个星期，溃疡治愈。通常，《野战医院》里的常备兵们一旦有了回家的机会，他们都会想出借口在朝鲜留下来。"雷达"相信没有他那些军事装备就无法运转；珀特上校曾经有一个回家的机会，尽管他怀念留在密西西比的妻子米尔德里德，可他还是不愿意离开职守。当然，如果常备兵们都回家了，连续剧就演不下去了，但是山姆怀疑：战争具有吸引力这个想法是否有某些真实的地方。艾米特甚至说皮特喜欢战争。她一直在阅读关于美国如何被卷入战争的书籍。吴廷琰、保大、奠边府、胡志明，所有的名字都混在了一起。她陷入了各种声明和国务院文件的包围之中。

九点，她在厨房里的电话机上拨了母亲在列克星敦的号码，她打的是对方付费电话。

"我刚打发小宝贝睡了，"艾琳气喘吁吁地说，"她在长牙，昨天晚上我一夜没睡。你什么时候来这里？"

"我跟你说过我不想去肯大。"这时艾米特头戴着他的百事可乐帽子，手拿一罐啤酒走出门去。山姆说，"我要回汉堡男孩上班。"

"山姆，我要跟你讲多少次，如果你这辈子剩下的时间都想伺候别人，那你就去伺候好了。不读书你会后悔的。感谢上帝我现在不必去工作了，我不用再做别人的奴隶了。"

"我只需要有辆车，就可以在默里州立读走读，"山姆说，"而且，教育补贴金我可以领到二十六岁。"

念了大学就可以保证找到更好的工作，这个说法是不对的。她认识一个开百事可乐卡车的家伙，那人比大部分上过大学的人都挣得多。他就是那个给艾米特百事可乐帽子的人。

"你是我认识的最固执的孩子。"艾琳说。

"有件事我要跟你评评理。"山姆脱口而出。

"什么事？"

"我的名字。艾米特说给我起名萨曼莎不是你的主意。他说那是我爸的主意。"

"他倒真是很喜欢这名字。"

"你怎么从来没告诉过我这件事？"

"我没有吗？"

"你什么事都不告诉我：跟他有关的事，或者跟越南有关的事。你总是想把这些事忘了，好像它们从来没有发生过一样。我觉得这就是你不管艾米特的原因。"

"我忍受了艾米特十三年，我认为现在我应该有点小幸福了，所以不要用这种语气跟我讲话，山姆。老天！"

幸福？跟洛伦佐·琼斯一起？山姆想象他靠着吧台站着——他们家有一个吧台——欣赏着他收藏的吉姆·宾牌威士忌酒瓶。他收藏每个圣诞节出售的形状古怪的烈酒瓶，吹嘘那些酒瓶多么值得花钱。他甚至有一辆带一个发动机和一架守车的小火车，这辆火车的每个部分都是一个吉姆·宾酒瓶。

"艾米特打算怎么处理他欠的钱？"艾琳问。

"谁知道？他又收到一封老兵联合会的信，他们要收他利息。"山姆解释了地下室漏水的事情，告诉母亲他把地基挖出来大概是为了有点事做，好不去想他的债务。她说："我担心他的脓疮。"

"如果我像他那样喝那么多百事可乐，我也会长脓疮的。"

"你不觉得那是橙剂后遗症吗？"

"哦，我不知道，山姆。"

"我应该在老兵联合会医院给他安排一个预约。如果他得了癌症怎么办？"

"你操太多心了，山姆。我真希望你能来。"

"我不能离开艾米特。"

她母亲恼怒的叹息像一口吐出的香烟，听起来很可疑。她母亲有一座漂亮的新房子和一个小宝贝。希望镇的这座房子里只有脏兮兮的烟灰缸、快散架的家具，冰箱里还有动物的尸体。咖啡桌上堆着艾米特留下的三个揉成一团的啤酒罐。

山姆说："艾米特脑仁疼得古怪。"她描述了一番那种疼痛，说那可能是肿瘤。

"听起来像他几年前得过的病。肯定是旧病复发。你的想象力真恐怖，山姆。"

"我没办法。"

"别太操心越南的事情了，山姆。你不该因为这些事情有不好的感觉。这跟你没关系。"

山姆不知道该说什么。

艾琳问："艾米特现在在干什么？"

"他到外面抓月亮饼去了。天要黑了。"

"这里已经黑了，"艾琳说，"你离我那么远，我这儿天都比你那儿黑得早。"

山姆想告诉母亲甲壳虫乐队的新唱片的事情，但是又怕她会对此不感兴趣。艾琳留下了所有的老唱片，她不想听到过去。

山姆说："冰箱又不正常了。"

楼上，在她的房间里，山姆翻看着母亲的旧唱片：甲壳虫，滚石，杰斐逊飞机，珍妮丝·加普林，吉米·亨德里克斯，格里和心脏起搏器，戴伍·克拉克五人组。里面居然有一张英国出版、帕洛锋公司标志的老甲壳虫大碟。艾琳以前对利物浦之声非常狂热，除了《别打扰我的小猫》之外，甲壳虫的每一张唱片她都有。

月亮饼进到了屋里，山姆把它放到灯光下，在它头上找跳蚤。她把一只跳蚤夹成两半，白色的液体喷射而出。她又把另一只跳蚤斩首，被分开的两个部分仍在摆动着，跳蚤的身体里有血。月亮饼从她腿上跳下来，落到床上，卷起身体，华丽地翻了个身，再把它长长的身体伸展成一个月牙。

山姆又拧亮几个灯泡。那是一盏高高的落地灯，上面有一圈灯泡和一个灰扑扑的褐色灯罩。有时苍蝇掉到灯碗里给烧熟了，闻起来就像烧烤排骨的味道，如果不知道是苍蝇，会觉得那味道很好闻。

山姆从书架里拿出她的《大学生词典》，那是母亲送给她的毕业礼物——暗示她应该读大学。男孩子毕业时会收到汽车，但是女孩子通常不得不自己买车，因为大家期待她们嫁给有车的男孩。词典里夹着她拥有的唯一一张父亲的照片。

照片上，德韦恩·休斯穿着一件深色的制服，戴着一顶帽子，很像山姆在汉堡男孩工作时戴的帽子。他的脸长而瘦，鼻梁上有一个显眼的污点，就像那是他两道眉毛之间的一个联结点，像地图上的一个城市。他的头发很短，她都能够看见他的头皮，他的耳朵支立着，好像史密斯姥姥养在边上破了几个洞的花盆里的石莲花仙人掌。

那张照片里的男孩十九岁。朗尼快满十九岁了。山姆看着镜子里自己的脸：肥胖、任性、倔强。她父亲的脸那么骨瘦如柴，她看不出自己和他有任何相似的地方。

6

一天早上，山姆听见艾米特兀自发着牢骚："小心干你的活儿，臭鸟！"他已经把北墙下面的大部分地方挖开了，挖出了一条大约四英尺深的沟。那条裂缝贯穿整座地基。当吉姆·霍利过访时，他正和了一手推车的水泥，准备填补裂缝。吉姆是当地越南退伍兵组织的领头人，他听说了艾米特脓疮的事情，想让他填一份关于橙剂后遗症的调查表。吉姆是个地产经纪人，他身材敦实，穿着深褐色的裤子，短袖西装衬衫。他不属于艾米特的麦当劳早餐成员，山姆以前在篮球比赛上见过他。

艾米特从厨房底下的管线槽里躬身退出来，他在那里查看地基的内部表面。他牛仔裤的膝部全是泥土，帽子上沾满蜘蛛网，就像圣诞树上的金银丝。山姆站在门廊里，手拿一罐"乐蓓"饮料。

"我们正尽力让更多老兵参与进来，"吉姆对山姆解释道，"我们觉得应该把所有人连同家人召集在一起搞点社会活动，比如去湖边野餐，每人带一个菜。过几个星期我们要举办一场舞会。你干吗不来呢，艾米特？"

"我没有跳舞穿的鞋。"

"主要是为了让大家聚一下,艾米特。"吉姆笑着说,"我们大家应该多在一起。说不定我们还可以围着法院大楼广场来一次游行——不是什么抗议示威,不是为了让人神经紧张,就是简单的游行,庆祝游行。"吉姆在门廊的楼梯上蹭着他的鞋,检查着鞋底。他说,"我们在这一带没做过什么事,好多老兵经常组织说唱团,我们连这个都没有。"

"傻叉团?"

"说唱团,艾米特,"山姆大声说。"他有时候会假装听不见。"她对吉姆说。

"我还以为他说傻叉团呢。"艾米特咕哝着。

"该死,得了吧,艾米特,"吉姆不耐烦地说,"你外甥女在为你担心呢。"

"我们不会因为橙剂从政府那儿得到任何补偿的,"艾米特说,"他们正想方设法证明橙剂对你有多少好处,就像一大罐橙汁饮料。那些化学公司做出的赔偿不过是杯水车薪。"

"钱不是目的,艾米特。我们需要别人听见我们的声音,好让这种事情不再发生。我们想让每个人都知道老兵不是废物。你知不知道我想看到什么?我想看到城里会举行一个盛大的欢迎回家派对。那年他们在华盛顿建纪念碑的时候好多城市都举行过,但是这里没人做过一丁点事情。"

"那些都是十年前的事了。"艾米特说。

"你听说巴迪·曼格荣小女儿的事情了吗？她必须到孟菲斯去动手术，因为她有先天缺陷。巴迪也一直病着。"

山姆说："艾米特脑仁疼，而且他还会胀气。"

"你的脸看着很糟糕，艾米特。"

"不过是痤疮而已。"艾米特说，摸了摸自己的下巴。

"看上去像氯痤疮，要我说。"山姆说，"这是橙剂后遗症最常见的症状。"她对吉姆说。

吉姆说："你知道吗，艾米特，有段时间我想把一切都忘了，我不愿意去想什么是对的什么是错的，去想这些事应该怪谁。但是有一天我照着镜子，看见一根白头发。"吉姆轻拍着自己的头，"我们在丛林里的时候还是些小男孩，可是现在我们长大了，到了该为自己的生活做主的时候了。"

"小男孩长痤疮，成年人长氯痤疮。"艾米特说，做出一幅广告演员的样子，似乎氯痤疮是某种家用产品，像氯酸钠一样。他脸上有好多泥块。山姆想：做一次泥土面膜大概对他有好处。他拄着铲子站在那儿，那副样子就像一个在捍卫自己土地的乡巴佬。

"你起码可以把这份调查表填了吧！"山姆恼怒地说，"不会让你屁股掉层皮的！"

艾米特不好意思地咧嘴笑笑，拿过吉姆手里的夹板和笔。

"你的小外甥女倒是满腔热情，艾米特。"

"对啊，她说什么我就做什么，因为她刻薄。天，她真刻薄。"

艾米特填完表，指着地基上的裂缝，说："你瞧瞧。算我们运气好，这房子还没倒。你觉得我这样补缝是不是在浪费时间？也许我应该把这一整块都扒掉重建。你瞧瞧这裂缝怎么走的。"

"你担心房子会塌吗？"山姆问。房子不会就那么塌了的，如果真是这样，她会注意到的。

"正是，"艾米特一本正经地说，"只要有一个地方出现结构问题，一环接着一环，最后整个房子就四分五裂了。"他"啪"的一声合上手掌，又把它们慢慢分开。

"听起来就像多米诺定律，"山姆说，"我读过关于多米诺定律的书。"那是她从图书馆借来的那堆书里面的一本，她记不清是哪本了。

吉姆接过艾米特的抹子，把水泥抹到地基面上，他擦刮着水泥，直到水泥渗入墙内。"我觉得撑得住了，艾米特。"他说，"这房子还没开始移位，别担心，好哥们儿。"

7

"艾米特的脓疮是不是比一个十分币还要大？"山姆吐露了她的担忧之后，安妮塔·史蒂文斯问。山姆一时心血来潮，来到了安妮塔的公寓，公寓和安妮塔工作的医院只隔了一条街。安妮塔是个护士，她应该知道怎么处理艾米特的脓疮。

"很小，还有水疱。他在脸上擦了点姥姥用来治烧伤的草药，不过没用。"山姆描述了艾米特脑仁疼的症状，他怎么埋着头捧着太阳穴的样子。

"他应该去检查一下，不过也可能是一些小问题导致的。"安妮塔说，"可能是一根神经无缘无故受到了刺激。不过他应该先去检查一下眼睛，我觉得这很重要。"

"会不会是脑瘤？"

"如果是脑瘤，他会头痛得非常厉害，还会视力模糊。"

山姆松了口气。她很重视安妮塔的看法。今晚安妮塔穿了一条深紫色的裤子，配着银色皮带、串带高跟鞋，上身一件浅桃红衬衣，挂着几串银链子。安妮塔身上的一切都那么优雅，她虽然哪里都不去，却仍然打扮得漂漂亮亮。山姆穿了一条短裤，一件带着漂白斑的T恤。

安妮塔递给山姆几个小蛋糕和一罐可乐。"这次我是照贝蒂·科洛克的方子做的，"她微笑着说，"我喜欢她胜过邓肯·海因斯[1]一大截，那个老傻瓜。"她笑起来。

"很好吃。"山姆说。

---

[1] 两者均为美国知名饮食界专业人士，拥有以自己名字命名的饮食产品。

安妮塔客厅的墙上挂着装了镜框的照片，那是一些帆船和花的照片。她的咖啡桌是玻璃的，上面堆着一摞书。安妮塔说她参加了一个读书俱乐部。"我喜欢有内容的书，"她告诉山姆，"我不喜欢傻乎乎的爱情故事。我喜欢故事里有很多性描写，有一点暴力——不要太多，一点历史，这样才够平衡。"

山姆喜欢听安妮塔的笑声。安妮塔笑起来的时候，总好像每件事情对她来说都不过是个玩笑而已。山姆还记得安妮塔和艾米特以前一起大笑的样子，似乎他们比世界上所有人都要开心。艾琳告诉山姆，艾米特之所以跟安妮塔分手，是因为他觉得她跟自己不是一个阶层的人。她的父亲开着一家油漆商店，她是在边景大道的一座漂亮房子里长大的。但是安妮塔一点也不傲慢，艾琳喜欢她，她们以前经常互相交换衣服穿。

山姆告诉安妮塔老兵舞会的消息，怂恿她参加。"我正在想办法让艾米特去。"山姆兴奋地说，想象着安妮塔和艾米特在舞会上重归于好。

"如果知道我要去，他可能就不会去了。"

"会的，他会去的，我会让他去的。"山姆说。

安妮塔去厨房拿餐巾纸。"你现在在跟谁谈朋友呢，山姆？"她在厨房里叫道。

"朗尼·马隆。"

"是上次投中所有跳投的那个男孩吗？"

"对啊。"

"他挺可爱的。你准备嫁给他吗?"

"我不知道。他哥哥要结婚了,我还从来没参加过任何一个讲究的婚礼呢,所以我得看看自己是不是喜欢。"

安妮塔从客厅小酒吧里拿出一瓶威士忌,给自己倒了一点儿。她的冰桶里居然装着冰块。她仿佛正置身于一个安排得十全十美的背景之中,等待着什么事情的发生,就像幕布拉开前的舞台。"我曾经有过一个讲究的婚礼。"安妮塔重新在山姆身边坐下,用一种空洞的声音说道。她脸上的笑容消失了。"我那时十八岁,在那种年纪你会做那种事情。我当时不知道还有别的什么事可做,不过那段婚姻没能维持下去。"

"你的婚礼是什么样子的?"

安妮塔自嘲地笑了。"全套的。招待会是在乡村俱乐部举办的。"

"肯定很棒。"

"结婚那天,我什么感觉都没有。那大夜里,杰夫居然睡着了。我哭啊哭啊,那是一个很重要的夜晚,我很害怕。而他却跑去睡了。"

"你们的婚姻维持了多久?"

"四年——够长的了。他应该算是个优秀家庭出来的优秀男孩——他父亲是个医生。他打棒球,帅得不行,但是他不知道怎么对待我,他想让我成为花瓶。我该做的所有事就是:只要美就行了。"

安妮塔**确实**很美。她胸脯丰满，一头天生的卷发垂到肩膀。山姆喜欢看她那完美无瑕的皮肤。"你为什么不离开这个镇子？"山姆问。安妮塔窝在这里真是浪费，她应该到纽约去做模特。

"我姐姐住在纳什维尔，她总是求我去她那儿，可是我父母在这儿，爸爸身体一直很糟糕——他有心脏病。扔下他们不大好。我觉得这里还行，这里的人挺好的，而且这里是我的家。"她又推给山姆一个小蛋糕。

安妮塔的身体陷进一个鼓鼓囊囊的粉红色靠枕里，用梦幻般的声音说："我有一次去县里的一个高中——去讲卫生课——艾米特走进教室，在黑板上写下'金莺'两个字。那年金莺队进了世界大赛[1]。当时那情形真让我崩溃。他就那么施施然地走进来，又走了出去，一个字都没说。"

"他可能是在说鸟。他爱观察鸟，我们后院以前有个巴尔的摩金莺做的窝。"

"哦，是的，我知道他观察鸟。他老是在找的那种鸟叫什么？"

"白鹭。"

"是的，白鹭。我记得。"安妮塔若有所思地抿着酒。山姆意识到安妮塔属于她认识的少数几个不抽烟的人。"有一次艾米特给

---

[1] 指美国巴尔的摩金莺棒球队。

了我一片孔雀羽毛，"安妮塔说，"他真可爱。在我看来那片羽毛跟一枚钻石戒指的价值差不多。"

"你现在在跟什么人来往吗？"

"我在跟本腾镇的一个警察约会。他一说起他的皮卡就可以一刻不停地讲上好几个小时。他说的东西我一个字都没记住，不过一个人能谈那么久的皮卡，让我觉得不可思议。不过这段关系也快到头了。他是个典型的大老爷们儿，而且占有欲很强，"她笑了，"他们一表现出占有欲，我就得撤退了。这可能就是为什么我那么在乎艾米特的原因。他从来不那样。这倒引起了我的占有欲，我猜，我就是想拥有他。"

"他睡不好觉，"山姆说，"我听见他在楼上走来走去。他肚子胀气老是打嗝，我知道他肯定得了橙剂后遗症。"

"哦，蜜糖，换了我可不会那么匆匆下结论。有可能并不是什么大不了的事情。我给你一个眼科医生和一个皮肤科医生的名字，我想让他去看看。"她在一个抽屉里找纸。她说，"艾米特是个好人。我不忍心看着他浪费自己的生命。他那么聪明。"

"我真希望你们重归于好。"

安妮塔微笑着抚摸山姆的手。"我喜欢你的耳环，山姆。"

"我朋友道恩耳朵上有四个孔。你愿意什么时候过来一趟吗？我会让艾米特做意大利千层面的。"

安妮塔犹豫了。"嗯，我不知道他是否想让我去。"

"过来吧，帮我提起他对舞会的兴趣。"

安妮塔笑了。"你一定要去参加那个舞会，山姆——为了纪念你爸爸。我觉得你应该为他感到骄傲。"

山姆玩弄着安妮塔的书。她的杯子外面渗出水来，滴到雪莉·麦克莱恩的自传《无路可退》的封皮上。她说："我母亲从没告诉过我他的事情：他长得什么样子，他最喜欢吃什么，还有其他。我连他多高、性格怎么样都不知道。他只是照片上的一张脸，不过我现在真的开始好奇了。"

"我知道你的意思，就像别人认为有些事你不应该知道一样。我对好多事情都有这样的感觉。"

"我母亲那副态度，就好像越战是发生在中世纪时期的黑暗时代一样。"

"确实是个黑暗时代，山姆。"安妮塔说，"这个说法很好。"

"过来看我们吧。"

"我会考虑的。让我把那两个我想让艾米特去见的医生的名字给你。"

安妮塔摸索着纸和笔，写下两个名字。她的戒指在灯光中闪耀，一抹笑容掠过她的脸庞。"那我们就看看他是不是还记得怎么跳舞吧。"她说。

8

"现在是深——挖——地——沟时间。"艾米特说,他从地下室拿来了鹤嘴锄。

山姆认出了这句话的来源:有一次布莱克上校必须做出一个艰难的决定,他说:"现在是高——楼——独——处时间。"

为地基上的裂缝做过防水处理之后,艾米特一直在加深经过厨房地底的管线槽。他怀疑地板已经开始腐烂,正在查看哪里有腐朽的托梁。他心口不再灼热得难受,但是他指出报纸上登了一个男人心脏倾斜的病例。山姆只听说过子宫倾斜,还从没听说过心脏倾斜,尽管她认为如果某个器官可以倾斜的话,那么任何其他器官也同样可以倾斜——尤其是如果那个器官接触过橙剂的话。艾米特的脸一如既往:一处地方才结了痂,另一处地方又开始流脓水。有时他一笑,一个脓疮就会裂开。

"我真希望你跟安妮塔重归于好,"山姆一边看着他干活,一边说,"她非常迷恋你。"

艾米特嘟哝着。他正在把几块已经除去泥土的石头堆起来。

"我可能会搬到列克星敦去。"山姆说,发火了。

"对你来说那地方机会更多。"艾米特就事论事地说。

"你还记不记得我小的时候,妈妈把我弄到列克星敦去的那次?跟你那个嬉皮士朋友一起?"

"记得。"

"那家伙是谁啊？"

艾米特拽着一块手提录音机大小的石头，把它翻过来。"艾琳迷上他了，想嫁给他，不过如果她真的嫁给了他，就拿不到补贴金了。"他轻声笑起来，"哦，真的，你姥姥气死了——艾琳居然跟别人姘居！"

"他叫什么名字？"

"鲍勃。这人还行，但是他以为自己可以靠做黏土坩埚维生，他差点让艾琳相信了他。不过他们在列克星敦待了一个月后，她知道他不行，那就是她带你回到这里来的原因。"艾米特蹲下身，敲了敲地基。"我差不多快弄完了，可以把坑填上了。"他沉思着说。

"然后你就得考虑还钱的事了。"

"让老兵联等着吧。我要让他们慢慢等着，喝着冷风慢慢等吧。"艾米特笑嘻嘻地说。

在她房间里，山姆把父亲的照片塞进一个镜框。照片的边缘已经磨损，一个角也起了折缝。她想知道母亲是从什么时刻开始能够忘记他，而爱上一个名叫鲍勃的嬉皮士的。山姆模糊地记得自己曾和他们一起去参加一个在列克星敦举行的和平示威活动。一大群人漫无目的地四处乱转，像姥爷牧场上的奶牛一样。她记得那个嬉皮士给了她一个氦气球，被她不小心给放飞了。她记得自己看着气球飘走，高高飘过肯塔基大学校园的上空，她大哭起来，因为那个气球似乎很重要，是那一天里唯一可以抓住的东西。

照片里的士兵男孩从未改变过，这赋予了他某种可靠性。可他的样子是那么无辜。

"宇航员已经登上月球了，"她对着照片脱口而出，"那是一九六六年七月二十号，阿尔德林，还有柯林斯。柯林斯没能在月球上漫步，他必须留在指挥舱里。"父亲不知道指挥舱和月球探测飞船这些事，她想，想到自己要企图解释一九六九年以后的世界历史，她感到绝望。那些老师是怎么做到的？

现在，可能是平生第一次，山姆发现人类在月球上漫步的行为是多么不可思议。她父亲错过了太多重大事件。比如说水门事件。山姆记不起这件事的具体细节了，她的历史老师海瑞斯先生曾经说："你们这一生中碰到的最大的事件是登陆月球、肯尼迪被刺、越战和水门事件。"海瑞斯先生说肯尼迪被杀之后一切都在走下坡路。如果山姆好好想想，她大概能够列举出其他所有的暗杀事件来。

"你错过了水门事件，"山姆对照片说，"那时我读二年级。"她记得当时艾米特的注意力完全被这件事占据了，他按时收看电视。有一年夏天，电视上放过一个相关的连续报道。尼克松辞职时，艾米特和艾琳欣喜若狂，但是他们的父母当年都选的是尼克松，他们说如果他被迫退位，这个国家将四分五裂。山姆不知道是否这就是为什么没人找得到工作，而整个世界乱成一团的原因。

她眯着眼睛盯着照片看,似乎在期待照片会变成活人。但是德韦恩已经带着自己的秘密死去了,而艾米特则带着自己的秘密四处游荡。在越战中幸免于难的每个人似乎都把越战视为一件私事,并为此感到羞愧。姥爷曾说他们是因为打输了那场仗而羞愧,但是艾米特却说他们是因为自己仍然活着而羞愧。"我猜你不会觉得羞愧的。"她对照片说。

照片上的脸主宰着房间,就像高中礼堂墙上总统的照片。山姆把甲壳虫乐队的《佩铂军士孤独之心俱乐部乐队》放进音响。

"这个你也错过了。"她说。

9

"玉米打穗了。"艾米特说。

他们正驶过玉米地。朗尼在开车,嘴里叼着一根烟,艾米特坐在后座。汽车疾驰,山姆抓着车上的把手,安全带坏了。自从上次把车钥匙给锁在了车里,朗尼不得不砸碎侧面的车窗玻璃,车子就再也没有上过锁。这部面包车应该油漆一下了,开起来嘎嘎作响。

山姆说:"艾米特,我希望你记住问医生我写在单子上的所有问题。别害怕告诉他们你胀气的事情,这中间可能会有什么联系。"

"脸和胃会有什么联系?"

"我不知道,不过我没上过医学院,所以我们才要带你去看皮肤科专家。"

山姆想在老兵联医疗中心给艾米特预约一个橙剂测试,但是最早也要等到十月十日,那是她生日过后第一天,所以她说服了他去看安妮塔推荐的专家。眼科医生说艾米特的眼睛没问题,他说头痛可能是静脉窦引起的。艾米特买了些减充血药,可这些药让他想睡觉。山姆在书上读到过,橙剂后遗症的受害者有时新陈代谢功能会被毁坏。山姆不喜欢"新陈代谢紊乱"这个词的读音。橙剂后遗症还可能干扰免疫系统,使其崩溃一段时间。这跟艾滋病一模一样,她告诉道恩。

他们行驶在老希望镇路上,那是一条弯弯曲曲的公路,与歪歪扭扭的古斯克里克通道相连。他们驶过一座座前院停着崭新的拖车房的老农场,农用机器锈迹斑驳,摆放在倾斜的谷仓边上。他们看见一座倾斜得特别厉害的谷仓,艾米特说:"瞧瞧那个。等我们回来的时候它肯定已经整个塌掉了。"自从忙于家里房屋的地基,他就变得对建筑物十分好奇。

艾米特这时虽然在笑着,但是山姆觉得他肯定知道自己得了癌症。他的脓疮不会治愈,那是癌症的征兆之一。橙剂后遗症可能导致任何病症。

去帕迪尤卡的路上,艾米特一直在询问朗尼的工作前景,似乎那是他们面临的唯一问题。

"你老爸想让你上的那个中专怎么样？"当他们经过一座像比萨斜塔一样倾斜的筒仓时，艾米特问。

朗尼说："最近老爸逼我去学电工。依我看，做电工没多大前途，因为电价肯定会涨得比天还高。最近在闹反核电的事，核电厂都给关了，今后五年内电价会翻倍。大家修不起房子，就不需要布电线。他们会回家和父母住在一起，像我一样。"朗尼厌烦地笑了，猛吸一口烟。

"你父母对你不公平，"山姆说，"让你上中专，你哥哥却上了大学。"

"嗯，他拿到了奖学金。我成绩不够好。"

"约翰什么时候结婚？"艾米特问。

"劳动节。妈妈高兴得简直云里雾里的，因为他要娶那个装腔作势的博林格林镇女孩。"朗尼把烟在烟灰缸上弹了弹，几个烟蒂从烟灰缸里掉了出来。"珍妮弗·詹金丝，她的名字听起来像电影明星一样。"

"妈妈会喜欢这个名字的。"山姆说，转身瞥了艾米特一眼。

朗尼说："妈妈对她印象好是因为珍妮弗的老爸有一家杰瑞连锁餐馆的经营权。他们的招待会将在餐馆里举行。"

"我没有参加婚礼穿的衣服。"山姆说。

"穿你那件毕业典礼上穿的黄衣服。"朗尼说。

山姆皱着眉头。她并不期待参加那个婚礼。她没能力给别人买礼物，而朗尼却坚持要她买好一点的东西。到了劳动节，艾米特可能已经卧床不起了，她到时候必须照顾他。到那时她只好吃冷冻快餐，因为她饭做得相当糟糕。她对癌症所知不多，有些类型会让人很快丧命，有些类型则要拖上一段时间。

　　山姆父亲的父母住在一个农场里，位于类似这条路的另一条路边，距离希望镇大约二十英里。她已经有好几年没见过他们了。她母亲以前经常在圣诞节带她去那儿，上次她在那儿过圣诞节的时候，他们送给她一件俗气的带亮片的淡紫色马海毛毛衣。如今她为自己那么久没去看他们感到内疚。他们从未跟她讲过有关德韦恩的事情，所以很难把他和他们联系在一起——除了他们饭厅里有一张德韦恩的照片以外。山姆还记得他们宽广起伏的玉米田，以及那条蜿蜒流过田野的窄窄的小溪。她突然想起自己曾看过一部描写越南战争的电视剧，当看到士兵们行军穿过一片玉米地，她非常惊讶。玉米穗的轮廓衬托着清澈的蓝天，玉米看上去已经可以收割。让她感到惊讶的是越南也有玉米。因为那部片子是在墨西哥拍的，她不知道那里的玉米是美国人种植的——或者他们把种子给了越南人，教会他们怎么种植——还是实际上越南一直就有玉米。墨西哥当然会有玉米，因为玉米是印第安人的植物。玉麦，那个做玉米油广告的女人。她感到困扰的是：真相是那么难以发掘。越南真的也出玉米吗？

　　越南的风景让人很难想象，从图书馆借来的书上几乎没提到过那里的农作物。山姆问过艾米特越南都生长些什么植物，他说棕榈树、象草、叶子像直升机的桨片一样长的东西，还有很多草甸，但是具体他也记不清了。他不知道那里有玉米，他记得那种鸟，但是并不知道它们的名字，直到回家以后，在图书馆里才查找到。

  诊所坐落在一栋线条流畅的新房子里，房子外面有一座闪闪发光、形状有点像条鱼的金属雕塑，可能象征着肯塔基湖里的猫鱼。电梯里播放着小提琴曲。山姆听出曲子是《因果善变》，这首歌用这种方法演奏出来，让人听着觉得非常奇怪。克雷斯科医生在三楼。克雷斯科是哪里来的名字？山姆很好奇，这名字的发音像克里斯科——艾米特炸猫鱼用的植物油牌子。

  艾米特填表的时候，山姆和朗尼坐在红色的乙烯椅子里看杂志。前台的几个女孩在闲聊她们的卷发，空调开得像冰一样冷。一个鼻子上围着条手巾的男人穿过走廊。

  "你担心吗？"一个肥胖快活的护士把艾米特领走之后，朗尼问山姆。

  "是啊，不过我很高兴我们终于把他弄来了。"

  "政府会赔他钱吗？"

  山姆摇摇头。"医生可能会说他得了癌症，政府才不在乎。反正，他们的反应比圣诞节来得还要慢。"

  "哦，艾米特没得癌症。"

"可能会转变成癌症。"

"还没老就得癌症死了真可怕，"朗尼若有所思地说，"除了吉米·提贝特，我还不认识其他年纪轻轻就死了的人。他那个叫醉驾事故，不过是他自己的错，不该喝醉了开车。"

山姆把她手里的《人物》杂志卷起来，拍了朗尼的腿一下。"嗯，那么说，如果你去打仗，打一场不好的仗，而你相信自己做的是一件正确的事情，如果你战死了，那算不算是你自己的错？如果战争是错误的，那你因为相信错误的战争而死是罪有应得吗？"

"这也太绕了，山姆。"

"我没法把我的意思说清楚。"

朗尼把自己的手塞进她的手里。"别想这些事了。艾米特不会有事的。"

来了些新病人，他们有说有笑的。很多皮肤病都蛮滑稽，山姆猜想。她翻看着三本《人物》杂志的图片，朗尼则出去考察这座楼房去了。他拿着一罐可口可乐回来，让山姆跟他分着喝。一个男人领着一个脸上手上长癣的女孩走了进来。

山姆对朗尼说："我妈妈让我别为艾米特以前的遭遇担心，因为那场战争和我无关。可是依我看，它跟我息息相关。我爸爸因为妈妈的缘故去那里作战，艾米特因为妈妈的缘故和我的缘故去那里，去报仇雪恨。如果你去打仗，我敢打赌你会说是为了我去的。但是如果你打算去参军，你最好先问问我的意见。那些没有战死的人回来后，生活一团糟，而且他们让所有人都感到难过。"

"小声点，"朗尼说，用手碰碰嘴唇，"有人在看我们。"

"我不在乎。那简直就是白费劲。"

朗尼从烟盒里弹出一根烟，盯着她。

"你觉得我是不是因为艾米特的事情变得古怪了？"山姆问。连她母亲也曾古怪过，她想，她以前经常穿着露背背心和紧身牛仔裤去参加家长会，这种做法也够古怪的。

"你不是真怪，"朗尼安慰她，"你只不过自认为如此。你只是一半古怪，中等古怪。"他笑嘻嘻地补充说，开玩笑地捏了她的腿一下。

"我不在乎。我觉得自己好像在做一件特别离谱的事情。"

"嘘，"朗尼说，"艾米特来了。"

"六十三块，"接待员算完账，艾米特说。"他告诉我要多洗洗脸。"他问接待员，"你觉得我的脸脏吗？"

她微笑着。"我不是医生，先生，不过我肯定他不是这个意思。"

艾米特用现金付了款，他们不让他赊账。他们等电梯的时候，他用一只手朝另一只手掌打了一拳。"好了，我希望你满意了，小山姆。六十三块。"

"他都做什么了？他不可能因为只告诉你洗脸就收你那么多钱的。他怎么说的？"

"首先他给我上了一堂皮肤课，得出的结论是，像我这么老的人还长粉刺并不少见,不一定就非得是氯痤疮。有可能仅仅是普通的青春期粉刺。"

"只是粉刺?"

"有可能是。"

电梯门开了,电梯运行期间艾米特和朗尼都忙着点烟。

"是什么让你长粉刺的?"他们走出电梯以后,朗尼问。

"性激素,"艾米特大笑着嚷嚷道,"这就是为什么你是个小孩的时候会长粉刺。那时候你身上的性激素开始捣蛋了。我的现在又爆发了,像火山一样。这说明你是匹种马。"

"没开玩笑吧!"朗尼说,朝山姆眨着眼睛。"哇。"

"他认为可能是过敏,"艾米特说,"诱因可能是我一直在吃的什么东西,或者房子里有什么东西,像黏液真菌一类的东西。他问我的问题可以列一张一英里长的单子。"艾米特笑着,把烟喷到房子外面那座鱼形雕塑上。"你知道他问了我什么?他问我是不是用发胶或者什么化妆品!他还问我有没有猫!我说没有。我才不会让他告诉我把月亮饼给扔掉呢。我敢保证他会这么说。"

"他应该看看你的裙子。"朗尼说。他们坐进面包车,朗尼猛地扭转车钥匙。点火器有点问题,不过引擎还是启动了。

艾米特显得异常紧张不安,山姆怀疑他是不是想掩饰什么。也许医生说了那是癌症,可是艾米特不愿意告诉他们。

"也许是地下室的问题,"艾米特说,"那下面潮乎乎的,在那儿什么东西都可能繁殖,这些东西会通过通气管传播,而且——哦哦哦!还记得军团病[1]吗?嘿,记不记得你从冰箱下的接水盘那儿感染的病?"艾米特打了个冷战,似乎看见一只《外星人》里的生物正蹑手蹑脚地爬过后视镜的一角。

"他给你开了什么处方没有?"山姆问。

"有啊。几种洗脸的东西和药膏。他说如果还清理不掉的话,他希望我去看过敏专家。他们就是这么赚钱的,在把你的钱包掏空之前他们是不会把你完全治好的。他们把你放到转盘上,确保他们的朋友会拿到他们那一份。他们想让你做各种检查,逼着你把他们所有的设备都用个遍。"

"他做检查了吗?"

"做了啊。他做了检查,所以那么贵。"

艾米特从钱包里抽出一张叠着的纸。"他给我列了一张单子,什么不能吃。虾、果仁、巧克力、抗感冒药。该死,我还从来没吃过那种东西。维克斯抗组胺药。我不吃那玩意儿,不喜欢。我喜欢止咳糖浆,放在雪糕上很好吃。"

"名单里有百事可乐吗?"

"没有。"

---

[1] 嗜肺军团杆菌所致的急性呼吸道传染病。因1976年美国费城召开退伍军人大会时暴发流行而得名。病原菌主要来自土壤和污水,由空气传播,自呼吸道侵入。

"妈妈认为那才是原因：百事可乐。那橙剂呢，艾米特？你问他没有？"

"问了，他只是笑了笑。我跟你说过他会笑的。我都没法让他提到氯痤疮。你不可能让这些医生承认这个问题的存在。你还指望联邦政府会跳起来鼓掌吗，山姆？"

"他肯定见过其他长脓疮的退伍兵吧，"山姆说，"难道他连2加2等于几都不知道？"

"科学可不是这样的，山姆。"艾米特说，"他们不会根据眼前显而易见的事实，把2和2加在一起。他们才不会去联系。他们必须在实验室工作十年，杀死九百万只老鼠，然后也许能够得出结论。但是如果你拿出任何显而易见的东西——比如说猫高兴的时候会呜呜叫吧，他们才不相信那是猫呜呜叫的原因！他们要问你有什么证据？你的实验里用了几只老鼠？"

朗尼说："对啊，可是一旦他们证明了什么事情，比如有些化学制品会让百分之十的老鼠致癌，大家却又不相信。他们会说，'老鼠又不是人，所以我该吃什么还是吃什么。'他们就是这么说的。"

"我相信，"山姆说，"老鼠就是人。人就是老鼠。所以我不喝减肥饮料。"

艾米特说："你知不知道，医学不能解释猫为什么会呜呜叫？这个现象挑衅了他们的一切理论。他们认为猫没有思考能力，它们呜呜叫的时候没什么想法。但是猫会因为几种原因呜呜叫：高兴，感觉不安全，虚张声势。猫一直都在伪装。山姆，记不记得那次月亮饼爬到枫树上，用爪子在鸟窝里乱摸？它当时盯着别的地方，假装在欣赏日落。"艾米特神经质地笑起来。他把烟踩熄，又点燃一根。

"我们去哪儿？"朗尼问。他们还在停车场里坐着。

"我想去商贸城，"山姆说，"我不想那么远跑到帕迪尤卡来，连商贸城都没去一趟。至少我们可以去那儿一趟吧。"

"对，至少我们可以去那儿。"朗尼说，把车倒出停车位。

"我们去克莱克·巴瑞尔吃饭吧，"艾米特说，"他们那儿有个做家常菜的好厨子。我想吃点乡村火腿跟玉米面包。"

"我想吃火腿和青豆。"山姆说。

艾米特说："在军队里我们有火腿和黄油青豆吃。吃的次数实在太多了，我们管那叫火腿和操你妈。"

"我想吃火腿和操你妈。"朗尼大笑着说。

"他们会宰了你的。"艾米特说。

"你知道那个医生怎么说的吗？"朗尼把车开到街上时，艾米特问，"他说他见过很多抱怨这抱怨那的老兵。他说他们把每件事情，从脚趾头痛到发烧出水疱，都归罪于橙剂。他就是那么笑话我的，他说那只不过是神经的问题，其他啥都不是。这还不够让你屁股着火的？"

10

第二天一早，天气凉爽，山姆出去跑步，她穿过费尔乌尤区修整过的街道，这里不久前还是一片玉米地。现在这里所有的房子都有一座两车位的车库。树木还很矮小，绑着支撑铁丝。山姆热爱跑步，因为跑步让她有别于学校里的其他女孩，她们做起事来总是成群结队，叽叽喳喳，像鸭子一样。跑步的时候她感到自由，似乎自己什么事都能做。她很少碰到其他跑步的人。在乐点街，几个木工正在一座房顶上干活，他们的收音机吼叫着一首肯尼·罗杰斯的歌。那些人当中的一个在房顶上对她大叫道："动动腿，蜜糖！"有一次，一个坐在希望镇墓地边缘的一块石头上的家伙朝她露出阴茎，山姆跑开了，他在她身后狂吼："有啥了不起的！"去年夏天的一天，一个胖男人开着辆破破烂烂的皮卡跟踪她，把她吓坏了，好在艾伦·维肯斯碰巧开车经过，她忙招手让他停车。他正要去上班，她搭他的车去了他的商店，觉得这事真可笑。

她朝麦当劳的方向跑去。艾米特把汉堡男孩和麦当劳之间的路叫作交配区。他说那群孩子开着车，来来回回地从一个汉堡店开到另一个汉堡店，让他想起了鸟，想起它们求偶时的舞蹈。孩子们开车转圈子都是在晚上，现在街上是上班的车流。早上开车上班的人比晚上开车闲逛的孩子要少。到了麦当劳，山姆发现了艾米特的百事可乐帽,但是汤姆不在那儿。

她继续往前跑着,经过一座殡仪馆、灯具店、图书馆、一家大地产公司、装饰华丽的古董店、礼品店、旧货店和肯德基炸鸡店。雷恩体育用品店的橱窗里,一排保龄球奖品若隐若现,山姆总把那家商店叫作奖品店。下一家,在美国军队招兵站的窗户里,贴着一张山姆大叔的海报,一只手指有力地指着她,像是在下达命令。她回指了他一下,然后跑开了。汤姆·哈得逊的汽车修理厂就在附近,她放慢了脚步。

在医生、律师和商人们开始在新区修建房子之前,汤姆汽修厂所在的地段曾经是城里的上等地区。现在那里的居民房大多处于走下坡路的状态,巨大而陈旧,院子昏暗,长满灌木。汤姆的汽修厂位于一条满是破旧木屋的街尾,在一家经营铁质装饰品和栅栏的公司后面。山姆穿过一排摆在外面展览的锻铁栅栏部件和镶着花边的邮箱,沿着大楼后面的一条胡同向前走。一座旧房子的一侧钉着一块牌子,上面用笨拙的字体写着"量身定撞",墙上豁开一个大口子,像个山洞,汤姆就在那里面修车。她被那些乱七八糟的汽车部件、空机油罐和无法识别、看上去似乎毫无用处的东西吸引住了。修车工能够用一堆油腻腻的金属片和生了锈的管子、螺丝重造出美丽的汽车来,就像魔术师把手表和鸡蛋放进帽子里,却扯出来一只橡胶做的鸡一样。

他正蹲着,背朝山姆,没有注意到她走了进来。

"嗨。"等他看到她了,她说。

"哦,你好,山姆,"他吃惊地说,"你还好吗?"

"很好。我刚才出来跑步了,"她尴尬地说,"你在做什么?"

"我没法把这个变速器弄松。看见那地方的那个小玩意儿没?本来应该放在那儿的,但是不能那么紧。它给卡住了,我取不下来。你是为了那辆大众来这儿的吧?"

"对啊。"

"没问题,"汤姆说着站起身来。他打开一个小冰箱,拿出两罐可乐。"你看起来是渴了。"他说着递给她一罐。他的手油腻腻的。

"是有点渴了,"她说,打开罐子。"谢谢你。"

"那部大众车值五百块钱。还需要上点润滑油,修一下变速器,这些就算我奉送你的了。"

他给她看那部停在汽修厂旁边的大众,那辆车是米色的,车身上有锈块。如果她买了这部车,她会让他处理那些锈斑,铁锈腐蚀车子。

她看了一遍车子,汤姆说:"你的男朋友是朗尼·马隆吗?"

"对。"

"他是不是拿了篮球奖学金去读默里了?"

"没有。他的成绩不够好。"

汤姆点燃一根烟,靠在一张铺满螺帽螺栓、摇摇晃晃的桌子上。他的脸上,甚至香烟上都沾着油。山姆拒绝了汤姆递给他的骆驼牌淡型烟,然后跟汤姆讲了他们去看皮肤科专家的事情。

"艾米特讨厌那个医生,"山姆说,"那个医生光顾嘲笑他,不过他倒是拿了些治脸的药膏。"

"也许会有用。"

"你觉得艾米特是不是得了橙剂后遗症?"山姆问。汤姆专心致志地盯着她,让她感到紧张。她用手指甲刮着表带底部的污垢。

他耸耸肩,说:"他得去老兵联做个检查,不过就算有一百万老兵死于橙剂导致的癌症,政府也会声称他们没有相关的证据的。"汤姆苦笑着,"艾米特对政府已经不抱幻想了。他认为他们根本不了解这个世界是怎么回事。艾米特不会违背自己的意愿去跟老兵联打交道的。"

"他真固执。我妈说这是家族特征。"

汤姆缓缓地点着头,目光停留在小巷里一个黑色锻铁邮箱上。她认识的老兵经常会有这种空旷的目光,似乎他们正直视着未来。当山姆问她是否知道广义省在哪里时,他朝她露出一个模糊的带赏识的微笑。

"那是我爸爸死去的地方,"山姆说,"要不就在那附近。"

"我知道,艾米特告诉过我。我在那里的北部。"

"你喜欢那儿吗?"山姆尴尬地问。那儿有什么好喜欢的呢?她很好奇。人们是用他们喜欢的那种方式去喜欢那儿的吗?就像喜欢去一趟列克星敦?他还在考虑该怎么回答,她又说:"你有没有吸了毒再出去打仗？艾米特说1969年之后整个军队都吸毒。"

汤姆摇摇头。"这是干掉你自己的好办法。"

"我还没出生我爸爸就死在那边了，可是每个人都把这事弄得好像是个大秘密似的。我对他的事知道得很少。"

"好多小伙子就那么被人完全遗忘了，"汤姆说，"好多回来的人因为他们能够回来而觉得内疚。"

"你也这么觉得吗？"

"当然了。"

"你当时认为去那边是在做正确的事吗？"

"我不知道我在做什么。"他说，一边猛吸着烟，一边沉思着。他悠闲地喷出一大口烟圈，说，"不过那都是过去的事了。"

山姆用手指抚摸着一个看上去有点眼熟的汽车零件。她希望他能够跟她讲讲广义省。地图上，它位于梅莱附近。

他说："我没有一天不在想我那些没能回来的哥们儿。他们跟我在一起，在一些奇怪的时刻，比如在我洗澡的时候，或者在我开车四处游逛的时候，记忆又回到我身边，被忘掉了一段时间的记忆。"

"想起他们你会哭吗？"山姆问，试图回忆她在书上读到的越南幻觉症。

"只有当我一个人的时候，只有在不哭就没法忍受的时候。有时候我对那些记忆有一股乡愁。听起来可笑，我知道。"

"艾米特说过类似的事情,是跟皮特有关的。"

"皮特在那边度过了他一生中最重要的时光。准确地说,我不会说我在那边过得很愉快,不过那很有趣,那是多么特别啊,从某种程度上来说是这样,就像没人能够知道你经历过什么,除了那些跟你一起在那里待过的人。"

"真的吗?这就是你们为什么会一起待着,一起去巴藤喝酒的原因?"

"可能是吧。"他耸耸肩,又从连体服里拿出一根烟。"你想不想买一辆越野摩托?"他问,"我可以给你装一辆真正的好摩托。"

"不想,我不需要。"

"我知道你需要什么。"他说,但是他还在想着什么。他玩弄着一把扳钳,说,"有时候我对那些记忆起了乡愁,就会骑上一辆越野摩托,跑到游乐场后面那片树林里横冲直撞。我会让那些记忆回来,就像和它们一起回到了过去的时光。这样做有种愉快的感觉,真的。不过你得去那种地方才行,去巴藤,或者骑着摩托出去。你不能待在镇子里,在镇子里想起发生过的事情你会受不了的。"他把烟灰抖在肮脏的地板上,说,"山姆,也许你不应该再追问战争的事情了。没人操这份闲心。他们脑子里早就对这件事装满了成见,这样他们才能接受这件事,不用去想它。其实,这里的人从来没朝我们吐过口水,他们对老兵还行,因为这里还从来没彻底闹过反战。不过这说明他们脑子里对我们是谁已经有了成见，那个名声并不适合我们所有的人。在这一带，没人想要破坏现状。"

"可是这世界那么糟糕，"山姆说，"只要看看新闻。"

"对，这些事情总有一天会在这里爆发的。"汤姆点点头，似乎这不是什么值得惊奇的事情。

"艾米特总是说这里无论什么都比别处晚发生十年。"

"这里，每个人都向后看——看着老日子，古董啊内战啊那些玩意儿。"他笑了，"我母亲客厅墙上挂了个公牛轭圈。"

山姆想起朗尼母亲家客厅墙上挂的马颈轭圈，那是一个镜框。她怀疑希望镇的人如今刚刚赶上了内战时期。什么时候人们才会在他们客厅的墙上挂一把 M-16 步枪，一张导弹的照片呢？

"你去看过华盛顿的纪念碑吗？"她问。

他摇摇头，嘲弄地笑了。"地上的一个大黑洞，斜对着那根大白鸡巴。我操华盛顿纪念碑。我操。"他把手里的可乐罐子扔掉，用穿着笨重工作鞋的脚重重踏了上去。"这个镇子里的人头都长在屁股上了，像艾米特这样的人会觉得跟这些人打交道太痛苦。就这样。"他把可乐罐子踢进地板上一堆扭曲的金属里。"你要不要再来一罐可乐？"

"不要了。"

"你能跑多远？我见过你跑步。"

"我一般跑五六英里。不过我可以跑得更远。我最远跑过 10

英里，不过跑那么远我的胫骨会疼。我冲得太猛了。"

"你不怕会像赛马那样倒地而亡吗，山姆？"

他在打趣她，她脸红了。

"如果你能跑那么远，还要车做什么，山姆？"

她笑了。"人人都想有一辆车，到别的地方去。"

"你真的不想要一辆越野摩托？"他问，"我之所以喜欢越野摩托，是你可以随便乱开，反正不值多少钱。我给自己装了一辆，开坏了，然后又装了一辆。不值什么。"

"任何东西都有价值。"山姆说。

汤姆又俯身到那个被卡住了的变速器上，试图把它弄松。"该死，"他说，"行了吧，你这傻帽。"山姆注意到他头发里的白发。

"你想坐在那辆虫子里兜一圈吗？"他问。

"当然想，我很乐意。"

"等一分钟，我带你去兜风。"

"我很乐意出去兜风。"

"那好，就等一分钟，等我把这玩意儿弄松了。"

"不急。"

11

希望镇没有商贸城，但是有一个小型购物中心，在彭尼超市和K玛特超市之间，开了十几家商店。那天下午山姆和道恩在购物中心碰头，道恩在电话里说她有急事。在可口可乐商店前面，K玛特超市旁边的一个电话亭里，道恩告诉山姆说她可能怀孕了。山姆本来迫不及待地要跟道恩讲讲她和汤姆开车兜风的事情，但是如今她的新闻似乎显得琐碎而不合时宜。这不真实，像电影里的一个场景。

"你告诉肯特了吗？"山姆担心地问，内心激动不安。

"还没有。"

"如果你不得不结婚，你爸爸会宰了你吗？"

"哦，他只是不想失去一个管家而已。他会找到女人的，这样他就不用假装必须工作到很晚了。"道恩笑了，"他费那么大劲要做个好榜样，不过如果不是为了我，他会变得很野的。"

山姆讲了汤姆和大众车的事情，试图让道恩高兴一点。汤姆没让她开车，因为那部车没有保险。他们一直开到假日酒店才掉头，汤姆把她送回了家。

"他真的很性感，"山姆说，"你想象一下：他有点像布鲁斯·斯普林斯汀，不过他在越南受过伤，背是僵的，走起路来有点瘸。"

"他多大了？"

"大概三十四岁。"

"哇！那么老。"道恩喝了一口可乐，不安地在亭子里扭来扭去，晒成深褐色的腿黏在电话亭橙色的乙烯墙板上。她的耳环上挂着紫色的羽毛。"跟我去药店吧，"她说，"他们那儿有一个不错的首饰柜台。"

在药店里，道恩轻声说："我想买一个测试怀孕的工具。"

"我听说把下水道疏通剂和尿混在一起，能测出是男孩还是女孩。"山姆说。

"我也听说过，不过听说那只是传言。不是真的。"

"你知道下水道疏通剂的罐子上说了不能往空罐子里放水？艾米特老是那么干。他太抠门了，想把罐子里每一滴疏通剂都弄出来。不过还好，没发生过爆炸或者其他什么事情。"

"他们这么说只不过是不想因为出了奇怪的事故被人告。"道恩说，"相信别人想让我们相信的东西才危险，没比这更危险的了，没有，就是这样的，除了性交。"她察看着一排家用妊娠检验工具。"这种最便宜，"她说，"我希望没有我认识的人看见我。你认识柜台边上那个女孩吗？"

"不认识。"收银员是个戴眼镜的女孩，正嚼着口香糖。

"你能帮我买吗？她看上去眼熟，不过我不确定她是谁。"

"那她会认为我怀孕了？多谢。"

"但是你没有啊，所以对你来说没关系。"

"噢，好吧。我不在乎。反正买这玩意儿不会让我觉得害臊。"

道恩给了山姆十块钱，山姆拿着测试工具来到柜台。出乎她意料的是，收银女孩用对讲机让别人检查价格。

"这应该是特价品,"她对山姆说,"我觉得没这么贵。"

这是怎么回事?是过期了吗?一个管货物的男孩把测孕工具拿回到妇女用品架,又转了回来,那东西一路在他手里摇摇摆摆,商店里每个人都能看见。道恩无辜地站在玩具架旁,察看着一个仿制的菜斑娃娃。

山姆后来坚持对道恩说,她没有不好意思。道恩一而再,再而三地道歉。山姆说:"如果你像艾米特和我那样谈论过这种事情,还有我母亲那样,什么事都不会让你感到害臊了。"山姆越来越不在乎别人说什么。

"哦,山姆,这件事情上我欠你一个人情。"道恩说。她们沿着人行道向彭尼超市走去,道恩可以在那儿看看孕妇装。"我要怎么谢你呢?"

"用我的名字给孩子命名,"山姆说,"山姆是个万能的名字,男孩女孩都可以用。你连下水道疏通剂都不用买了。"

12

那一夜,山姆梦到她和汤姆·哈德逊有了一个孩子。一到晚上,那个孩子就得用食物加工器给搅成泥,放进冰冻室。孩子泥是蜜汁甜薯的颜色。到了早上,孩子泥解冻以后,就又变成了孩子。在梦里,这是一件快乐的事情,无人质疑。但是当她从梦中惊醒时,恐怖席卷而来。她躺在那儿,梦境缓缓退去。黎明将近,鸟儿已经开始歌唱。过了一会儿,她听见撕纸的声音——艾米特正打开一袋猫粮,扔进他床边的盘子里。她听见月亮饼在塑胶地板上跳跃,发出欢愉的颤音。山姆想:月亮饼的生活真简单啊。

在《野战医院》里,有时情节太过简单,让她一眼就看穿了。前晚,西德尼·弗雷德曼医生,一个心理军医,到军营去医治"鹰眼"神秘的打喷嚏病,只用了不到十分钟的时间,他就在一段压抑的童年记忆里找到了病因,那段记忆被一个伤兵衣服上水迹的味道唤醒。"鹰眼"一旦认识到自己的病因,立即停止了打喷嚏,而这一认识又让他大哭一场。在六点半播放的第二集里,一个狙击手一直想杀死布莱克上校,所以"诱奸犯"和"鹰眼"就把布莱克送走,让他搭直升机去军休所,开直升机的人是一个古怪的牛仔,后来才发现原来他就是那个狙击手。他因为想回家看看妻子是否真的背叛了他,没被批准,所以对布莱克上校怀恨在心。那个牛仔本来打算把布莱克上校推出直升机,但是在4077基地上,"诱奸犯"和"鹰眼"突然发现了事情的真相,他们及时通过收音机说服牛仔放弃了他的计划。他们给牛仔读了一封他妻子寄来的柔情蜜意的信,牛仔终于平和下来了。

艾米特早已经平和了很多年了,山姆想。他一直只是在看着轮子转,就像约翰·列侬在他死前的一首歌里唱到的那样[1]。只要列侬在看着轮子旋转,他就是安全的,可是一旦回到公众眼里,他就会被人群摧毁。如果艾米特为了还他欠政府的钱而去工作,就可能碰到相同的情况,那是一种可怕的打击,就像回到了战场一样。

山姆这才意识到:布莱克上校在离开战场返家的途中从空中坠落,这是一件多么具有讽刺意味的事情!

一个东西落到了床上。那是月亮饼,它喵喵叫着,坐在床中间,洗着脸。山姆希望自己是一只猫,那她就可以偷偷溜进汤姆的车厂,暗中窥探他。她想窥探的人有好几个。她想窥探朗尼的母亲玛莎,在她镶着花边的粉红色浴室里,洗脸台四周围着小栅栏,毛巾和窗帘上印着蝴蝶图案。她想到朗尼父母的天篷床,玛莎的枕头是心形的,那是她根据《快递期刊》上看到的一张床的照片设计的,约翰·布朗做州长时曾和菲丽丝·乔治[2]在那张床上睡过。玛莎有一个床罩架,用来在夜里放置床罩。朗尼的父母从来不盖着床罩睡觉,因为床罩太美了,他们可能不想把口水流在上面。

那天晚上山姆和朗尼以及他父母一起吃晚饭。玛莎做了炸鸡、

---

[1] 指约翰·列侬的歌《看着车轮》(*Watching the wheels*)。
[2] 约翰·Y. 布朗(John Y.Brown, 1933—2022):曾于1979年至1983年出任肯塔基州州长。是他使得肯德基炸鸡店成为成功的快餐连锁店。他结过三次婚,第二任妻子是前美国小姐菲丽丝·乔治。

玉米布丁、三色豆色拉和奶油花椰菜。山姆可以从桌边墙上那张马颈轭圈形的镜子里看到她的脸。餐桌是一张橡木圆桌,是玛莎在一位老人的仓房里搜来的。这张桌子当时遍布蝙蝠粪,但是玛莎把它重新加工过,她还在其他仓房里搜到几把长背椅。朗尼家摆满了她母亲淘来的旧家具。

晚饭期间,他们谈到朗尼哥哥的婚礼。

"他们不打算搞正式的宴席,"玛莎说,"他们准备弄些可以随手拿着吃的小吃。"

"我希望我们知道怎么应付。"朗尼的父亲说,轻声笑着。他还穿着工作服,他的衬衫口袋上绣着他的名字,巴德。

"是个主题婚礼,"玛莎说,"每个人都要开着吉普车去。你参加过这种婚礼吗?我们到哪儿去弄辆吉普车啊?"她笑了起来。

山姆又拿了点鸡肉和布丁。巴德打趣说她会长胖的,意思是她太瘦了。朗尼又戏弄他母亲,说婚礼上要喝香槟,这话可把她给得罪了。

"婚礼上大家都会喝醉的。"朗尼说着,切开一条鸡腿。

"他们要把吉姆·施尔德的儿子送去戒酒协会,"巴德说,不可思议地摇着头,"现在酒精的问题比吸毒的问题大多了,这是个大问题。"

"他爸妈两个人在教会里都还挺有影响的。"玛莎说,"真丢人。"

"艾米特的药管用吗?"朗尼问山姆。

"还不好说。"

"你舅舅病了,山姆?"玛莎问,她正从冰箱里拿出一碗什锦果冻。"我没时间做复杂的甜点了。"她抱歉地说。

"我觉得他染上了橙剂后遗症。"山姆说,声音小得几乎听不见,因为她正在吸吮一根大腿骨。

"我真没法相信这件事。"朗尼说,山姆盯着他。

"在这上面政府是永远不会让步的,"巴德说,"要花那么多钱。而且他们每个人都会说自己染上了那玩意儿。"

"政府和化工公司应该做赔偿,"山姆说,"我不在乎要花多少钱。"

巴德说:"可是你不能去告政府啊,这是法律。"

"艾米特不是有残疾吗?"玛莎问,"我以为他是因为这个才不去工作的。"

"没有。他没受过伤。"山姆吃了点果冻。艾米特不工作,而且他姐姐还要给他寄钱,这让人感到害臊。她说,"他不是不能工作,前几天有个人让他去饼干厂工作,可是他没去。"

"为什么不去?"

"他不需要。他很忙。"山姆不安地扭动着,朗尼用脚在桌子下面碰了她的脚一下。

"他那么有钱,不用依靠别人?我真希望我也能那样。"玛莎笑了。

她和巴德讲了一个他们结婚头几年如何节省、如何存钱的故事，巴德打两份工，玛莎怀了身孕仍然坚持上班。

山姆没有回答。为艾米特辩护实在太难了，连她自己的母亲都已放弃。朗尼站起身，在一个柜子里找到些奥利奥饼干。

玛莎说："卡罗琳·克罗斯，那个跟我一起在美容店上班的女孩，她觉得艾米特可爱得不得了。可是艾米特对她一点儿不感兴趣，让她伤心死了。不过有一次他给了她一大堆他自己园子里种的蔬菜，她骄傲得不行。"

"艾米特才不关心女人呢，"朗尼对他母亲说，"他跟他的阿兵老友们混在一起。"

"他以前跟安妮塔·史蒂文斯在一起的。"山姆辩护说。

玛莎对朗尼说："如果你找不到工作，就会落到参军的下场，那我会急出病来的。"

"如果必须去我就去。"朗尼说。

山姆说："那你会战死的，那也太傻了。"

"我害怕去想男孩子上战场的事情。"玛莎说完，从桌旁跳了起来。"我要给你们看看那个调料架，我准备在珍妮弗的单身告别会上送给她。"她说。

玛莎走出房间后，朗尼把一块奥利奥塞进山姆嘴里，山姆把它吃掉了。

"我们上星期听到的每句话都离不开那个调料架。"朗尼说，朝他父亲嘻嘻笑着，后者回了他一个会意的微笑。

"如果打仗了，你会去参战吗？"山姆问朗尼。

"看情况。但是如果美国需要保卫，那我就不能退缩，对不对？"

"艾米特以前也是这么想的。"

巴德说："我很幸运，我猜，用不着参加战争，不过我总觉得不对劲。我爸爸和我爸爸的爸爸，他们两个人都是战死的，我老觉得自己好像错过了什么重要的事情。"他舔着他的果冻盘子边。

"我不明白，"山姆说，"如果五十年没有战争，一整代人都不用打仗，你的意思是还应该特意为他们制造一场战争？这就是我们为什么会有战争的原因吗——为了大家不错过什么？"

"好了，山姆，别跟我玩绕口令了。"巴德说。

玛莎拿着调料架回来了。"也不算真正的单身告别派对，"她说，"是个礼物茶会，每个人带一样他们最喜欢的调料和一个菜谱去，我给她这个调料架，她是主人。我准备做一个香蕉蛋糕，还有红莓鸡尾酒。听起来不错吧？我挺得意这个调料架的，是在帕迪尤卡的一个批发商店里买的，只花了二十块钱。购物中心那个礼物世界商店里要卖二十九块九毛五。"

"很精巧。"山姆说，如果她嫁给朗尼，会有人送她一个调料架吗？她拿一个调料架来做什么呢？她叫得出名字的调料还不到五种。马可·波罗从中国带回了调料。她脑海里闪过一张图画：玛莎和巴德躺在他们的篷顶床上，在操那天晚上，朗尼本想开车送她回家，但是她说自己宁愿走路。她需要把卡路里消耗掉，她说。没一会儿，她过街的时候，朗尼从后面追了上来。

"怎么了？"他问。

"我厌倦了总是要替艾米特辩护。太让人沮丧了。"

"别那么当真。他们对艾米特一无所知。"

"没人理解老兵，"她说，差点要哭了，"他们和别人不一样。大家都指望他们的举止跟别人一样，可是他们不能够。如果苏联人在那边喷了橙剂，那肯定就是化学武器了，可这是美国毒害了自己的士兵。我不能想象为什么你会愿意去保卫一个连这种事情都做得出来的国家。"

"你在跟那些和艾米特混在一起的老兵来往，是不是？"

"你怎么会这么想？"

"我听到风声了。我听说你跟汤姆·哈德逊一起开车兜风。"

"就算是又怎么样？"

"我不愿意看到你跟一帮老兵混在一起。"

"你说什么呢？"

"这样做不好。"

"那好，我偏要！我还以为你崇拜艾米特呢。你有跟他一样的军用外套，每件东西都一样。"

"我喜欢艾米特是事实，但是如果他精神崩溃了，或者做出什么疯狂的事情来怎么办？我是从那天我们在爆竹桶店的时候开始担心的。艾米特说话的方式有问题，听起来滑稽。然后我就回想起在池塘的那天夜里。"

"为什么你会想去参军？"山姆盘问道。

"我跟你说了如果国家需要我，我就会去。"

"他们就是这么跟艾米特说的，看看都发生了什么事吧。是你说他精神崩溃的，不是我。"山姆把手臂从朗尼手中抽了回来。

"下星期我要跟那些家伙去湖边，住在凯文父母的一栋小木屋里，"朗尼说，"你能不能答应我，我不在的时候不跟汤姆·哈德逊开车出去兜风？"

"哎呀！他手头有一辆车，我在考虑要不要买下来。"

"我猜我只是嫉妒，一想到你跟别人开车出去兜风。过来，山姆。"

他把她拉进怀里，亲吻着她，她能尝出奥利奥饼干的味道。他开玩笑地用力拉了一下她的耳环。"哎哟！这玩意儿好锋利！"他仍然抱着她，说，"走，我们鬼混去吧。三天以后我们就不能鬼混了。"

"今晚不行。我想明天早点起床跑步。"

她必须回家，看看艾米特是否还好。她终于对朗尼有所了解，朗尼钦佩艾米特是因为他打过仗，而不是因为他变成了嬉皮士，不是因为他反对战争。朗尼跟学校里其他孩子一样，去年，在她的历史课班上有百分之九十的人投票赞成入侵格林纳达岛[1]。他们害怕苏联人。山姆一路跑回了家。

她跨进侧门,看见艾米特正在昏暗的客厅里玩"太空入侵者"。月亮饼就坐在他旁边,像一个可靠的助理,似乎猫儿能够理解艾米特正在玩的游戏。艾米特坐在那儿,不停地开枪,山姆脑子里第一次出现这样一幅画面:艾米特手拿一支 M-16 步枪,在热带丛林里,朝芭蕉叶丛中隐藏着的人开火。然后他坐下来,吃一顿火腿和操你妈。

13

希望镇在举行国旗周。法院大楼广场周围摆起了街边售货摊,店家们试图以此把人们的注意力从购物中心和帕迪尤卡商贸中心重新吸引到市中心来。自从购物中心的 I-II 电影院开张以后,连那家老牌的"国会大厦戏院"都关闭了。

那一周里,店铺挂出的旗帜让山姆满脑子都是艾米特多年以前在法院大楼的钟楼顶上升起的那面越共旗。她觉得好像是她自

---

[1] 1979 年 3 月,格林纳达国内发生政变,亲西方政权倒台。在苏联、古巴支援下,格林纳达新政权亲苏、古倾向日趋明显。美国历来认为"加勒比海是美国内海"。为遏制苏、古在这一地区的影响,1983 年,美国趁格内部再次发生政变,局势混乱之机,纠集中美洲七个加勒比国家,对格林纳达发动了代号为"暴怒"的武装入侵。

己亲手升起了一面越共旗帜。她感受到越战那迟来的压力，那是存在于她血液里的东西，是她的"道恩的烦恼"。妊娠测试结果是阳性——试纸变成了浅红色。道恩不敢把这件事告诉肯特。

那天下午山姆出门去买后跟带绒球的袜子，人行道上挤满购物的人群。奖品店门前的摊位上，那种袜子一块钱三双。买了几双带粉色绒球的袜子后，她沿着街道漫步，寻找着便宜货。她正在考虑是否要在药店门前的美容用品摊上买一款半价润手霜，一个穿黄色短裤的胖女人对她说："我大女儿用了这种泡泡浴以后身上就起了疹子。"山姆希望自己可以想出点惊人的事情来做做。

阳光闪耀，广场上生气勃勃。即便如此，好几家商店仍然黑灯瞎火，空无一人。山姆从前最喜欢的那家百货店已经不在了，那里现在是一家手工用品商店，店门前摆着放在玩具屋里的家具和剪纸工具。山姆怀念那家出售玩具和学校用品的老店，店堂尽头有一排神秘的书架，摆满书籍杂志，她经常在那里一待就是好几个小时。

她在消防站糕点摊买了一个加料纸杯巧克力蛋糕，边走边吃。她朝正忙着向一个戴墨镜的女人出售T恤衫的艾伦·维肯斯挥挥手，这时卖儿童跑鞋的摊位后面一个男人大声叫着她的名字。

"嗨，山姆，艾米特找到他的鸟没有？"

"没有，还没有。"

"他在找哪种鸟？"他叫乔治，她不知道他姓什么。艾米特以前经常给他的院子剪草。

"白鹭。"

"不远的地方就有鹰[1]。在猴眉那边,那个野生动物保护区。每年圣诞节你在那儿都可以看到一大群老鹰,停在那儿休息,不知道该去哪儿。"

"白鹭,不是老鹰。"

"在瑞欧湖那边你也可以看见老鹰。"

"他不是在找老鹰。他见过老鹰,他在找白鹭,是佛罗里达的州鸟。"她把纸杯蛋糕的塑料包装揉成一团,扔进停车计时杆旁边的一个垃圾桶里。不偏不倚,正中目标。

那个男人若有所思地说:"我带孩子去迪士尼乐园的时候肯定见过,不过那种鸟跑到北方来干啥?"

"我不知道,"山姆说,"也许只是艾米特脑子里的怪念头。谁知道那些老兵脑子里会冒出哪些怪念头,比如说橙剂?有些东西他们没法不去想。"

那个男人用怪异的目光看了她一眼,山姆逃也似的穿过街道朝银行的方向跑去。刚才她在联邦第一银行门前的摊位上瞥见了吉姆·霍利,这时她才发现汤姆也在那儿,他们都穿着迷彩军服。

"嗨,山姆。"汤姆说。身穿迷彩服让他看上去很时尚。山姆

---

[1] 英语"鹰"为eagle,跟"白鹭"egret发音近似。

觉得喘不过气来。

"嗨，你们在卖什么啊？"

"你想要什么就卖什么。"他说，嘻嘻笑着。

"那我要一个大橙子。"她说，"大概一加仑橙剂就够了。"

"天气够热，可以喝橙剂了，特别是穿着我这身小丑服。"

汤姆和吉姆在为一封发给老兵联有关橙剂后遗症的请愿书收集签名。他们还为巴迪·曼格荣的孩子筹款，那孩子需要做一个内脏手术，她的内脏粘缠在一起了。

"老兵舞会周五举行，山姆，"吉姆说，"艾米特会去吗？"

"他声称自己不会跳舞。"

"安妮塔要去，"汤姆说，"今天早上我看见她了，她说她会去。"

"哦，好啊！"山姆高兴地说，"我也会去的。"她说，看着汤姆。

"你还想不想要那辆车，山姆？"

"想啊。可是，我得去筹点现金。"

"好，你想要的时候就告诉我一声，我会给你把它弄妥当的。"

穿着军服的汤姆显得很帅，除了指甲下面，他身上看不到一点儿油迹。在他身后强烈的阳光照射下，那些黑绿色的迷彩斑看上去几乎是全黑的。她希望他会请她去参加舞会。到时候朗尼已经去湖边了。她喜欢那天跟汤姆开车兜风的感觉。这让别人有了点可想的事情，也许，还让他们注意到了她是谁。她感到骄傲，她希望自己能有一条汤姆那样的迷彩裤，这种裤子现在正流行。

请愿书上大概有三十个名字，除了安妮塔·史蒂文斯，山姆谁也不认识。山姆签名的时候，脑子里突然冒出一个念头。

"跟我去趟法院大楼吧，"她对汤姆说，"我想看点东西，需要有人帮帮我。"

"当然可以，山姆，"汤姆笑嘻嘻地说，"如果你不怕别人看见你跟我在一起。"

"得了。用不了多长时间的。"

他们穿过法院大楼的地下室步入大楼，地下室在大楼北部，实际位置与地面平齐，一股烟草味和尿臊味向他们袭来。几个无家可归的人在地下室里闲逛。山姆看见一个老头瘫坐在一把椅子上，用手摩擦着裆部；另一个穿着深灰色工作服的男人正四仰八叉地躺在一张绿色塑胶沙发上。还有几个男人在玩西洋棋。

"他们会到这下面巡逻，以防那些家伙带酒进来。"汤姆说，他们正沿着大厅往前走。"但是这些人会跑出去，在放电影的时候喝酒，然后再回这里来睡觉。你带我去哪儿，山姆——是去监狱吗？"县监狱的入口就在大厅尽头。

"不是，我们爬到塔楼上去。我想看看艾米特那次是在哪儿升起那面越共旗的。"

"钟楼上面？"

"对。我就想看看那是什么样子的。"

"我还记得他做这事儿的那一天。"汤姆微笑着说，"那时候艾米特要野得多。"

山姆回头望着汤姆，看着他跟在她身后爬上楼梯的样子。她希望自己可以不停地爬啊爬啊爬，看着他一直这样跟在她身后，充满好奇。到了三楼，楼梯消失了，他们走到一旁的大厅里，经过几个身穿浅色短袖衬衫、打着领带的男人。一个留着老式蓬蓬头、嘴唇艳红闪耀的女人从一个门口露出脸来，说："你俩需要帮助吗？"

"钟楼在哪儿？"山姆问，"我们想上去。"

那个女人似乎很迷惑。"钟楼？你们可把我问住了。"

"不对游人开放的啊？"山姆一脸无辜地问，把手插进短裤口袋里。

"我好像没上去过，"女人说，"试试下面首席书记办公室旁边的那道楼梯吧。我不知道那道楼梯通到哪儿。"

"不胜感激。"汤姆说。

汤姆带路。楼梯又小又窄，弯弯绕绕，他们加快了脚步。汤姆肩膀僵直，双臂并不甩动，只靠腿部肌肉爬着楼梯。从楼梯顶部平台上的一个小窗户里可以眺望到法院大楼广场，窗户旁边的门上挂着一把锁。

"咳。"山姆说，很失望。

"我猜他们不想再让人在这儿升越共旗了。"汤姆笑着说。

"他们真的认为艾米特会带着那面旗帜摸回来吗？"

"你替艾米特考虑得很多，是吗？"汤姆说，转向她。

"对。"汤姆的裤子擦着山姆的膝盖，让她一阵阵地起鸡皮疙瘩。

"艾米特可能不易相处，"他沉思地说，"不过他是个人物。"

"我对他已经习惯了。"她问，"越共旗是什么样子的？"

"蓝红色，中间有一颗金星。你没见过艾米特那面吗？"

"我不记得了。很久以前艾米特把它拿给一个邻居，让她在庭院旧货摊上给卖掉了。"

"嗨！那面旗现在可能挂在谁家的书房里作装饰呢。"汤姆咯咯笑道。

"你觉得艾米特为什么会升那面旗？"山姆问，"是像有些人说的背叛吗？或者单单是为了抗议？"

"你为什么不去问他？"

"我害怕。我不想去刺激他，或者类似的事情。"

"你害怕什么，山姆？"汤姆突然把她顶到墙上，他并没有碰她，只是把两手撑在她身体两侧的墙上。他直视着她的眼睛。

"我不想让他想起过去。"

"我会想起过去。我没告诉过你吗？"

"对。但是你把过去弄得好像是一段美好的回忆，不是恐怖片里的场景。"

"你电视看得太多了，山姆。你害怕他会精神失常——伤害什么人。是这样吧？"

山姆不舒服地扭动着身体。"我不那么想。我男朋友才那么想。他觉得我处境危险。"她紧张地笑了起来，后悔提到了朗尼。

"你俩要结婚了？"

"没有。"

"我听说你九月份结婚。"

"不对。"

他从她身边让开，靠到对面墙上。

"**你**为什么不结婚？"她问，"为什么我认识的老兵没有一个能跟女人相处？"

"去问艾米特。"他说，他掏出一根烟点燃。"我们不是所有人都这样，"他说，"我也从来没说过我不喜欢女人。"

"嗯，那你有女朋友吗？"

"没有。"

"为什么没有？"

"也许我太挑剔了。"

山姆看着他抽烟。他背靠着墙，好让他的右肩好受一点。他甚至抽烟都用左手。

"要想发现任何事情的真相都那么困难，"她烦躁地说，"我想知道艾米特寻找的那种鸟，我还想知道和橙剂有关的一切。真丧气。"

"现在你知道那些多年来一直跟老兵联打交道的家伙是什么感

觉了吧？他们是用头在撞一堵砖墙。"

"我想知道那边是什么样子。我没法真正想象得出。你能告诉我那边是什么样子吗？"

"很热，这我可以告诉你，比这里热。"

"你见过棕榈树吗？"

"见过。他们那边有棕榈树，至少在我们把所有东西都炸光，把所有植物都毁掉之前是有的。"

"我能见到的就一张风光明信片。我看到棕榈树和稻田，就这些。"

"有一次我亲眼看见一棵棕榈树分崩离析，信不信由你。一分钟前它还是明信片上的棕榈树，像你说的那样，下一分钟它就爆炸了，消失了。一开始我还以为它是飞到外太空去了，就像科幻小说里的东西。"他停下来，沉思着。然后他说，"那是我一生中见过的最美的地方，我们进到那里……"他凝视着窗外。

"你接触过橙剂吗？"

"我没干过洒橙剂的工作，不过我可能接触过。那东西撒得到处都是，而且进到了水里。有一次我们经过一个被焦土化过的地方，我记得自己当时在想：这里看上去像是冬天，可是热带丛林里是没有冬天的。丛林总是绿的，可那个地方的一切都是棕色的，死气沉沉。那时我还不知道这事，后来才发现那个地方肯定是洒过橙剂了。"

他用黑色的靴子把烟碾碎。

"该死，我们喝过那里的水。不过我还没有出现过任何症状。敲敲木头[1]。"他敲了敲窗户上的木料部分，"只不过有段时间我病得厉害，头痛了一年之久，而且很抑郁。你知道另一件奇怪的事情吗？艾米特一直在说那些鸟，可是在丛林里，在我们去到那个死气沉沉的地方的那段时间，那里什么鸟都没有。也许在几十英里范围内都没有一只鸟。"

"艾米特找的鸟是在稻田周围。"

"那我就不知道了。那时候我对鸟不是很了解，也许那里有鸟。你完了没有？你把我拉到这上头来是要酷刑逼供我吗？"他紧张地朝她微笑着。

"你怎么受的伤？"

"在错误的时间里身处错误的地方。"他移步下楼，山姆跟在他身后。"你看，山姆，谈论这些东西不是件容易的事儿。你知道，有人想保护你，他们不想把这些东西转嫁到你身上。有些老兵会把自己的儿子带到加拿大去，用这种方式躲过招兵。你不应该对这类事情想得太多。"

"我没法想清楚，"山姆说，"我满脑子都是些明信片照片，不像真的。我没法相信它确实是真的。"

---

1 欧美习俗，敲木头表示避开霉运。

"是真的，行了吧。你不会想知道它到底有多真实。"

他在楼梯上停下脚步，伸出手去碰了碰山姆的腰。"我觉得你很可爱。"他说。

山姆不知道该说什么。他们经过审判室的时候，她的双膝在发抖，审判室里的橡木长凳闪着光。在二楼，他们经过了保存法院记录的办公室，山姆想到保存在那里的所有和自己有关的文件：她父母的结婚证、出生证、死亡证书。这些能证明她是谁的官方文件，她希望自己能够拥有一份复印件，但这是个傻念头。官方文件的存在，本身就是为了被藏起来，藏在档案里，放到一个安全的地方——不是像保龄球奖杯一样放在房子里用来展览。

地下室里，瘫在椅子上的男人睡着了。一个身体佝偻，身穿条纹T恤的白头发男人推着一把拖把，在打扫烟头。他对汤姆说："今天转晴了，外面天气真好。"那里没有窗户，唯一的光亮来自走廊尽头的那扇玻璃门。

那个男人盯着山姆说："我女儿在医院里。她生完孩子就碰到了麻烦，那孩子是蓝色的。医生要做什么她丈夫都不让，他说上帝会照顾那孩子的。上帝确实这么做了。孩子活下来了，颜色正常了！"

"你看见孩子了吗？"山姆好奇地问。她意识到汤姆正紧紧抓着她的手，好像要保护她，即使对方只是个忧伤的老头，他仍然要保护她。

"对，我看到了。不过，不是那孩子还是蓝色的时候。我看到的时候他的颜色已经变过来了。"

另一个坐在桌边的男人大声说："有时候他们生下来是黄色的、紫色的、桃色的，随便哪种颜色。"他笑起来，笑声断断续续，伴随着剧烈的咳嗽。"你凭什么说他们知道黑人是不是生了个蓝色的孩子？"他说，笑得喘不过气来。

"我们出去吧。"汤姆对山姆说，拉着她，走到外面的阳光之中。

14

电视上在放布鲁斯·斯普林斯汀最近一次的表演录像：《在黑暗中舞蹈》。他的牛仔裤像橡胶手套一样紧，他跳起舞来像一辆准备开动的跑车。

"他简直棒毙了。"艾米特说。

"他让我**兴奋**。"山姆说，着了迷。

"你什么意思？"

"跟他牛仔裤那么紧有关。"山姆说，"你不懂。"

这个节目让她感到悲哀。她一直在想跟汤姆一起跳舞会是什么样。他说过她可爱，但是他永远不会以布鲁斯·斯普林斯汀那样旺盛的精力舞动。她想起一部吉恩·怀尔德的老电影片段：科学怪人和他的怪物随着《穿起你的华服》的音乐起舞。怪物穿着畸形脚的鞋子，踏着沉重的步伐，那情形伤感得可笑。她希望老兵舞会不会像那样，那样太令人沮丧了。

"他们管布鲁斯叫'老板'。"艾米特漫不经心地说。布鲁斯仍然在黑暗中舞蹈。山姆喜欢他从观众中挑出一个女孩，跟她跳舞的那一段。女孩惊呆了，因为他选择了她。

"哥们儿，他随时可以随心所欲地指挥我，做我的老板。"山姆说。

月亮饼的两个爪子缩在鼻子旁边，在山姆的床脚睡着了。山姆和朗尼躺在床上，吃着多力多滋薯片，立体声音响里播放着甲壳虫乐队的《艾比路》。朗尼不期而至，送来一把艾米特想要借的填缝枪。

"你是不是还在生我的气？"朗尼问，因为山姆没有给他回吻。

"嗯，我不喜欢那天晚上你说艾米特的那些话。"

"我不是那个意思。"

"你必须收回那些话。"

"我不过是担心你。"

"你以为艾米特会做出什么事来？挟持我当人质来提要求吗？他比我认识的任何人要求都少。"

"对不起。"朗尼说，翻过身去摸山姆的脸。他用手背深情款款地揉搓着山姆的整个脸颊。他的手因为处理木料变得粗糙了。"明天我就要去湖边待好几天。我不在的时候,希望你能想着我。"

"行。"山姆很高兴,朗尼不必知道周五晚上舞会的事情了。她有太多朗尼不能知道的秘密,但是没有哪一个跟道恩隐瞒肯特的那个秘密一样可怕。朗尼那鳄鱼形状的胎记在他T恤衫边缘下隐约可见,似乎在朝她眨眼。

朗尼点燃一根烟,山姆把烟灰缸拿出来递给他,那是她专门为他准备的,一直放在抽屉里。他把火柴吹灭,说:"你得给我一件象征感情的信物,一件告诉我你在想着我们俩的东西。"

"你想要我给你一个耳环吗?"

"我喜欢啃你的耳朵,"他打趣道,"不过我不想被金属噎死。"

"谁叫你吸我的耳环啦!"

"他们这个星期六要在那边为约翰举行一个男生狂欢夜,我要不要带些女人的内衣去?你能不能给我几条你的底裤?那种我喜欢的黑色底裤?"

"那可是我最好的底裤!"

"嗯,我会还给你的啊!"

"真够荒唐的。"

"没有,不荒唐,要是你在乎我的话。"

月亮饼醒了,用爪子敲着下巴。"月亮饼还是有跳蚤,"山姆说,"艾米特会大发雷霆的,他昨天才给它喷了药。"

外面，一辆车按了一声喇叭，开进车道。

"嗨，安妮塔来了！"山姆叫道，从床上跳起来。

"我要去店里接我爸，"朗尼说，扫了一眼他的手表，"他汽车的电池没电了。"

艾米特花了一个下午来做意大利千层面。他似乎很高兴山姆邀请了安妮塔，他在调味汁里加了番茄酱提味。山姆已帮他把房子收拾干净，他用一块木头把沙发撑了起来。整个下午，他们都在放艾琳的老唱片，还有一些艾米特在庭院二手货摊上找到的老45转单曲[1]：耻辱山姆和暴君乐队的《毛茸茸的暴徒》、小理查德的《果脯冰激凌》，以及查克·贝里的《美宝莲》[2]。艾米特一边假唱，一边在厨房里舞来舞去，山姆笑得要死。这是她听过的最有趣的歌。

安妮塔穿了一件粉红色紧身连衣裙，一双高跟鞋。她微笑着。

"你的样子像一只火烈鸟。"艾米特说。

"唔，我猜我应该谢谢你这么说吧，艾米特。"安妮塔递给艾米特一瓶葡萄酒，一纸盘子她做的特色巧克力小蛋糕。

山姆把葡萄酒放进冰箱。幸好安妮塔带了葡萄酒，艾米特向

---

[1] 指转数为每分钟45转的黑胶唱片。这种唱片通常每面只能录制一首歌。
[2] 前文均为20世纪60年代美国走红的歌手和乐队。

其买酒的走私酒贩子病了，他们只剩三罐啤酒了。

晚饭期间，安妮塔和艾米特紧张地闲聊着。艾米特在饭桌上也带着他的百事可乐帽子，他挑挑拣拣地吃着饭。外面响起火警汽笛，虽然隔了好几条街，艾米特还是跳起来朝窗外看着。安妮塔说千层面很好吃，艾米特的脸看上去真不错。她说葡萄酒装在褐色的陶杯里比装在葡萄酒杯里味道要好。她甚至表示喜欢艾米特的裙子。他没再穿那条裙子，因为他用热水把它洗缩了水，但是安妮塔听说了那条裙子，要求看一看。她抬起手，温和地大声嚷嚷着。安妮塔对什么事情都兴致勃勃，连对艾米特的脓疮也不例外。

"不过你应该去老兵联做橙剂后遗症测试，艾米特。"她说。

"我在考虑这件事，吉姆·霍利也在追着我。"

"他和苏·安的事情难道不是很不光彩吗？你们听说没有，她撇下他走了，带着他们的小女儿去了列克星敦。"

"开玩笑吧！"艾米特抓住脑袋，两手按着太阳穴，前额皱起。过了一会儿，他说，"我昨天还在百货商店碰到吉姆。他没提这事儿。"

"她昨天才走的。她母亲从列克星敦下来，他们把帕米的东西装在她的旅游车里，只是他们这段时间要用的东西。和我一起工作的一个女孩告诉我的。"

"我昨天晚上看见他把皮卡倒进社区中心，"山姆说，"他的车后面高出一截,看上去像一辆教宗座驾[1]。"

"这样才能拉钢琴,"艾米特说,"他有时候在'旋律中心'帮他老爸运钢琴。"

"前几天晚上我去了社区中心,"安妮塔说,"我帮他们布置舞会会场。不过他没显露出出了什么事的样子。"

"我还以为吉姆和苏·安过得挺好的。他们才在费尔乌尤分区建了栋房子。"艾米特停止了吃饭,点燃一根肯特烟。

安妮塔说:"我个人觉得,她很爱他,而且会回来的。她只不过是在列克星敦长大,不适应小镇生活而已。"

"不过,吉姆要什么有什么啊。"艾米特坚持说。

"我不知道事情的真相,不过我打赌苏·安只是很沮丧。她学的是电脑编程,在这附近找不到工作。"

艾米特猛地把椅子从桌边推开,站起身来。他把他的千层面倒进月亮饼的碗里,又把色拉倒进水池下的一个袋子里。

"那天吉姆在外面,"山姆说,玩弄着她盘子里剩下的一层面条,"他说其他地方的老兵们都有说唱团,只有这里没有。"

艾米特咕哝着:"傻叉团。"

"艾米特以为吉姆说的是傻叉团。"山姆对安妮塔说。

"艾米特,你总是那么逗。"安妮塔说,微笑着。

---

[1] 一个非正式的名字,指教宗在户外公共场合所乘的特别设计的机动车。

他喝了点葡萄酒，把烟灰抖进水池里。

"这些巧克力小蛋糕真好，安妮塔。"山姆说。

"唔，谢谢你，山姆。你去告诉贝蒂·克罗克尔吧。"她咯咯笑起来，越笑越厉害。"艾米特，那条裙子真滑稽。"

艾米特的印第安裙子挂在厨房里一把椅子的椅背上。他把裙子揉成一团抛开，裙子像一张风帆一样飞进客厅，落在沙发上。"你老爸怎么样了？"他问安妮塔。

"好点了。他从医院回家了，他必须每天步行一英里。每走一步他都要骂一声！"

艾米特去了洗手间，安妮塔帮助山姆收拾碗盘。

"我非得那么多嘴，"安妮塔悲哀地说，"现在我把他弄烦了。我就知道不该来，也许我还是走了好。"

"别，求你别走。"山姆恳求着。她用塑料纸把小蛋糕盖起来，然后决定再吃一个。

"他可能以为我在追他，我不想再经历一遍我跟他以前经历过的事情了。"

"可是他需要你，"山姆说，"他只不过是害羞。"

"害羞？艾米特？"安妮塔笑了。

"嗯，他是害怕。"

安妮塔点点头。"这就是我的人生故事，我把男人都吓跑了。"

"我觉得你不可怕，我觉得你很友好。"

安妮塔用一块海绵擦拭着厨房里的桌子,她的鞋跟"叮叮当当"地踩过地板。在这栋破破烂烂的房子里,她显得格格不入——像鸡群里的一只火烈鸟,山姆想。

那晚的《野战医院》里,外科医生争分夺秒地修补一个伤员的动脉,他们必须等到另一个士兵死去,才能做移植手术。可是那个士兵死得很慢,他是脑死,但是心脏还没有停止跳动。马尔卡西神父俯在他身上,如果他们不能在二十分钟之内把那个伤员的动脉补好,他就可能瘫痪。屏幕的一角有一个小时钟,用来增加悬念。脑死的士兵心脏终于停止了跳动,他们完成了手术,可是限定的时间已经过了。当"鹰眼"得知超时的事情时,勃然大怒,认为这是他们的错。后来,那个士兵从麻醉中苏醒过来,布莱克和"鹰眼"挠着他的脚,对他大吼道:"动一下脚趾!"

"看这个。"艾米特对安妮塔说,身体担心地前倾着。

伤员的脚趾慢慢向前伸开,又向后缩起,又伸开。布莱克、"鹰眼"和"热唇"齐声大吼:"我们成功了!我们成功了!"艾米特也跟着他们一起吼。

"我就知道他的脚趾头会动的。"艾米特心满意足地叹了口气,说。

这一集他们已经看过三遍了。让山姆感到恼怒的是,除了看电视,艾米特似乎不知道该跟安妮塔一起做什么。他们应该随着

《毛茸茸的暴徒》跳舞。如果艾米特有一部录像机，他可以把他要看的节目录下来，以免错过。电视机的颜色该调一下了，军装的颜色都成了蓝色，而不是军绿色，所以电视里出现的角色都穿着蓝色粗纹布制服，似乎他们坐着时光机器穿越到了现代。没人起身调颜色，山姆的思绪在其他地方，她正站在法院大楼的楼梯上，和汤姆交颈而吻。

播放第二集《野战医院》时，艾米特开始嘲笑弗兰克·伯恩斯。

"艾米特说弗兰克·伯恩斯跟他军队里的指挥官一模一样。"山姆对安妮塔说。

"我的指挥官发起牢骚来也是那么傻乎乎的。"艾米特说。

"他是谁？"安妮塔好奇地问。

"谁也不是。他中了手榴弹，被炸飞了。"

山姆第一次意识到"炸飞"这个常用语起源于战争。前几天汤姆也说过这个词。她在书上读到过，有时候士兵们会踩到跳雷，那是一种爆炸前会跳到胸口那么高的地雷。有人告诉过她，她父亲就是碰到了类似的事情。装尸袋里他的尸体大概像汉堡包一样。

"月亮饼吃醋了。"艾米特说，那只猫正跳到他的大腿上，在他身上猛蹭着。

"月亮饼是个好孩子，"艾米特对月亮饼低声唱道，"是的长官，月亮饼是个好孩子！"月亮饼在艾米特腿上跳来跳去，然后找到一个舒适的姿势坐下来。"我准备发明一个给猫玩的电子游戏,"艾米特说,"《老鼠入侵者!》"

楼上,山姆打开收音机里的"摇滚-95",拨通了朗尼的电话。安妮塔和艾米特正在玩《劈砍命令》的电子游戏。他们的笑声飘上楼梯,夹杂着一阵阵电子炮火声。他们像电视比赛节目《成交》的参赛者那样叫喊着。

"打中了!"艾米特喊道,"打中了!"

"你觉得他们会和好吗?"山姆告诉了朗尼安妮塔的事,朗尼问。

"我不知道,不过她真会做好吃的小蛋糕。如果他看不到她有多美,那他肯定是个瞎子。"

"我知道。"

"我在想,"山姆说,"你走之前,可以过来拿你喜欢的底裤。"

"嘿!好啊。我睡觉的时候会把它们压在枕头底下的。"

山姆笑了。"你为什么不把它们戴在头上呢?像睡帽一样?"

她觉得内疚。她知道自己会去舞会上找汤姆,但是她想,如果她把自己的底裤给了朗尼,那就是一种协议,像婚戒一样,是一件约束她不要太过分的东西。收音机里,"老板"正在用他强烈、摇滚而蓝调的声音唱着《盖住我》,那声音是她母亲以前曾经喜爱过的,那时洛伦佐·琼斯还没有开着他的福特野马来接她外出,他车子的收音机调在轻松音乐的频道上。

15

在汉堡男孩外面，山姆和道恩坐在停车场后面的栏杆上。那是道恩的休息时间。有人开车经过，按着喇叭。去汉堡男孩打工之前，山姆就经常在那里闲逛。朗尼以前经常在下班后去那里接她，然后他们就开着车兜风。那时一切似乎都那么纯洁。可是这些事的结果是什么呢？山姆想，就是生孩子。这里是艾米特所说的"交配"根据地，这让她觉得恶心。道恩没吃避孕药，这是一件悲惨的事情。山姆想到从前未婚先孕这件事如何因为耻辱而毁掉一个人的一生。如今它仍然会毁掉你的一生，但是没人会在乎这件事的耻辱。那天夜里，安妮塔离开的时候，朗尼来了。他那么爱意缠绵，对艾米特的事情那么充满歉意，山姆让他留下来过夜。当她半夜把避孕药放进嘴里时，已经超过了规定服药时间两个钟头，她好奇"百分之九十九有效率"是什么意思。是说如果你性交一百次，就可能怀孕吗？床上，朗尼在她身上使足了功夫，搓揉着她的乳房，大约三十秒之后，十亿个身上带有朗尼·马隆名字的摆动着尾巴的物体射入了她的身体。楼下客厅里，艾米特打着嗝。那是意大利千层面调味汁里番茄酱的作用。

一辆带天窗的庞蒂亚克火鸟"嗡嗡"驶过汉堡男孩，紧跟着一辆跨美。

道恩说："你知道伊冯吗？那个四点半上班的黑人女孩？她让

我帮她梳玉米辫！"

"她的头发感觉像什么？"山姆问，兴趣盎然。

"怪怪的。你知道吗，他们必须在头发上抹油脂，避免出现头皮屑。他们的头发天生干燥！"

"我还以为是天生油腻呢。"

"不是，他们要抹油。如果我们抹头油，就会有头皮屑，但是他们正好相反。"

"感觉怎么样？"

"真的很软。像很软的阴毛。如果不抹油的话其实没那么卷。算是种经历吧，我觉得很荣幸。"道恩把她围裙口袋里的硬币摇得哗哗响。橙色和棕色不很适合她。"伊冯有个哥哥，他准备做个录像。"她说，"她有一部录像机，我要去求他让我们上录像。"

"真的？嗨！"

"对。我想做件真正狂野的事情。我对这个世界恼火透了。"

"我们可以穿黑皮裤，戴艳粉红框的墨镜。"

"对。如果他让我们上录像，我们可以大摇大摆地扮酷。我们不用唱歌，只要做出唱歌的样子就行了。肯定非常好。每个人都会知道我们是谁的。"道恩把全身的重量移到栏杆上，她的制服裙子翘了起来。"知道我们可以做什么吗？"

"什么？"

"我们可以打扮成那种样子，然后让人照张相片，登到报纸的广告栏里。我们可以说我们是加利福尼亚来的一个乐队，要在购物中心举办签名会，然后我们可以去那儿看看谁会来。"道恩笑了，山姆也跟着笑了。"知道我们可以起个什么名字吗？说了会要了你的命，我们就叫自己'同性恋骗子'。你肯定猜不到什么意思。"

"什么意思？"

"意思是假乳！"道恩双手做成碗状，放在胸脯下方。"明白了？同性恋骗子。这是个很老的词，我在我母亲的一本旧书上偶然看到的。好玩吧？"

山姆笑弯了腰。"假乳！"

"艾米特的女朋友戴不戴假乳？"

"我觉得不会。"

"她是我见过的不胖的人里面奶子最大的。"

"嗨，道恩！"一个坐在一辆道奇-达特里的家伙叫喊道，"我在鲍勃洗车站看见肯特了，他让我告诉你他得上班到很晚，不能来接你了。"

"我怎么回家啊？"道恩对着街道说，那辆道奇-达特已经开走了。"妈的。我得给我哥哥打电话。"

"我也没地方找人搭车，朗尼在湖边，跟凯文他们在一起。"

山姆告诉了道恩单身汉派对以及朗尼拿走了她底裤的事情，道恩说："肯特也去过一个那样的派对，他们一直醉了三天，还看了黄色电影！我愿意演黄色电影，那是我愿意干的事情。"道恩打量着自己涂了油的指甲,她的指甲涂成紫色,点缀着金色的斑点。她叹了口气,"上帝,我不想怀孕。"

"那个测试可能是错的。还早呢。"

"我还要做一次,如果我能够攒够钱再去买一个那种破测试剂。"

山姆说:"为什么我们不跑掉呢,像我们以前说过的那样?你可以在佛罗里达把孩子生下来,我们可以去迪士尼乐园打工。肯特根本用不着知道孩子的事情。"她一边说,一边已经后悔提出了这么个建议。她可不想被一个孩子拴着。

"我老是扮演妈妈的角色,"道恩说,"我讨厌扮演妈妈。我想扮演爸爸。不,我想扮演拉斯维加斯,那才好玩呢!"她查看了一下手表。"我得进去了,要不瓦尔特会跑到这儿来把我拖回去的。他这个老板很过分。要不要我给你偷一罐可乐或者别的什么东西?"

"不用了,这样就可以了。我不想给你惹麻烦。"

一群年轻男人从一辆别克车里蜂拥而出。他们晒得黢黑,汗流浃背,其中一个样子非常可爱。

"再见,道恩。"山姆喊道。

"待会儿见。"

16

舞会前一夜下了一场大雷雨。夜间,山姆听见艾米特关窗户。

这场雷雨对他的地下室补漏工作会是个考验。比格斯太太告诉他所有的地下室都会漏水，他只需去西尔斯商店买一个水泵就行了，但是艾米特回答说他有自己的安排。

第二天早上他们冒着毛毛细雨出去视察那条壕沟，艾米特担心地说："也许我应该沿着南墙再挖一条沟。"

"你的沟里有一只青蛙。"山姆说。她看见青蛙的眼睛正透过混浊的水面盯着他们。

"出去，青蛙。"艾米特嚷嚷着。青蛙消失在泥浆之中。"房子下面的积水里是各类动物产卵的好地方，"他打了一个寒战，说，"蚊子、蝌蚪、水蚤、干腐菌、真菌，还有各种蠕虫和蛇。"

房子又潮又霉，湿气加重了旧墙古老的味道。墙纸行将脱落，那些俗丽的多层花朵，似乎是某种想要露出水面的压抑的生活。艾米特察看着地下室，发现了几处他无法确认是否是由渗漏造成的潮斑。因为擦了药膏，他的脸也是湿的，有时他看起来就像是在哭泣。山姆记得去年他们跟国内大部分人一起收看《野战医院》最后一集的时光。艾琳提前准备好爆过两次的爆米花，并把它们放在烤箱里保温，他们几个人像被铆钉钉住了一样坐在电视机前。当朝鲜战争结束，电视中的人物分手告别的最后半个小时，艾米特一直哽咽不语，连艾琳也啜泣起来，但是山姆不让自己哭。后来，她在想，对于一个没有跟进剧情的人来说，那个拖拖拉拉、哭哭啼啼的尾声会是多么古怪。

那天早上，艾米特从麦当劳回来时说道："我看见吉姆了，看得出来他老婆出走这件事对他打击很大，可他不承认。"艾米特解开他咯吱作响的跑鞋，悲哀地摇着头。

"安妮塔说他在准备舞会这件事上费了大劲了。"山姆说。

"该死，是啊。他已经准备好了音乐、食物和装饰用品，所有的东西，他把屁股都忙丢了。这时他老婆却突然扔下他跑了。"

"她怎么会这么做？是因为他管太多老兵的事情吗？"

"不，我觉得不是。"

"我打赌就是。也许是他把她赶走的，照我看这件事就跟有些我知道的老兵害怕女人一样。"

"女人没去过那边，"艾米特嚷嚷着，"所以她们理解不了。"

"得了，妈妈照顾了你那么些年，你以为她不理解？"山姆愤怒地说。"那我呢？我觉得就像别人设下一个大阴谋要陷害我，好像一件中央情报局插手的事情一样。"山姆从桌子上抓起一本描写越南的书，朝艾米特摇晃着。"但是我知道那边发生的事情。"

"别往我身上扔。"艾米特说，有点畏缩。

山姆以为他指的是书，但是马上意识到他说的是书里描写的东西，他不想被激起回忆。她说："也有女人去过越南。安妮塔认识医院的一个护士，她就去过那边。安妮塔知道你在说什么。"

"为安妮塔着想的话，她心肠实在太软了。她让别人占她的便宜。"艾米特低着头，扫视着冰箱内部，山姆碰碰他的脖子，把他的头转向自己,看着他的脓疮。

"在消退了。"

脓疮正在好起来,复原后结的痂在他脖子上形成一个小印记,山姆想到一部她记不清名字的科幻片中一个母亲脖子上神秘的"X"烙印。外星人给这个女人烙上印记,像牛一样,以控制她的意识。

艾米特取出牛颈肉肉沫来解冻。"我有个主意,"他说,"等我把地基弄好了,我就去给房子隔热,这样房子会严实些。我要看看是不是能到哪儿找几扇用过的挡风窗,说不定还可以从里面给窗子钉上聚酯薄膜,这样这个冬天我们就能暖和点了。"

"往窗户上钉聚酯薄膜是穷人才会做的事情。"

"我也没以此为荣。"

"如果你有份工作,就可以把欠的钱还了,还可以买几扇挡风窗。样样东西都那么破破烂烂,烦死了。"山姆突然觉得她全部生活的结构都像艾米特的那些异想天开的装置一样不稳定、不安全。

他"砰"的一声把冻肉扔进水池里。"你倒是说一个值得做的工作给我听听。本来我可以去购物中心那家家用器材店卖微波炉,可那份工作简直是缺德。依我看,好多工作都不对,微波炉会致癌。"

"微波炉会致癌,橙剂就不会了?"山姆讽刺地问,"有好多值得做的工作。你可以去做音乐节目主持人。"

"哈,哈。"

"要不去看管电子游戏机,那是你喜欢的东西,开游乐中心那个家伙整天都在免费玩《吃豆姑娘》。他老霸着《吃豆姑娘》。"

"那也太傻了。"

"果冻摔跤,"山姆说,"你可以去训练一队女人在铺满果冻的拳击场里摔跤,你会发财的。大家都很迷果冻摔跤。"

"别烦我了,山姆。我告诉了吉姆我会去参加舞会,我现在可以做的事就这么多了。"

"嗨,好吧!那也好。不过你答应我要跟安妮塔跳舞。"

"行。"

"尤其是如果她穿了那套火烈鸟衣服的话。"

"哦,你觉得安妮塔会穿那套火烈鸟衣服吗?"艾米特问,他的脸庞亮了一下。

"有可能。"

17

舞会那天,朗尼从湖边打来电话,凯文的父亲前一天晚上带他们出去吃牛排。朗尼告诉山姆,他把她的底裤压在枕头底下睡觉。"你在等牙仙[1]降临吗?"山姆问。她问了朗尼几十个关于小

---

1 欧美传说,孩子掉乳牙时,如果把乳牙放在枕头下面,牙仙就会在孩子入睡时到来,用一件礼物换取孩子的乳牙。

木屋和牛排的问题。朗尼想知道她准备为他哥哥买什么样的结婚礼物，山姆说她还没想过，她问他野生动物保护区的鸟。"好好记住你都看见了什么鸟，"她说，"艾米特想知道。"她没提起舞会的事情。

山姆去舞会时穿了一条紧身牛仔裤，系上她那条钉满装饰钉的皮带，再套上松绿色的紧身短背心。舞会在社区大楼举行，那里有一个体育场。朗尼去年在那里把他的戒指送给了山姆，那个戒指她没有戴，被她放在了装袜子的抽屉里。

门口，艾伦·维肯斯向山姆和艾米特打招呼。穿着绿军服的艾伦看上去与往日不同。山姆过去常看见他着装整齐，站在他的男装店的柜台后面。

"你给我好好的，山姆，"他挤了挤眼睛，说，"我们招待未成年人士，是要负法律责任的。"

"我不该来吗？"她满脸无辜地说，"我爸爸参加了战争啊。"

"当然啦，山姆。你当然该来。"

吉姆·霍利响亮的声音炸了起来："艾米特，你这条老猎狗！要是你不来，我会跑去你家亲自把你揪来的。"

"在正式舞会上我觉得自己像一朵壁花，反正我满脸都开着花。"艾米特说，嘻嘻笑着，打了吉姆的胳膊一拳。

"我们准备把你带到路易斯维尔去做橙剂后遗症检测。"吉姆说。

"我的地下室被水淹了，地基也不牢固，"艾米特咧嘴一笑，

"我在这儿的时候，我家随时可能会垮塌掉。"

"你家不可能像我家那样垮掉的。"吉姆说，摇了摇头。

"嗯，苏·安会后悔自己出走的。"

"对。"吉姆喝了一口装在纸杯里的啤酒。"她在她以前工作的地方找到一份活儿，她只是想过去试试看。也许我们会变成那种异地婚姻。"他笑起来，"我们总是想要赶时髦。"

山姆放眼四处寻找汤姆。那天早上，她跑步经过他的修车厂，看见他正在那个昏暗的大洞里干活，他背部的姿势很滑稽。那辆大众仍然停在那儿，锈迹斑斑。她满怀希望地想，那辆车是他特意为她留着的。

体育场装饰着红白蓝三色皱纸彩带和气球，像一个生日派对。露天晒台的一个角落里摆放着一台绿色厚纸板做的坦克，支着一挺机关炮。一座篮球架下摆着茶点台，放了一桶啤酒、一些软饮料和薯片。艾米特带来一盘迷你比萨饼，几位太太准备了蘸酱。另一座篮球架下放了一对音箱、一台唱片机，音箱里传来鲍勃·迪伦的弹唱声。山姆拿了一纸杯七喜、一捧薯片，走过去翻看唱片。她浏览了一大堆唱片集——甲壳虫、滚石、谁人，很多熟悉的乐队——挑出几张来放。

甲壳虫开始唱《你需要的只是爱》时，艾伦·维肯斯来到了她身边。"这首歌在乡下的时候我肯定听过一百遍。"他带着留恋的微笑说。

"你在越南听甲壳虫？"山姆问，有点吃惊。

"对。我们部队有个家伙有一部录音机，他的女朋友老给他寄最新的料。那里还有军队电台。"他停了一下，做梦一样凝视着垂挂在篮球架上的一个气球。"在乡下的时候，你跟世界的联系那么少，可是那些歌——它们是你和真实世界最近的接口。"

"你们在丛林里也听音乐吗？"山姆问。

"对。当然大多数时候你必须保持安静，不过时不时你也会到达一个安全的地方，就可以放松一下。"艾伦微笑着，"我最喜欢的歌是《白兔》。"

山姆试图想象格蕾丝·史利克[1]对着敌人大声喊叫。在这样的音乐里，北越人为什么没有放下武器，痴迷沉醉呢？如果他们懂英文，也许音乐会赢得这场战争。但是现在，听着《你需要的只是爱》，她意识到那些歌词是多么幼稚。爱情甚至无法解决两个人的问题，更不要说整个世界的问题了，她想。不过歌词只是歌的一部分，有时候音乐本身充满了能量和希望，而歌词却恰恰相反。艾米特曾说摇滚是关于忧伤的快乐音乐。

山姆无意中听到两个家伙在讨论巴迪·曼格荣。一个说："巴迪不能来，难道不是一桩遗憾的事情吗？他挺不住了。那个可怜的家伙身上有书里说的所有病兆，老兵联却当面嘲笑他。恶心、

---

[1] 格蕾丝·史利克（Grace Slick，1939— ）：美国摇滚歌手，曾任多个乐队主唱。

腹泻、黄疸、氯痤疮。他肌肉痉挛，睡不着觉，瘦了好多，连啤酒都不能喝，一喝就会比夜猫子还醉得厉害。"

"得，这听起来像橙剂后遗症。我听说他尿血。"

"对，他的孩子在孟菲斯做手术。他们要重新梳理她的内脏，这样才能不让内脏粘连得太糟糕。"

这时山姆发现皮特·西姆斯和他的妻子一起来了。辛蒂看上去比皮特要老，她带来一个奶酪拼盘。

她称赞着山姆的耳环，说："嘿，我可没胆量在耳朵上扎那么多洞。"

山姆戴着道恩送给她的马蹄形耳钉和一对心形耳环。她耳朵上新穿的洞基本上已经痊愈了。

过了一会儿，皮特对山姆说："别告诉我老婆我给你看过我的文身。"

"她会把我怎么样？"

"问题不在这儿。问题是她会把**我**怎么样。"他笑起来，轻轻拍了拍山姆的背。他的手非常大，而且摸摸索索的。这只手开过枪，她想，躲开了他。

山姆一边喝着七喜，一边研究着告示板上陈列的快照。身穿工服、脚踏丛林靴的士兵笑嘻嘻地站在帐篷和棚屋前面。没有任何背景或自然风景，只有肮脏平缓的一片，几座木头小房子，一辆吉普。照片上的男孩们朝摄影机摆着姿势，手叉在髋部，做出一副坚强的样子。他们还是些大男孩，就像朗尼一样；不像这间房间里那些上了年纪的男人。山姆看到照片里有几个沙袋，一条身上有斑点的狗，几个油桶。希望镇把几十个男孩送上了战场，不到两个月，一个高中班里就有三个人战死。山姆在死者名单上没有找到她父亲的名字，那些名字写在一张线纹便签纸上，钉在一套身份识别牌[1]的旁边。他不是希望镇人，他来自县郡边缘一个遥远的小区。

山姆看见艾米特正和一个她不认识的男人一起，察看着一张摆放玩具的桌子——M-16 和 M-60 步枪、坦克、迫击炮、直升机、战斗机。"这些东西很像我们以前做的模型，山姆。"艾米特说，拿起一架幽灵 II 战斗机。那里还有一些别的战争装备：一套标准餐具、一件防弹衣、一件雨衣，甚至还有一顶钢盔。那顶钢盔看上去让人意想不到的小而易碎。

"记得这个吗，厄尔？"艾米特说，拿起那件雨衣。

"太记得了。"那人说，举起他装啤酒的纸杯，喝了一口。他又胖又矮。

艾米特说："看，山姆，当时就是这样的。你必须把雨衣拿来做成一顶帐篷，睡在下面。你要用你的钢盔洗漱、刮胡子。这是一个军用食品罐头，里面是火腿和操你妈。"

---

[1] 一种士兵佩戴的金属牌，上面有本人的编号等信息，主要用于阵亡者身份的识别。

厄尔说:"我再也不吃那玩意儿了。我根本不能走近火腿和青豆——随便哪一种。"

"我也是。"艾米特笑着,打了硬纸板坦克一拳。"我从没想过还能再见到这玩意儿。"吉姆站在那儿,艾米特说,"天杀的,小吉姆,那挺机关枪看起来就像一头大象的小弟弟。"

"安妮塔帮忙做的。"吉姆说,"那姑娘真有艺术细胞。安妮塔在哪儿?她这会儿该到了。"

"这些老东西看着像古董。"艾米特说,用指头触摸着那罐磨损的军用食品罐头。

辛蒂出现了,手里拿着一杯饮料,一个艾米特做的迷你比萨饼。"你们干得不错,吉姆。"她说。

"我希望还有人会来。"吉姆焦虑地说,"来的人真不多。"

"那些武器看上去像真的一样。"辛蒂说,把比萨饼吃掉了。

厄尔对吉姆说:"他们在电视里把我们都描写成精神病人和杀手。但是我们大多数人都调整得很好。我从来没有过什么问题,我找到了一份好工作。"

"很好,厄尔。我们为你骄傲。"

"我从来不到处去惹麻烦,确实不会。我也有记忆,可是我也学会了负责任。我已经接受了自己做过的事情。你永远不可能忘记,可是你要继续生活下去,没办法。你必须考虑将来、你的孩子,你必须确保他们不会被卷进一场打不赢的战争里面去,像我们曾经经历过的那样。"

"更正,"皮特说,"一场他们**不让**我们打赢的战争。我们本来可以打赢的,这一点你是知道的。"

"但是问题是你不能生活在过去,这样会得病的。"厄尔对着房间做了一个手势,"气球、玩具。"他踢了坦克一脚。"为什么要放这些让人想起过去的东西?真够傻的。"

"傻,哈?"皮特说,"恰好我开过这种坦克,我可骄傲得不得了。"

厄尔让山姆感到紧张。她站在玩具旁边,听着他们交谈。她担心厄尔喝醉了。

"别在意这个,"艾米特说,轻轻推了一下她的手肘。"厄尔又摆架子了,皮特喜欢刺激他。"

吉姆给夹在了中间,皮特在维护他,厄尔却不愿让步。他怒视着皮特和吉姆,说:"你们不能生活在过去,你们不能让自己沉浸在回忆里。问题的关键是你**现在**准备做什么。我回来后就没碰到任何麻烦。你知道是什么原因吗?因为我不抱怨,这就是原因。我只不过是完成了我的工作,而且我还会去做同样的事。"他朝吉姆晃着他手里的啤酒,"你们这些自怜自怨的人让我恶心。"

"如果厄尔不小心点,皮特会把他揍扁的。"艾米特说,一边引着山姆穿过体育场的舞池。有两对人在跳舞。"嗨,安妮塔来了!你看她!嗨。"

安妮塔穿了一条紧身牛仔裤，一双高跟鞋，一件艳红色的吊带背心。她巨大的乳房都要掉到背心外面来了。

"今天晚上她不是一只火烈鸟。"山姆说。

"不是，她是一只红鸟。一只肯塔基红鸟。"

"艾米特——嗯，该死的你好啊！"安妮塔叫道，拥抱了他一下。他不安地扭动着身体，脸红了。"嗨，山姆！你看上去真可爱！我好喜欢你的耳环！"

安妮塔拥抱了山姆。她身上的味道很好闻，就像商贸中心那家门口放了香水喷放器的商店。她耳朵上戴着巨大的黄铜圆片，正在大笑。

山姆离开安妮塔和艾米特，他们俩都在笑着，她去拿了些薯片和蘸酱。她吃了三个艾米特做的迷你比萨饼，呆呆地站了一会儿，观看着人群。来的老兵那么少，让人沮丧。皮特和辛蒂在跳舞，山姆试图想象辛蒂对着一个挥舞着一把猎枪的家伙发号施令，像艾米特所说的那样。她带来的奶酪拼盘里有蓝莓奶酪，蓝莓奶酪闻上去有股臭脚味，让山姆想吐。

这时安妮塔和艾米特居然真的跳起舞来了。安妮塔跳舞的节奏细微而有节制，是那种黑人孩子跳舞的方式，她浓密的头发和红色的背心像火一样艳丽。艾米特不自然地抽搐着，他凝视着她，就像在观察一只鸟。

山姆浏览着唱片，希望能找到一张大门乐队的专辑——那张上面有电影《现代启示录》里名为《结束》那首歌的唱片——这时安妮塔来到她身边。

"我喝得好醉。"安妮塔说，晃动着她的高跟鞋。"因为要见艾米特，我实在太紧张，就灌了一大堆酒。你看得出来吗？"

"你的样子很漂亮。"山姆说。

"艾米特去上厕所了。哦，他真可爱啊。"安妮塔叹了口气说。"他说起话来老是让我无言以对。你知道他刚才说什么了？他说：'除了苦日子和泡泡糖，其他我啥也没有，不过我刚把泡泡糖都吃光了。'我觉得太好玩了。他让我笑，我喜欢能让我笑的男人。"

"我喜欢听你俩笑。"

"我过去常看见艾米特四处游逛，我就会让他搭我的车。我有一辆'野马'，艳红色的，我觉得自己够惹火。不仅**惹火**，我觉得自己还是个**热货**！"她笑起来，她的笑声热烈而温暖，像烤炉里的皮斯比里热面团[1]，山姆想。"我就是这么认识艾米特的，让他搭车。"安妮塔说。她在喝一种颜色像胶合板一样的东西。她说，"我猜你一辈子都在听和越南有关的事情，对不对，山姆？"

"某种程度上来说是吧。"

"我来告诉你我的越南故事。"安妮塔说。她的眼睛在继续寻找着艾米特，山姆则在扫视汤姆的身影。她们是两个寻找男人的

---

[1] 美国流行的一个广告形象，是一个笑嘻嘻的男孩。

绝望女性。是什么让她们以为耳环可以达到她们的目的呢？比起安妮塔，山姆觉得自己很寒酸。安妮塔说："越战开始的时候，我正处于一团迷雾之中，我的婚姻破裂了。1967年我去上护士学校，我辛勤工作，不去想战争的事。我不认识一个去打仗的人，战争对于我来说似乎过于遥远。可是1969年春天的一个周末，我搭公共汽车去博林格林看我姨妈，有几个男孩在坎贝尔军营上了车。他们穿着军装，就是皮特现在穿的那种松松垮垮的绿色裤子和黑色靴子。其中一个人坐在我对面，跟我谈话。我当时正在读一本诗集，那个男孩试图越过我的肩膀来读那本书，他告诉我他喜欢诗。嗯，这一点让我印象深刻，因为有多少家伙会读诗啊？而且他这么说不是为了搭讪，他跟我讲他读过的一些诗。然后他就告诉我他第二天就要坐船去越南了，他们几个人都是。我真不能理解。我想：为什么，他去那边会**死**的！这件事真的让我不安。我从来不知道他是谁，是否活着回来了。我班上的男生年龄大几岁，不用去打仗。我三十九了。你知道吗？可是多年来我一直在想：那是**我**的越南经历。说这个听起来总是很傻，可是我觉得这件事对我的影响比新闻里的战争要大。因为这是**真的**，我就在那儿，和那几个男孩一起在那辆公共汽车上。我只知道他们当中有些人回不来了。"

"哇。"山姆说。她不知道该说什么。

安妮塔说："我对自己说：如果这件事对我影响那么大，那么想想它对另外有些人的影响又会有多大，那些男朋友去了那边没能回来的人；或者丈夫去了那边，经历过地狱般的生活，回来了。跟艾米特交往以后，我觉得自己知道了。你明白我的意思吗？哦，我恨喝醉酒。我觉得自己真傻。你明白我的意思吗？"

"明白。"

"我是说我能够体会你的处境，山姆。我真的能够。我努力去做，我努力得很辛苦。"她用力拉了拉背心带子，"艾米特来了。我要去让他再跟我跳一曲。"她飘走了，明亮的笑声在房间里流淌。

终于，汤姆出现了。山姆感觉到自己的脸红了。他走进房间，身穿牛仔裤、蓝色T恤，手里拿着一个纸袋。他看上去很自信。山姆意识到：正是这种东西让一个男人显得性感。她快速穿过舞池，把七喜弄洒了一点。

"嗨，山姆。"他咧嘴笑了，伸手去拿烟。"艾米特在哪儿？"

"他在这儿，我把他弄来了。"

"我本来想请你跟我一起来，但是我觉得你不会跟我约会的。"汤姆用开玩笑的语气说。

"我会跟你一起来的。"

"你的男朋友呢，山姆？他在这儿吗？"

"什么男朋友？"山姆说。

汤姆点点头，把目光从她身上移开。他说："你想不想喝点什么?"

"当然想。我们去拿点可乐吧。"她把他领向小吃桌。

"我的意思是你想不想在里面加点料。"

"你说加我就加。"

"我就加一点烈的,给你来点小刺激。"他说。

纸杯里的可乐泛起轻微的泡沫,味道苦涩而强烈。加的是吉姆·宾牌的威士忌,让山姆想到洛伦佐·琼斯收集的吉姆·宾酒瓶。她的目光落在篮球架下摆在桌子上的玩具坦克和飞机上。

"嗨,看那儿。"汤姆说,"艾米特在跟安妮塔跳舞呢。"

"我觉得他们在重新开始。"山姆说,"我希望如此,我喜欢她。她那天过来跟我们一起看电视了。"

他们跳舞之前,山姆没有意识到汤姆有那么高,他像布莱克上校一样高。他的动作比她想象的要平缓,似乎他之前做过准备,练习过。只有几对人在跳舞。安妮塔和艾米特此刻已经坐了下来,安妮塔把手搭在艾米特的肩膀上,跟他讲着话。她关心地触摸着他的脸。艾米特,因为觉得害羞,眼光越过体育场望向篮圈,似乎准备投篮。山姆看见吉姆在跟艾伦和贝蒂·维肯斯交谈,他夸张地打着手势。汤姆递给山姆一个气球,她把绳子缠绕在手指上,让气球在他们跳舞期间在他们上方飘浮。在那个几乎看不见的角落里,那台硬纸板做的坦克在吉姆装配的闪光灯照耀下,像一个潜伏的怪物。一首"妈妈爸爸合唱团"[1]的慢歌响了起来,山姆和汤姆彼此靠得更近了些,山姆松掉了手里的气球。

"你跳得不错。"汤姆在她耳边说。

"你也一样。"她无法辨别他用的是什么剃须水,那味道闻起来像是桃子一类的东西。

歌曲结束时他们正置身于放着玩具武器的桌子旁边,汤姆抚摸着一把 M-16 步枪。

"这个比真的要小一些,"他说,拿起那把枪,"不过 M-16 是塑料的,所以使用起来实在轻巧容易。只不过经常卡壳。"

"艾米特以前经常做这样的模型。"山姆说,"我经常帮他。这个是我最喜欢的。C-141'运输星'。它那么大,艾米特以前经常告诉我它有多大。不过他很夸张,他说那玩意儿跟休斯敦的室内体育场一样大。"

"这真让吉姆伤心,"汤姆说,把手里的枪放下,环顾着屈指可数的几个人。"他指望会有成群结队的人来。我们去跟他聊聊吧。"

"我不明白苏·安为什么不能等到舞会之后再去列克星敦。"吉姆对汤姆说,"这真让人羞愧。"他摆弄着手里的一块皱纹纸,把它团成一个球,然后又撕扯成小片。

"噢,别人都会理解的,吉姆。"

---

[1] 美国 20 世纪 60 年代的一个乐队。

"我觉得她没经过仔细考虑,她做事总是着急,不加思考。"

"大概那份新工作让她觉得兴奋。"

"对。她能拿到从前工资两倍的工钱。我没理由跟她争。"

山姆醉了。汤姆又给她倒了一点威士忌。她习惯了这个味道,喜欢这东西带给她的感觉。几个老兵过来跟山姆说话。"在这里见到你真好,山姆。你跟一群疯疯癫癫的老兵混在一起干什么?"或者,"提防着点汤姆,他可是名声在外。"都是在打趣,人们大部分时候都是用这种方法互相交流的,她想。她看见皮特站在小吃桌旁,在跟厄尔争吵。他们向对方挥舞着手里的纸杯,以加强语气。

一个山姆不认识的老兵对她说:"我跟你爸爸在一个学校念书,山姆。我上高二的时候他上高四。他那时跟艾琳约会,他们真是一对璧人。"

"噢,告诉我你都记得什么!还有什么?"

"他和她周末总是去帕迪尤卡到处瞎混。他不野,是个好男孩。"

"他什么样的?"

"他是那种安静型的,不怎么爱说话。"

"还有呢?"除了表象,没人知道别的事情,这真让人恼火。甚至艾米特能告诉她的也只有一点儿。他对德韦恩所知不多。

"让我告诉你一点,山姆。德韦恩运气好,他的运气真他妈的好。他不知道自己怎么死的。"

"运气好？活着不是更好吗，不管怎么活着？"

那人没有回答。他握着拳头，手掌一下打开一下握紧。

"我不知道他是不是接触到了橙剂。"山姆说。

"如果是，那他死了就是加倍的运气好。"

汤姆揽着她的腰，引着她穿过舞池。"别信他，山姆。"他说，"你爸爸运气一点儿都不好。他连认识你的机会都没有。"

他仍然在试图保护她。现在她心生感激，而且她认为他大大地恭维了她。她觉得头晕。汤姆正盯着她看，似乎有话要说。

"你在想什么？"她说。

"你。"

"哦。"

艾米特和安妮塔打断了他们，他们俩歇斯底里地笑着。"哦，不好了，我把饮料弄洒了，洒得我这件好背心上到处都是！"安妮塔嚷嚷着。

"是件好背心，安妮塔。"艾米特说，直勾勾地盯着她的乳房。"你用词真够准确的。"灯光下他的脓疮不见了，他看上去很高兴。

山姆从手袋里拿出一包纸巾递给安妮塔。她正好有纸巾，上次她去朗尼家时从玛塔的浴室里拿了几张。感觉上那好像是很多年以前的事了。纸巾是粉红色的，跟那间讲究的浴室相配。山姆想到玛塔的礼物茶话会和吉普车婚礼。山姆应该买一件有品位的结婚礼物。也许她可以买一架 C-141"运输星"军用运输机模型，要不就买一架"眼镜蛇"直升机模型。他们可以把它吊在天花板上。

汤姆捏了她的手一下，说："我马上回来。"

山姆在一把折叠椅上坐下来，等着汤姆。靠墙的地方，几个她不认识的老兵手拿 M-16，开玩笑地互相瞄准着。辛蒂从她身边走过，她显得很无聊，也许因为她为自己带来的奶酪拼盘感到不好意思。她很坚强，紧绷着下巴，像个女卡车司机。吉姆不停地狂喝滥饮。厄尔，那个发起争论的家伙，这时似乎又跟别人吵开了。缠绕在一起的红白蓝色彩带随着空调送出的微风飞舞。巴迪·曼格荣孩子的内脏就是这样缠在一起的。

报纸上报道玛塔的礼物茶话会时说，她把飓风标杆用缎子包起来，缠上皱纹纸彩带，用来装饰房子。山姆想到那个用粉红色塑料布把佛罗里达周围的岛屿环绕起来的家伙[1]。艾米特对此非常愤怒，因为这个举动有损生态——那些死了的鸟，他咕哝着。可是山姆对艺术家的行为很钦佩，因为他似乎是在嘲笑那些主张华丽包装的人。你可以费尽心思包装一份礼物，买些漂亮的包装纸、美丽的缎带和标签，可是收礼物的人只会撕开包装，看看里面的内容。包装的目的就是为了欺骗，山姆想，可是这个目的从未达到。

她的父亲被装在一个塑料尸袋里从战场上运了回来。引人注

---

[1] 1983 年 5 月，保加利亚艺术家克里斯托带领一个团体用粉红色塑料布把佛罗里达周围的岛屿围绕起来。据他本人声称，这是一次诗意的行为艺术行动。

目又省钱省力,一个不错的伪装。那些尸袋应该是红白蓝三色的才对,上面布满金星,很像她以前上钢琴课时活页乐谱里的金星。她祖母休斯是一个"金星妈妈"。山姆学会贝多芬《致爱丽丝》这首曲子时,得了一颗金星,但是一年以后她不再学钢琴了,因为她想弹奏《利物浦之音》,而音乐老师从来没有听说过奇想乐队,也没听说过甲壳虫乐队,只想让她弹与此无关的练习曲。"想象一下吧,"山姆大声说,"从来没听过甲壳虫。"**想象一下没有天堂……不用为此屠杀或死亡。**

体育场在闪光灯下闪烁,角落里很阴暗,像一座可供步兵蜷缩着身体躺下过夜的战壕,他躺在他的雨衣之下,雨衣招展。那地方一定又湿又脏。越南的泥土是什么样子的呢?**在乡下**,他们说。是像艾米特挖的沟里的那种黏土吗?还是像她曾在照片上见过的乔治亚州的红土?她不知道。夜间,耗子和蜘蛛会悄悄钻进洞里,忙忙碌碌;他们的上空会出现闪光,曳光弹划过天空,为远处的一场战斗照亮路径。闪光灯的灯光就与此相似。艾米特脑仁里的阵痛。她不明白体育场的情景为什么没有激起老兵们共同的回忆。那些玩具在灯光下闪烁,透过眯起的眼睛,山姆能够看到摆放玩具的桌子,她想象自己看见了真正的运输机和坦克,从远处,透过迷雾,透过弹雨,透过夜里爆炸的迫击炮弹,制造出一片疯狂的色彩。她和艾米特做的模型积满灰尘,当模型上的贴纸剥落时,艾琳就会把那些模型扔掉。山姆想到隐藏于热带植物叶子后面的狙击手。士兵们说如果有狙击手在观察他们,他们会有感觉。坦克的硬纸板是空洞的,红白蓝是死亡的颜色。

"我刚才有点事情要处理。"汤姆微笑着说,在她身旁坐下。他又摸了一下她的手,山姆听出来音箱里放的音乐是动物乐队的《日升之屋》。艾米特曾告诉过她这首歌说的是一个妓院。她辨认出艾伦和他妻子在跳舞,他们是舞池里唯一的一对,他们靠得很近,缓慢地移动着。

山姆对汤姆说:"你在那边——在乡下——的时候,家里有没有可以通信的女朋友?"

"有。但是她受够了我。我给她写信,可是她厌倦了等待。"

"她嫁给别人了?"

"对。不过这没什么。我回来后她也应付不了我。她希望一切正常,想要一个家庭和一栋带双车库的平房。她没法融入我的故事。所以她碰到一个混得不错的老好人就嫁了。不过有一点你知道吗,山姆?"

"什么?"

他碰了碰她的耳环。"这些耳环就不一样了。"他说。

他们听到吼叫声,皮特和厄尔又干起来了。他们站在体育场的另一端,山姆无法听见他们在说什么,但是突然间,她看见皮特倒在了硬纸板做的坦克上,厄尔狠狠打了他一下。

"哦,皮特可忍不下这口气!"汤姆大喊,向前冲去。

皮特和厄尔扭打成一团，他们摔倒在坦克上，把坦克压得稀烂。

"噢，我辛辛苦苦弄好的啊，"吉姆呻吟着，"喷漆那么贵。"

是艾米特制止了这场打斗。山姆不知道他是怎么做到的，但是那两个男人似乎很尊重艾米特。山姆为此感到吃惊。她看见厄尔走开了，皮特咧嘴大笑着，他没有受伤。"我必须保卫这辆坦克，"他说，"不过看来我在保卫它的过程中把它给毁了。"他大笑着喝干了他的啤酒。"他在找死呢。还说别人有问题，连老兵联都知道他才有问题。"

过了一会儿，山姆在洗手间碰到了辛蒂，她正在擦口红。

"他总能做出点让我丢脸的事情，"她说，"不过这一次皮特是对的，厄尔确实想找碴儿打架。"

"我觉得他喝醉了。"山姆说。

"他看见酒就忍不住。"辛蒂说，用黄色的纸巾拭擦着口红。"巴迪·曼格荣小女儿的事情不是很让人生气吗？"

"是啊。"

"我听说艾米特肝脏有问题，山姆。是真的吗？"

"不是，我认为不是。我希望不是。"

"我看见他在喝啤酒，我想如果他肝有问题的话就不会喝酒了。"

"他有很多毛病，不过不是肝的问题。"一阵恐慌向山姆袭来。她还没想过肝的问题。

"巴迪一罐啤酒都不能喝。"辛蒂用一根塑料签子拨拉着她那紧邦邦的卷发。"艾米特的脸现在看上去没那么糟糕了。"

"他拿了些药膏。"辛蒂真爱管闲事。山姆讨厌希望镇这地方每个人都知道其他人私事的现象。

"他跟安妮塔一起肯定玩得很开心。"辛蒂说。

"对。她人很好。"

"那个女人追了他好多年了。你知道吗？"

山姆开始梳头发，辛蒂说："我可没勇气戴那么多耳环。你怎么弄的？"

"不难。我的朋友道恩每只耳朵上有四个耳洞。她有五十对耳环呢。"

"这让我想起他们有些家伙在那边干的事情。"

"什么事？"

辛蒂打了个冷战，使劲拉扯着头发。"你可能太年轻，不知道这些事，不过他们有些人会把敌人的耳朵割下来作为纪念品。很恐怖。他们把耳朵带回家来四处炫耀。皮特带回家过一些，有很长一段时间我从没仔细想过这件事，他觉得能为自己的国家服务，感到很骄傲，我也很骄傲。直到过了好多年那些耳朵才开始折磨我。我再也不能戴耳环了。我老是想到那些耳朵，它们的样子那么可爱，棕色的，像草菇。小老鼠的耳朵。噢！多年来，我一直想摆脱掉它们，但是我又能拿它们怎么办呢？"

山姆不想听收集耳朵的故事。她不相信辛蒂。她急匆匆地跑开了。辛蒂不是爱笑的人,不像安妮塔。体育场里,多纳文正在唱《阳光超人》:"我知道有个海滩,宝贝,它永无止境。"这是一首充满神秘的歌。山姆向往六十年代。

她希望能够去汤姆修车厂上面的公寓,看他怎么摆弄越野摩托。她想看到他的伤疤,也许他需要在浴缸里来一次小小的理疗,要不就泡个热水澡。汤姆穿上牛仔裤甚至比穿着松松垮垮的军装看着还要帅。他双腿强健,臀部扁平。她跟汤姆跳舞的时候,他腰部以上就像木偶一样僵硬,不过这赋予了他一种风韵。她喜欢。

她找到汤姆,他正跟吉姆和艾伦一起,吉姆在哭。"没人在乎。为什么不多来点人?他们为什么不跳舞?大家彼此互不关心,山姆。我在自欺欺人。真让人失望。"

艾伦试图安慰吉姆,但是吉姆又从小桶里倒了一杯酒。他的声音越来越大,哭得越来越伤心。他说:"我还以为如果大家一起经过了战争这样的事情,多少能意味着点什么。"

"可是确实是这样的啊,吉姆。"汤姆说。

"艾米特是这么觉得的吗,山姆?"

"我觉得是。"

"他在那边失去了很多兄弟。**很多兄弟。**"吉姆喝了点啤酒,说,"尽管如此,人们总是不理解,南是不一样的。就拿我老爸来说,他以为我应该跟他'二战'时在太平洋打仗一样。但是那时他是在船上,能够看得到日本人来。他知道敌人是谁,知道自己为什么而战。你没法告诉他越南不一样,他很顽固。"

吉姆让山姆觉得不舒服,当汤姆捏了一下她的手,问她是否想走时,她很高兴。

"你回家没事吧,吉姆?"汤姆问。

"没事。我还要打扫一阵,然后去麦当劳买杯咖啡。"

"我来开车。"艾伦说,碰了碰吉姆的手肘。

山姆发现安妮塔和艾米特已经离开了。她跟着汤姆,向他的车走去。他们穿过停车场时,他的手拖在背后,被她一路牵着。她感觉到自己正在做一件相当大胆的事情,就像在跟踪一个放哨的士兵。从一盏水银灯射出的那汪橙色灯光是凝固汽油炸弹的颜色。一个被冻结在时间里的汽油炸弹,她想。灯光下的棕榈树。凝固汽油弹。没有棕榈树。

一开始她以为自己腿上有一只兔子,可那是汤姆的手。那是一只长长的、瘦瘦的、有力的手,一只爪子细长的鸟。她看到他指甲下面的油脂。汤姆的嘴唇跟朗尼那么不同,朗尼的嘴唇硬硬的、皱巴巴的,汤姆的嘴唇宽阔而柔软,封住了她。

"你在对我做什么啊?"最后他说,"我最好还是送你回家吧。我恐怕让你喝得太多了一点儿。"

"不,我用不着回家。我没有宵禁令。"

"那你觉得我们应该去哪儿?"他坐等着——等着她做决定,似乎不想负任何责任。

"我用不着回家。艾米特不会在家的。他不会知道我没回家,他跟安妮塔回家了。"

"我真高兴他跟安妮塔在一起。"汤姆说,扭动了车钥匙。把车开出停车位之前,他在那儿坐了一会儿,等着。

山姆打开收音机,调到摇滚-95频道。摇滚-95又在放甲壳虫的歌。随便在哪儿她都能听出甲壳虫乐队来,约翰领唱:"你最好别惹我的猫,"他唱道,"我告诉过你,大肥牛头狗,你最好别惹它。"山姆必须找到那张唱片,她想为每个她爱的人放这首歌。这是来自过去的一个崭新的消息,一些可以继续的事情。

18

"真的是甲壳虫乐队的新唱片。"山姆说。她正沿着房子外面通向汤姆公寓的楼梯往上爬,汤姆跟在她身后,他的钥匙"哗哗"作响。现在,轮到她是那个哨兵了。

"我不知道他们还在唱。"

"也不真是新的,不过是刚刚才出来的。我母亲以前很迷他们,他们的每张唱片她都有,但是她没有这张。"

汤姆没关房子外面的灯。他打开房门,拧亮厨房里的灯。他的厨房里有一个老式陶瓷洗碗池,里面堆满脏碗碟。那张桌子——一张铺着油毡的轻便小桌——污迹斑斑,碎屑遍布。汤姆弯腰捞起地板上的一堆衣服。

"如果早知道有客人要来,我会收拾一下的。"他抱歉地说。

他把衣服拿到浴室,等他从浴室出来后,山姆走了进去。虽然他在里面没待多久,但是已经把坐厕冲了一遍,坐厕里的水还没流尽,正顺着逆时针方向回旋下流。在南极,如果你冲完坐厕,水流的方向是顺时针的。可是这一点他们是怎么知道的呢?南极有多少个坐厕?只有观察力特别敏锐的人才会注意到这一点,也许是某些使用过移动厕所的探险者。在丛林里,厕纸是装在C类供给罐里的。山姆的脑袋在旋转——顺时针还是逆时针?她朝脸上泼了点水,用一张潮乎乎、臭烘烘的毛巾擦干脸,又把头发拨到耳后,露出耳环。她意识到有什么事情将要发生,就像电影里熟悉的场景:裹在床单里滚动着的两个人,慢动作的节奏,时光流逝。她希望不会出现剪接镜头,她不想错过任何东西。

汤姆正把一床被子铺在床上。史密斯姥姥也有一床类似的被子。想到汤姆这样的家伙居然有这么一床被子,真令人愉快。她很想知道这床被子是不是他祖母做的,不过在这种时候提出这样的问题似乎不大合适。在丛林里,他们用军用雨衣避雨,他们睡在泥泞的地沟里。

汤姆已经把T恤脱掉了,他的体毛不是很重,体态也没那么糟糕。她也没看见任何疤痕。这时她才想起:刚才他在浴室里的时候,自己在卧室门口站了几分钟。她站在那里,盯着那张没整理过的床，被子掉到了床脚。她在回放。现在又开始播放了。

"过来，"他说，"我想了解你。"

他的肩膀强壮却僵硬。她伸出手臂，缓缓地环抱着他，在他后背上温柔地探寻着。他的肌肉像晾衣绳一样紧。她不想伤着他，她害怕在床上翻来滚去会让他感到疼痛，他的肩膀会扭伤，那是他们不希望发生的事情。

只有浴室里的灯还开着，她看不清他的脸，但是能够感觉到他背上有些细小的肿块。

"弹片，"他说，"不算啥。"

他握着她的两个乳房，把它们举到自己面前，动作非常缓慢，不像朗尼，又快又粗鲁，像是在挤压两个红色的橡皮球。

收音机开着，她过了一会儿才意识到这一点。摇滚-95里，佩特·班纳塔[1]在狂喊："地狱是孩子们的！"

"你还好吗？"汤姆问。

山姆点了点头。她费了很大的劲想要集中注意力。从浴室门底透出的那条明亮的光带就像一支黄色的荧光笔，在她人生的这段主旋律上画着记号。她害怕自己会吐。她感觉到几个慢动作，几个剪接镜头，但是这些片段似乎都不知所终。过了一会儿，他从她身上爬开，靠着枕头坐了起来。疱疹，山姆想，他得了疱疹。

---

1 佩特·班纳塔（Pat Benatar, 1953— ）：美国20世纪80年代著名歌手。

"太丢人了。"他说。他躺在那儿，双手交叉盖在眼睛上。她的手在他腰下探索着，摸到一堆温顺的小猫。他居然没有勃起。山姆想起自己参加过的一个鬼节派对，在那些派对上你可以在黑暗中摸到各种稀奇古怪的东西。也许他喝醉了。也许他太老了，做不动了。

"你真是个好姑娘，"他说，"答应我你不会笑话我。"

"你什么意思啊？"

他伸手从堆在地板上的衣服里取出一支烟，把烟在手掌上敲了敲，划燃一根火柴。火光把他肩膀上的牛痘照得清清楚楚。"我不该把你带到这儿来。真糟糕。"

"怎么回事啊？"

"我这里在燃烧，但是那里却无动于衷，我也没办法。你把我弄疯了，我太想要你了。"

山姆把头靠在他的肩膀上，但是他并没有做出任何回应。他抽着烟，收音机里在播一首新浪潮[1]时期的歌，她不知道那个乐队，也不知道那首歌的名字。他们在那儿坐了一会儿，山姆慢慢清醒过来。

---

1 摇滚乐的一种分支风格，与朋克摇滚一同在20世纪70年代中晚期出现。起初，新浪潮被认为是朋克摇滚的同义词。由于新浪潮结合了电子乐、实验音乐、摩斯族次文化、迪斯科、摇滚和20世纪60年代的流行音乐等音乐风格的特性，使它与朋克摇滚区别开来。在某一时期，后朋克摇滚乐也曾被定义为新浪潮音乐，但是逐渐地，新浪潮的流行偏向使它与更注重纯粹艺术性的后朋克分道扬镳。

"这不能说是引诱未成年少女。"他苦涩地说,"我以为自己也许能行,因为你让我那么兴奋。"

他的手越过山姆,把烟灰抖进床边的烟灰缸里。山姆拿起烟灰缸,帮他托在自己手里。她居然没有在乎他呼吸中的烟草味。

"你在那边也受过伤吗?"她问,"这就是事情的原因吧?"

"不是。是我脑子里的问题。就像一堵砖墙。中国的长城。我撞了个屁股朝天。"

"我从没听说过这样的事。你脑袋受过伤吗?"

"没有。我啥事都没有。只是我脑子的问题。你听说过精神战胜物质的说法吧?"

"听说过。"

"嗯,我的精神就是这样。它把我带到我不想去的地方。我以为跟你会不一样,但是其实不是。"他深深地吸了一口烟,然后用手臂环抱住她。"我不是要侮辱你,这只是我自己的问题。"

山姆把头靠在他身上,想跟他离得更近一点。她从来没有过这么糟糕的感觉。她不明白他在说什么。她觉得恶心。浴室的灯在房间里投下一道病态的光亮。他们躺在那儿,一动不动,直到他把烟抽完。

"这不是什么不寻常的事情。"他说,"很多人都有相同的问题。"他把烟掐灭,把被子拉到他们俩的肩膀上。他的空调开得很冷。他说,"我在电视上看过一个节目,说是可以动手术。他们把一个东西放进你里面,你只要碰一下按钮就可以把自己泵起来。真是件不可思议的事情。你一碰按钮,液囊里储藏的盐水就会把它填满,只要你愿意,它可以从现在一直挺到圣诞节。还有一个释放按钮可以让它松弛。看到那个节目,我就想:天哪,我他妈的肯定需要那个东西。这就像冬天的早上,你的车太冷了,你要借助别人车上的电池启动汽车一样。"

"哦,哇!你应该有一个。"

"哈!只要一万块钱就能买到。我到哪儿去弄一万块钱?"

"老兵联会做这种手术吗?"

"在那儿我很可能会被割掉点东西,就他们那套办事方法。"

山姆想象着他的阴茎在膨胀,在变长,就像匹诺曹的鼻子一样。现代科技什么都能做到,她想,只要你有钱。

"他们给下身瘫痪的人做这个,让他们能硬起来,能让他们的女人开心,"汤姆说,"他们那里麻木了,别误会,山姆,我没有麻木。我能感觉到,这事儿把我弄疯了。"

"这能让你拿到伤残证明吗?"

"你觉得呢?"

"你去过老兵联吗?"这真让人沮丧。她整个人生是以两个受老兵联摆布的男人为中心的。

"去过。他们给我开了安定,把我送去做心理治疗。不过自从我从圣路易斯搬回这儿来以后,就没去过了。他们什么事都做不成。"他转过身去，背对着她。

山姆不知道说什么好。她差点想笑，但是她不想让他误会。整件事情都很荒唐。她轻抚着他的脸，那张脸感觉就像被挤压过的塑胶，他的胡子在发芽。

"没人知道这事儿。"汤姆说，"如果那帮家伙知道了，他们会取笑我，让我去买一个阴茎泵。我不该让你来这儿。你是个非常好的好姑娘。"

"你怎么会觉得我是个好姑娘？我吸毒，现在还喝得烂醉，而且我舅舅是个疯子。你怕我告诉艾米特吗？"

"不怕。"他坐了起来，又伸手拿了一支烟。他还没把烟点燃，山姆就用手臂抱住了他，紧紧依偎着他，试图真正贴近他。既然他无法进入到她的身体里，她希望自己能用手臂把他包住。

"抱着我。"他说，"贴紧我。"他把头埋在她的头发里。

"天哪，山姆。"他说，抬起头，吸了口气，"我从来没在哪个女孩身上摸到过这么多肌肉。"

他这是在恭维她，她想。几个小时之后，当她醒来时，黑暗中她的头眩晕不已，他还在沉睡，仍然紧紧依偎着她。

19

第二天早上，她头痛得厉害，嘴里一股铁锈味。更早一点的时候，他们俩翻身面对，她闻到了他酸酸的呼吸。她再次睡去，等她醒来，他已经走了。床单上有股味道。她在冰箱里找到一罐可口可乐，她口渴得厉害，一口气喝掉了半罐。可乐让她觉得头昏、难受。

她在楼下找到了汤姆，他正在摆弄一辆越野摩托。他已经被自己的工作弄得脏兮兮的了。他问她想不想吃鸡蛋，她说想，以为他会跟自己一起回到楼上，但是他告诉她鸡蛋和面包在哪里，让她自便。他喝着可乐，抽着烟。她说她还是去跑步吧。她要回家换上短裤。

"如果你想买那辆大众就告诉我一声，山姆。"他说，"我已经在着手修理了。"

他朝那辆车点了点头，车子还停在那个地方，整个夏天它都停在那儿，锈迹斑斑，像长了霉点一样。

她在耀眼的阳光中走回家，脑子里重放着昨天夜里的情景。她意识到他实在是太羞愧了，以至于在白日的光线下无法正视她。他太为自己感到耻辱了。她不知道该说什么，她总是不知道该怎么说才对，这让她愤怒到了极点。昨天晚上她醉得太厉害，而现在，她让自己受控于他的羞愧。

当看到麦当劳金色的拱形标志时，她想起了艾米特。这时她突然意识到，也许艾米特也有跟汤姆相同的问题。现在，一切似乎都很明了，这就是他为什么一直没有女朋友的原因。也许艾米特还受过伤，诸如神经受损之类的伤。汤姆说他没有受伤，不过也许他受过。艾米特不想工作，因为男人工作是为了养家糊口，如果他们无法组织家庭，那又何必去工作呢？这似乎是个简单的答案。女人去工作是为了证明自己，但是男人却是为了女人而工作。

汤姆**必须**有一个那样的泵，她想。也许艾米特也需要一个。她很想知道，他和安妮塔昨天夜里是怎么度过的。她脑子里曾有一副他们俩在一起的快乐景象，在安妮塔的公寓里。但是现在，她不那么肯定了。

她意识到自己脑子里正在放一首歌：

没有火花，你无法生火
这把枪是用来出租的
即便我们只能在黑暗中跳舞

艾米特不在家。月亮饼还关在屋里，山姆给它喂过食，把它放了出去。她不想跑步，从昨天早上起她就没有用酒精擦过耳朵了，她戴的新耳环把耳朵磨得结了痂。清洗完耳朵之后，她吃了一碗麦片，就躺在沙发上看MTV，看着看着就睡着了。

那天下午，她去了购物中心。她打算去给朗尼的哥哥买一件结婚礼物，但是她突然意识到：如果她跟朗尼分手，她就不必去参加婚礼了。像样一点的结婚礼物都太贵。在彭尼超市里，她匆匆掠过一排排灯具、行李箱、打字机。她看着银器、瓷器、假花。玛塔说过好几次，珍妮弗的瓷器花纹是什么样的，但是山姆记不起那花纹的名字了，新娘的婚礼愿望单[1]在城里的一个商店里。餐具垫要四块钱一个，一块餐具垫是不够的。她看着床单和枕头的时候，想起了朗尼母亲的床。有天夜里，山姆和朗尼单独在那儿，她很想躺到他父母那张带顶篷的床上去，但是朗尼却不敢那么做。最后，他们钻到了朗尼印着超人图像的被单下面，山姆想象自己是路易斯·雷恩[2]，被超人抱在怀里飞起，那感觉可能有点像坐在一辆悬挂式滑翔机上飞行。

现在，她已经感受不到一点对朗尼的渴望。她失去了这种感觉，就像她在某一个圣诞节对裹着巧克力的樱桃失去了兴趣一样。如今，她心中翻涌着对汤姆的渴望，她得找到一条可行的路，好让他们能在一起。她应该更性感一点，更成熟一点，更出色一点。跟一个比自己大得多的男人在一起太刺激了，这个想法完全占据了她，让她不知道如何应对。等一下她有太多事情要告诉道恩。

她离开彭尼超市，走进位于购物中心另一端的K玛特超市。那里的床单要便宜一些，餐具垫看着让人恶心。在体育服装区，

---

[1] 西方习俗，婚礼前新娘新郎可以选择一家商店列出一张礼物愿望单，单子上的东西必须是该店售卖物品。送礼者可到商店按照礼物单所列购取一样或多样礼物。
[2] 电影《超人》里的女主角。

她翻看着背心，可是那些背心看起来都很廉价，不像安妮塔的背心那么性感。在商店里逛了一阵，山姆突然起念要买一只鲜红色的陶瓷猫，那只猫张着大嘴笑着，背上有个小口子用来投放硬币。猫又圆又胖，足有一个西瓜那么大，它那张圆圆宽宽的脸让她想起月亮饼。这东西实在太适合她母亲了，它既古怪又个性化，非常昂贵，她想。艾琳会为此开心，她会发笑的。山姆想听到她母亲的笑声。

"大家都买个这样的猫放在火炉边上。"收银员说。

"它简直跟我家的猫一模一样。"山姆说，"只不过我家的猫是黑色的。"

她付了买陶瓷猫的钱，收银员说："谢谢你来 K 玛特购物。"

山姆在车道上碰到了皮特·西姆斯。

"哦，是我啊。"他说，"山波。"

"嗨。"

"艾米特平安到家了吗？"

"我今天还没见过他呢。你还好吗？没被那家伙打伤吧？"她揶揄地问。

"去他妈的。那家伙纯属找抽。你盒子里装的是什么？"

"给我妈的礼物。"

山姆不想跟皮特谈话。她觉得自己宿醉未醒，想回家，但是她不愿意搭皮特的车。

"你给她买的什么?"

"就一个傻乎乎的玩意儿,"她说,有点不好意思,"是个装饰猫,大家都拿来放在火炉边上。最近流行这个。"

"哦。"他的语气听起来并没多大兴趣。

"也是个存钱罐,如果你真想知道的话。你只不过想气气我而已。"

"我喜欢惹人生气。我老婆就受不了我老惹她生气。"

"这不能怪她。"山姆想起辛蒂前晚在洗手间里告诉自己的事,简直不像是真的。

皮特笑了。"我老婆,她一副高高在上的样子,说:'别这样!'"他用一种滑稽的假声模仿着她,就像麦克·贾格尔模仿比吉斯那首《情绪出口》[1]一样。

皮特伸出手来,抓住山姆的手肘,去挠她的痒痒肉。"嗨,你想不想跟我一起去巴腾?时间还早,一个又长又美妙的周六晚上在等着呢。"

"不,不行。还有其他事情。"皮特没刮胡子,下唇上有一圈牙膏,也许是抗胃酸饮料。他的牛仔裤吊在髋间,好像要掉下来了一样。

---

[1] 麦克·贾格尔是滚石乐队的主唱。比吉斯是一个英国乐队,《情绪出口》(*Emotional Rescue*)的原创。但是这首歌后来是因为被滚石乐队翻唱而出名的。

"你跟汤姆有一腿了,对吧?"他说,紧盯着她。"我看见你对汤姆抛媚眼。我还看见你们俩跳舞的样子。"

山姆没有回答。

他说:"如果你不愿意跟我去巴腾,那就让我给你买罐可乐好了。"

"那好,行吧。"她很口渴,很高兴能喝一罐免费可乐。在K玛特超市,他至少没机会做出什么怪事来。

在K玛特尾部的一个小隔间里,山姆和皮特喝着可乐,谈论着汤姆的那辆大众车。

"我妈以前有一辆大众,我喜欢大众开起来的感觉。"山姆转动着吸管,"我走路都走烦了。"

"艾米特不在乎走路,对吧?"

"对,他喜欢那样。他没什么特别的地方要去。如果他想去巴腾,可以搭你的车,搭汤姆的车,或者别的什么人的车。"

"他昨天夜里跟安妮塔回家了吧?"

"我猜是。我还没见到他。"

"今天早上我在桑诺克加油站见到安妮塔的车了。她在让人检查车胎,艾米特没跟她在一起。"

"真怪。"山姆糊涂了。也许艾米特和安妮塔准备出门旅行,所以她会让人检查车子。

"艾米特中彩了。"皮特说,一边笑,一边摇头,好像他什么都见过似的。

"艾米特跟我说你很怀念越南。"山姆小心翼翼地说,"他跟我说你更愿意待在那边。真的吗?"

皮特审视着指关节,伸缩着手指,然后用手肘在桌子上摩擦着。"还行,那边。"他说,缓缓地点着头。"从某种程度上说,那是我过过的最棒的生活。确实不错。"

"艾米特从来没说过这种话。他说那边很恐怖。"

"嗯,很多事情是。不过有些东西你经历过了,就永远不可能用其他方式得到了。"

"哪些东西?"

"哦,我不知道。很难说清楚。就是事情的那种强度,一起经历过的事情。是有点意义的。"

他喝了点可乐,说:"去他妈的,对,我承认,我喜欢那里。在那边我感觉良好,我知道自己在做什么,对某些事情我很了解。那儿有一道分界线,生和死。但是那儿也让人沮丧。如果他们让我们打赢的话,那场战争会是挺好的。"

"你这话什么意思?"

他吮吸着吸管。"嗨,他们把我们送去干这活儿,然后又把我们弄回来,然后我们也许还得再来它一次,或者也许就这么着了。我们老是遭到伏击,从来没占领过任何地方。如果没有机会打赢,我们就不应该再去参加其他战争。你知道我参加的那个施工队是怎么工作的吗,修那条通到24号州际高速的支路?天,我们把那条路规划好了,就用推土机把路推出来,把那些小山包推开,直接把那条傻瓜路漂漂亮亮地铺上了,如今你可以从这儿开上24号,一路直达帕迪尤卡。如果我们在那边能搞一单这样的造路工程,那我们就肯定会打赢那场仗的。如果我们做什么事情都能有那种劲头的话。"他笑了起来,"我们应该在那儿铺一条胡志明大道,一条四车道的州际高速。那我们就能看见'查理'[1]藏在什么地方,能够做好准备对付他了。有了州际高速,你就知道你去的地方了。"

"绿色路标会告诉你的。"山姆说。

"我幻想过把那片地方犁一遍,就像春天的时候翻土一样。"他笑了,"我不知道为什么。天气是个大问题。坦克都陷进土里去了,但是我们有那么多武器——假如他们允许我们干,我们可以把那里炸平十次。所有的战术都是错的,我们本来拥有可以打赢那场仗的技术装备。毫无疑问,我们有技术装备。只不过我们打错了,我们没用我们**真正的技术**装备,我们用的装备那些矮个子讨厌鬼都能弄明白,都能被他们搞得一团糟。他们学会了我们的行动模式,了解到我们的日常行程。他们知道什么地方要投炮弹,直升机在哪里。如果你破坏一个供应点,在你想象不到的地方他们还有另外一个。他们有备用系统。他们很狡猾,是你见过的最狡猾的小混蛋。"他用拳头猛敲着桌子,"没有比东方人的思想更

---

[1] 美国士兵对越南士兵的称呼。

曲里拐弯的了。你知道那像什么吗？靠近纳什维尔有个小动物园，里面不是有个场拨鼠园吗？你只要透过水泥框往里看，就能看到地上的那些洞，场拨鼠造了一个地下网络。它们在那些地道里跑来跑去，唯一可以把它们弄出来的办法是轰炸或者烟熏。那些敌人就是那样的。我打赌他们把隧道从河内修到了胡志明市。虽然要用好多炸弹，可是我们本来是做得到的。那样的话起码是做了点建设性的事情。"

"轰炸他们怎么会是建设性的事情呢？"

皮特没有回答这个问题。他说："你爸爸在那边干活的时候，至少士气还没他妈的一败涂地。原谅我的用词，蜜糖。他那时大概还有点目标。后来士兵们都找不着北了，他们不想打仗，他们吸毒，这让所有人的日子都不好过。"

"你在那边的时候害怕吗？"

"害怕，不过回头来看，那不是你应该想的事情。"

"那你在想什么呢？"

"哦，好多事。"皮特笑了——弗兰克·伯恩斯开着一辆坦克冲进女浴室的时候就是这么笑的。伯恩斯碾过珀特尔上校的吉普车时，上校拿出手枪，朝着吉普开枪。"一战"期间他曾经在装甲部队服役。[1]

---

[1] 这是电视剧《野战医院》里的一段情节。

山姆说:"我妈总说战争把艾米特的脑袋搅乱了。战争也把你的脑袋搅乱了吗?"

"我的腿又没被炸飞,所以我没什么好抱怨的。我找不到稳定的工作,可是去他妈的,这周围又有谁找到了。"他猛地把吸管戳进可乐里,搅动着里面的冰块。"别再想越南了,山波。你不知道那是怎么回事,你永远也不可能知道。你根本不可能弄明白的。所以把这事儿忘了吧。除非你跋过山涉过水,否则你是不会明白的。"

"跋山涉水是什么意思?"

"就是说你去过鬼都不去的荒郊野外,做过为了生存不得不做的事情。但是我生存下来了,现在我不会把自己浪费掉。"他笑了,"现在,如果他们想把我老婆弄到那种专业咨询小组里去,给她脑子里灌输点观念的话,我会觉得没问题。我希望他们能把她教明白点。"

他在嘲弄自己的妻子。山姆敢肯定他在信口胡说。他站起身,把装可乐的杯子塞进一个橙色的垃圾桶里。"我得走了。你真不想跟我一起走吗?"

"不了。我还没买完东西呢。"

"那好,保重,山波。别让你那舅舅给你看太多的有线黄片。"

当他沿着一列摆着家用物品的货架走开时,山姆朝他挥了挥手。皮特很多愁善感,她想。任何人,能把标明自己车子地点的地图文在胸口上,那他一定是多愁善感的,不管他谈论起女人来口气多么强硬。他在掩盖自己的感情,她想。

"去告诉汤姆你想要那辆大众。"他对她叫道,"要不了多久那车就会成为一辆经典,别到时候后悔。"

"好。等我开始工作的时候吧。"

"再见吧,山波。"

"嘿,别叫我山波。"她说。

皮特是个心不在焉的人,她想。一个真正心不在焉的人。

20

在克罗格,山姆一时心血来潮,用本该买日用品的钱在食物部买了一堆稀奇古怪的吃食:鸡尾热狗、烟熏幼蚝、形状怪异的薄饼干,她甚至买了一罐烟熏墨鱼。然后她又买了猫粮,两盒名叫"婆婆饼"的小饼,是本地工厂生产的。

回到家时,因为拿着那只陶瓷猫,提着装杂物的袋子,她汗流浃背。艾米特仍然不在家。她呼唤着月亮饼,但是它也没出现。她冲了一个澡,换上干净的短裤和野猫队的T恤,在耳朵上涂了点酒精。

在艾米特房间里,床单揉成一团堆在床中间。她不知道这床单的味道是否跟汤姆床单的味道一样。也许汤姆会给她打电话,为昨夜的事情向她道歉。虽然那不是他的错,但是他可能觉得是自己的错。他会提议让他们俩再聚一次。这一次她会说出恰当的话。她昨天实在醉得太厉害了。

她找到一支被艾米特藏在混合巧克力饮料罐里的大麻。抽高了跟喝醉不一样,抽高后她不会觉得难受,有人说大麻对消除宿醉有帮助。大麻味道很好,像巧克力。她想起一个主意。她走进艾琳以前住过的房间,在她的首饰盒里翻找。有些首饰曾经属于她的姨婆贝西,这座房子以前就是她的。山姆把首饰盒拿到厨房,在里面翻动着,里面有仿制珍珠、五颜六色的玻璃珠子、用苹果核做的嬉皮珠子、莱茵石项链和胸针(星形的、镶边太阳形的)、一堆夹式耳环,还有艾琳的高中毕业戒指,内侧刻着她名字的缩写字母。山姆把一对耳环夹在耳朵上,对着冰箱旁边的小镜子照着。耳环夹耳朵。她想象那是两只肚子鼓鼓的跳蚤,正在吸她耳朵上的血。她把耳环摘了下来。

她清理掉几个脏盘子,用洗碗布把桌子上的油毡布擦了一遍,然后把那只陶瓷猫放到了桌子中央,一边抽大麻,一边钦佩地注视着它。它朝她咧嘴笑着。她把大麻的烟蒂塞进猫背上的口子里。这只陶瓷猫让她感到快乐,她很高兴自己没有把它拿给皮特·西姆斯看,她也不会给朗尼看的。他会责备她没买件讲究的瓷器去取悦他哥哥。朗尼真正需要的是一个像他哥哥的未婚妻珍妮弗那样的女孩,那种头发闪亮、皮肤光鲜、一脸假笑的女孩,一个不会做出怪事让他感到难堪的女孩,比如山姆昨夜做的那种怪事。她不会像山姆在耳朵上打那么多耳洞,也不会跟皮特一起喝可乐。她不愿意想到皮特。

她打开收音机,希望能听到布鲁斯·斯普林斯汀的歌。他的歌里有某种秘密的认知,好像他完全了解她的感觉。收音机里正在播放汤普森双胞胎[1]的一首没有歌词的歌。她把首饰倒在桌子上,陶瓷猫被一片耀眼的色彩围绕着。她想起很久以前看过的一部电影,德博拉·克尔的《所罗门国王的宝藏》。她记得里面似乎有一座装满精美珠宝首饰的洞穴,颜色鲜艳,闪闪发光,但是她知道她肯定是在那台黑白电视机上看的这部电影。看完《惊魂记》[2],大家都会说自己看见了浴室里鲜红的血,虽然那部电影根本就不是彩色的。有些记忆的出现真是奇怪,她希望这些记忆能够凝固永存,就像照片一样。

把几个架子上乱七八糟的东西统统搜了一遍以后,山姆找到一瓶"埃尔默"牌胶水,胶水瓶子上印着一头母牛的照片。胶水就像浓牛奶一样黏稠,已经干成了浆。她不知道母亲的奶水是否也像糖浆一样浓厚。艾琳曾骄傲地说起自己给新生的小宝宝喂母乳,可是山姆小的时候,她却吹嘘山姆是用牛奶喂大的。山姆想,

---

[1] 20世纪80年代的一支英国新浪潮乐队。
[2] 20世纪60年代希区柯克拍摄的一部黑白片。

如果自己有个小宝宝，她会给他喂母乳，因为那样更性感。朗尼对待她乳房的态度很粗鲁，但是汤姆就不一样了，他的态度细致敏感，让人春心荡漾。她绝望地希冀着他会给自己打电话，想象着他正驱车前来。"我来玩玩你的奶子。"他也许会说。收音机里比利·乔尔在高声歌唱。她想到比利在那部录像里的态度多么拒人千里，多么公事公办，在那部录像里他穿了一件修车工穿的连体服。她希望汤姆会开着那辆大众车从修车厂过来。"我把这部车给你送来了，既然来了，我想要再次捧起你的乳房。"

　　山姆把几串项链套在红色陶瓷猫的脖子上。她笑了。她希望这时月亮饼能进屋来，她就可以给它也套上几串项链了。她觉得自己现在这种感觉跟艾米特观察鸟时的感觉是一样的，似乎最平常的事情突然显露出千万种意义。艾米特跟她讲过一种控制意识的参禅法，使用这种方法，一旦你的意识开始游弋，你就可以抓住它，把它带回原位。那时她对此并不感兴趣，但是此时她在想，也许，艾米特看鸟就是为了阻止自己意识的游弋。这就像甲壳虫在一首老歌里唱的："我在挖一个装雨水的洞，以阻止意识的游弋。"那也是艾米特挖洞挡雨的原因。如果他专注于某件让他着迷或者兴奋的事情，比如鸟儿的翱翔，就会阻止他记忆之痛的出现。他的意识会被鸟儿填满，只有鸟，没有记忆。只有飞翔。

　　收音机里在放"周六老歌"，大门乐队在狂吼《点亮我的火焰》那首歌。她调高了音量。歌曲结束时，节目主持人说："我们播放的是'牛逼摇滚'。"摇滚-95 的节目主持人都是些大学生,他们播新闻的时候经常会咯咯笑得念不下去。主持人正在播送一条关于走失的猫的新闻。月亮饼不见了。但是月亮饼偶尔会出门小逛。艾米特也不见了。山姆看着一只蚂蚁爬进插座旁边的一个洞里,过了一会儿,它又爬了出来。

新闻过后,主持人讲了一个笑话。"一头海象跟一个塑料密封盒有什么共同点?猜不到吧?他们都喜欢封紧(风景)!现在是不朽的《乌班吉跺脚舞》。记得这首歌吗?"山姆痛恨摇滚-95 播放的病态笑话——尤其是那些关于四肢瘫痪的人以及死婴的笑话。那些主持人真低能。

山姆用趾甲剪把一条珠链的线剪断,珠子滑落开来,噼啪作响,那种释放的声音给人一种满足感。它们滚过桌子,有几颗掉到了厨房的地板上。她又剪断几根项链,把玻璃珠堆进一个盘子里。她把那条用苹果核做成的项链也剪断了,把果核从已经变脆的线上扒拉下来,然后开始装饰那只陶瓷猫。她把玻璃珠、珍珠和莱茵石一行行地粘在猫身上,弄出一条条虎纹来,用一条莱茵石项链紧紧套住猫喉咙;再把多余的部分剪掉。她有条不紊耐心地做着这些事。收音机里放了好几首六十年代的歌,她留心倾听着歌词,不想错过一个字。歌词很重要。她和艾米特曾经像她现在一样,专心致志地收集邮票,那是很久以前的事了。

山姆在楼上找到一件旧晚礼服,她母亲曾穿着这件晚礼服参加一个牙医家的晚餐舞会——艾米特把那叫作莫拉尔舞会。山姆想起那个牙医叫莫拉尔·德比。她把晚礼服拿到楼下，把上面的装饰金属片剪了下来。那些金属片是紫色的，她很喜欢。红色的猫身上配上紫色会让它显得高贵。她用紫色的金属片沿着猫眼围了一圈，又在猫脸上贴上用紫色金属片连接成的线条作为胡子。它那副样子就像一个朋克王公。猫在微笑——其实更像是在假笑。她在猫的前脚脚趾上贴上莱茵石。这只小猪仔。

她在收看MTV。辛迪·劳佩尔和她那张肥胖的脸。第7台的《战争之犬》正放到结尾。山姆突然觉得，跟任何她想得出的能在希望镇做的事情相比，去非洲做个雇佣兵要刺激得多。她把电视调回到MTV，希望能看到斯普林斯汀的录像。汤姆微笑起来很像布鲁斯。汤姆是希望镇上唯一让人激动的人。她留在这儿的唯一原因，是能去汉堡男孩打工，等汤姆去那里吃饭的时候可以为他服务。这时，汤姆的痛苦带来的悲哀像一辆卡车一样撞倒了她。她想到被战争浪费掉的那些生命，她想哭，但同时她又想狂喊，想尖叫，想踢人。她能够想象自己去参战，但那只能是反战之战。男孩们都已战死，无论他们来自哪一方；所有的男孩们都残废了，无法长大成人。就是这样——他们没有长大，没有成为正常人。他们不得不站在外围，玩游戏，做傻事，他们的行为就像找不到女朋友的孩子。这件事实在荒唐。她觉得自己就要崩溃了。

她把一片金属片粘在陶瓷猫的面颊上。这样的猫可以用来走私毒品，或者被恐怖分子用来装炸弹。猫背上有一条神秘的开口。休伯特·汉弗莱[1]肚子上也有一条口，连着他的输尿袋，华特森先生也是如此，他是学校的公民教师。有几个男孩声称自己见过那玩意儿。他们偷偷溜进员工厕所，躲在一个隔间里看他把袋子里的尿液倒进便池。但是山姆不相信他们做过这种事。

她刚上高中，休伯特·汉弗莱就死了。她们在学校里的电视上观看了葬礼。有些孩子哭了，有些孩子却在咯咯发笑。山姆没哭，她没那么多愁善感。皮特才多愁善感。

她在院子里摘了一朵金盏花插在猫背上的开口里。猫的样子就像一个国王，被自己收缴的税钱养得肥肥胖胖。它进入幻觉了。她喜欢猫的态度，只做自己喜欢做的事情，它们一点儿不在乎公众的看法。道恩说猫具有遗世独立性，她从伊冯那儿听来不少蠢话。月亮饼不在院子里，通常，它五点钟就会回到门边。艾米特也杳无踪迹。

电视上正在开播《大爆发》，朗尼曾用这个词来形容那个湖畔派对。她换遍所有三十一个频道：梅博丽 R.F.D 重返舞台、球、CNN 新闻、布道。她重新调回到 MTV，观看王后乐队的一个录像。

她饿了。她的胃发出一阵噪声，跟电烤箱锁定在自我清洁功

---

[1] 休伯特·汉弗莱（Hubert Horatio Humphrey，1911—1978）：美国政客，第 38 任副总统。

能时烤箱门发出的"呼呼"声一模一样。有一次,她启动烤箱自动清洁功能时,把一盘子吃剩的鸡肉忘在了里面,后来,她发现盘子里只剩下几根细小的灰黑色骨头,她不会让艾米特看见那盘骨头的,因为她觉得他会以为那是一只猫的骨头,并会因此大发雷霆。

她给道恩打电话。

"我今天下午给你打过电话。"道恩焦虑地说,"我又买了一个那种测试工具,再测了一次。这次又是阳性。我该怎么办啊?我的胃一直都感觉怪怪的,就像全身的血都涌到里面去了一样。"

"再等等,看医生怎么说。"山姆说,语气里带着一种古怪的冷漠感。"还太早。就算要打胎也太早了。"

"我会假装没听见这个词的。"道恩说,"我一个字也没跟肯讲。他觉得我行为奇怪,不过除非已经确认无疑了,我是不会告诉他这件事的。"

"晚上过来跟我一起看电视吧,"山姆说,"艾米特不在,我心情很糟。"

"你藏着点好东西吧,嗯?"

山姆咯咯笑了。"艾米特管那叫甜东西。味道像巧克力。我有一大堆关于昨天晚上舞会的事要告诉你。你就来吧。"

"我来不了,我答应我哥要帮他油漆地下室,他会付我钱的。他正在他的娱乐室里搭一个吧台。"

"这里太阴森了。艾米特昨天夜里就出去了,我觉得他跟安妮塔回家了。"

"嗨!多好啊!"

"我真喜欢安妮塔。我希望他们能够重归于好。你什么时候去见肯?"

"明天。我们去过教堂就准备去帕迪尤卡。如果我告诉他我怀孕了,他会说这是我事先计划好的。我讨厌男的老以为你在谋划什么。"

跟道恩讲完电话,山姆冲动地拨了安妮塔的号码,但是没人接听。道恩要有宝宝了。这个消息仍然显得不真实。现在道恩再也去不了迪士尼世界了,她会住在希望镇,一直到死。山姆会鼓励道恩母乳喂养小宝宝的。

她刮了些辣椒奶酪,放进三张墨西哥煎饼里,再把煎饼放进烤箱。她在屋外门廊里就着百事可乐吃掉了煎饼。隔壁,比格斯太太开着她那辆令人作呕的黄色普利茅斯回到家,正在往外搬日用品。

"我去日用品店,忘了带钱包。"她对山姆喊道,"不过他们还是让我赊账。如果我脑袋没拧在脖子上,恐怕我连脑袋都会忘掉。"

"你见到艾米特没?"山姆问。她的脑袋嗡嗡作响。屋外灯光闪烁,比格斯太太看上去就像一只疙疙瘩瘩的大癞蛤蟆。

"自从他那天给我院子割完草以后就没见过了。他帮我把那丛连翘下面的草给割了，我够不着大树枝下面的地方，所以那里的草都太高了。"

"你今天早上没在这儿见过他吗？"

"我大概十点左右离开这儿去我女儿家了。我女儿这星期不用上班，她正在做黑莓果冻。简直一塌糊涂！她整个厨房都变成紫色的了。"

山姆收看着新闻。总统在加利福尼亚州。火车公司的一列列车在佛蒙特出了轨。山姆发现罗纳德·里根跟戴格伍德·巴姆司迪德长得一模一样。她以为自己听见了朗尼面包车的声音，但那只是一个邻居的车子的回火声。电视上，东北部的一场洪水围困了很多人。西肯塔基不会出现这样的洪水的，因为他们有那座人造的灌溉湖，这座湖把这里与肯塔基州其他地方分割开来，就像被困在了一座岛上，远离文明。如果她真的被困在一座荒岛上，她希望能有一大堆冷冻饮料。有一次，她必须写一篇作文，题目是：如果她被困在了荒岛上，她最想携带的书是哪一本。这真是个愚蠢问题。这个班上不可能有谁会给困在一座荒岛上。卡叟小姐原本希望他们选择一本莎士比亚或者是《圣经》，但是山姆却固执地选了字典。山姆觉得，被困在荒岛上的时候带着你最喜欢的书到处乱逛，这话听起来像是得了偏执狂。真的发生这种事情的时候，你只会对书感到厌烦。如果带着一本字典的话，她就可以造出任何她想要的书来。她吃了两块婆婆饼，拿不定主意是否要给汤姆打个电话。她可以问问他是否见过艾米特。

但是她没这么做。她给吉姆·霍里打了个电话，但是没人接听。《大爆发》已经放了一半了。约翰·特拉沃尔塔正在舞动着他的酒窝。那只红色的陶瓷猫似乎被赋予了某种新的个性，比起那个假笑来，它对自己新的外表更感满足。她小心翼翼地把猫放进自己房间里那个清理过的抽屉中。

过了一会儿，天气凉快下来后，她出门跑步。她跑过新的网球俱乐部小区，艾米特最近有段时间一直在那里看别人修房子。她想起自己和母亲怎么在高中的一丛灌木下找到醉倒的他。他已经很久没做过这种事情了，她觉得是他们看电视的习惯让他免于成为酒鬼的。艾米特不喜欢更换习惯，她希望安妮塔知道怎么应付他。

她喜欢看那些新房子。它们那么富有想象力，没有两栋是相似的。镇里的老房子都是样子差不多的白色木屋或砖房，但是这些新房子又大又时髦，就像女人的时装一样花样繁多。它们有都德式的横梁、凸窗、德科角式的侧翼。她先沿着高尔夫街往网球场跑，接着她沿着新月乡小区跑，穿过天堂路，经过了一个骑着塑料三轮车的小女孩，那辆三轮车造得就像一辆跑车一样。小女孩嘴里含着一个棒棒糖，飞快地蹬着踏板。在这个小区里，除了那个踩三轮车的小姑娘，山姆没碰到一个人，只有木炭烧烤的味道引人垂涎。她想起那次月亮饼从别人家的烧烤炉上抓了一块烤鸡带回家,她和艾米特差点笑出毛病来。她真想知道艾米特现在在哪儿,但是如果他在安妮塔家,那也挺好的。他应该永远跟安妮塔在一起,他们应该结婚。道恩却不应该。

21

星期天,艾米特仍然没有回家,月亮饼也还是没找到。山姆拨打安妮塔的电话,但是没人接听。在上午的炎热里,她出门跑步。跑步的时候,她思绪清晰,似乎每件事情都是崭新的,就像风暴过后的世界。《艾迪和巡洋舰》,昨天晚上她在 HBO 上看到的一部电影一直在她脑子里回旋。艾迪和巡洋舰超越了他们的时代——一支穿过时间隧道的摇滚乐队。艾迪失踪了,正如艾米特。

艾米特不在麦当劳——那里挤着一帮从教堂出来,身穿周日盛装的人。山姆离开麦当劳,朝汉堡男孩跑去。街对面那座教堂里的浸信会教友们利用周日学校和正式礼拜的间隙,在汉堡男孩小聚。

瓦尔特,那个雇她秋天打工的经理,说:"嗨,山姆!你不会穿成这样来这儿上班吧,对不对?"

"不会。你见到过我舅舅吗?"

"没有。他丢了?"

"不是,我只不过要找他。我以为他在这儿呢。"

瓦尔特是一个体重超标的男人，穿了一件薄薄的白衬衫、一条蓝裤子，打着领带。雇她的时候，他说他需要有些挺胸撅臀的人来让这地方活泼起来。这话他也对道恩说过。

"再见，瓦尔特。"山姆说。

中午，史密斯姥姥来带山姆去她家吃周日午餐。这之前她已经去过教堂。她个子很高，一头卷曲的白发，浅棕色的脸上布满皱纹，就像一个挤干了水的线拖把。她穿了一套浅绿色的套装，不过平时她总是穿牛仔裤和运动鞋。在车上，她聊着佛罗里达。山姆没告诉她自己在找艾米特，不过姥姥显然没见过他，否则她会提到的。

"我快要烦死了，"他们开出镇子的时候，姥姥说，"乔治不想拿钱去旅行——是跟团，包酒店和三餐的。他把我弄得晕头转向，我连昨天是星期几都忘了，结果错过了想看的特别节目。后来又吃了黄瓜，这东西我本来是不能吃的。不过我总会找到办法去佛罗里达的，我想去那儿，哪怕这会让我长出兔唇来。这是句老话，你可能没听说过。"

山姆外祖父母的家位于镇南五英里的地方，坐落在一条高速干道旁。房子外部装饰着砖纹壁板，有一个崭新的厨房、一间书房和一座砖砌的火炉。门廊上围着装饰性的生铁栏杆，铺着室内外都能用的绿色地毯。姥姥把车开进车道时，山姆突然想到艾米特从战场回家时的情形。虽然这情形她已经不记得了，但是她脑子里却有一副清晰的图画：他眼睛里茫然的神色，他的沉默，他的焦躁。她听说姥姥给他做了乡村火腿，南部风味的新鲜豌豆馅饼，但是他似乎并不喜欢。他一大早就起床，翻出一罐百事可乐，走到门外，穿过牧场。等他回到家里时，他浑身已被露水湿透，就像一只在黎明时分出外觅食的猫。后来，他离家去了西部，回来时，带着那些嬉皮士。

"艾米特挖完了没有？"他们到达时，姥爷问山姆。他从来不去教堂。

"差不多了。他还得再涂一层防水层，然后把沟填上。"山姆"砰"的一声关上车门，拍了拍那条名叫"小鬼"的牧羊犬。

"他老得找点无聊的事情来打发时间。"姥姥轻声笑着说，"我把这叫作玩纸娃娃。"

"锈点怎么样了？"山姆问。"锈点"就是那条神经紧张的杂种狗。

"哦，我把它卖了。"姥爷说，"它不值几文钱。"他笑了起来。

"什么事那么好笑？"

他摇着头，笑得无法回答。

"他在笑昨天到这儿来的那些耶和华见证会[1]的人。"姥姥说，

---

[1] 1872年由查理·罗素在宾夕法尼亚的匹兹堡发起的宗教运动。该教派否认正统的基督教教义。否认三位一体，认为只有一个上帝耶和华；基督是上帝所造，成肉身之前乃天使长米迦勒。该教信徒经常挨家挨户宣传教旨。

"这是他们第二次来这儿了,他们该知道从这个老吝啬鬼身上榨不出什么东西来。"

"我不是吝啬鬼!"

"他一分钱也不会松手,"姥姥对山姆说,"月底我得交佛罗里达旅游团的定金,我不会比耶和华见证会的那些人运气好,从他手上是拿不到一分钱的。"

姥爷窃笑着。"那些疯傻子!他们来这儿的时候我正在外面摆弄割草机,那个司机把车窗摇下来,说:'嗨,把你的狗叫住,我们好出来。我想跟你谈谈。'我意识到他们是什么人,小鬼当时正对着他们狂叫。你知道我怎么说的吗?我说:'如果你信仰够坚定,你是不会怕狗的。'这句话可封住了他的嘴!他们气疯了,就走掉了。"

姥爷继续笑着,捧着肚子。

姥姥说:"我碰巧知道车里有个人在饲料粉碎机厂干活,跟他有生意上的来往。我都快羞死了。"

"如果他们的信仰够坚定,就不会害怕小鬼。"姥爷说,拍打着那条狗。狗忸怩地夹紧了耳朵。

"我就需要有信仰。"山姆说,"如果我信仰够坚定的话,能不能得到一份好工作和一辆车呢?"信仰能够给汤姆带来一个那种泵吗?她很想知道。

"说正经的,山姆,"姥姥说,"年轻人都在失去信仰,除了老年人,没人信教了。"

"也许我应该加入耶和华见证会。"山姆说,"他们经常开着车到处逛,见世面。"

"我奇怪他们出门的时候为啥老是装着满满一车人。"姥爷说,"那辆车里肯定装了六个大人外加两三个小鬼。"

"我不知道。"山姆说,"为了省油?"

"你俩别逗了,进来吃饭吧。"姥姥说,"等我先换了平常穿的衣服咱们就吃饭。上星期我在苏维超市买来的烟熏猪里脊一直没吃完,七毛九一磅。山姆,你喝冰茶还是甜牛奶?"

晚饭有姥姥做的特色瓦尔道夫沙拉,里面放了小蜜饯,山姆问起姥爷关于艾米特多年前带回希望镇的那些嬉皮士。"你是不是真的把他们给赶走了?"她问。

"该死,我跟那帮白痴到现在还有一笔账要算呢。"

"注意用词,乔治。"姥姥说。

"哦,她在电视上也会听到'该死'这个词的。"

姥爷站起身,指着窗外位于房子一侧的一处灌木,车道在那里转了个弯。"看见外面那丛山梅花没?以前那儿有一片玫瑰花圃,有一天那帮孩子给卡在那儿了,他们想要掉头,结果车子冲进了玫瑰花圃。他们开着那辆漆过的大众,掉头的时候在院子里弄出两道大沟来。我只好去把拖拉机开出来,才把他们从沟里拉出来。他们从来没说过道歉之类的话,那两道沟就一直在那儿,直到我把它们给填上。他们干吗非得趁着满地泥浆的时候在草地上掉头呢？"

"就是从那时候起我觉得一切都变得不同了。"姥姥悲伤地说，"希望镇以前是抚养孩子的好地方，可现在不是了。年轻人根本不在乎一两块钱，他们觉得自己什么都必须拥有，马上就有。"她咔咔嚼着一块生洋葱。姥爷已经坐了下来，拿起一块火腿往嘴里塞着。

过了一会儿，他抽着烟，靠在门廊栏杆上，望着远处他种的大豆。位于农田后面的那家工业园里的饼干厂让污水管穿过了他的领地。挖沟埋管时，他们没付给姥爷任何损失费，但是他们答应，如果他要使用这块地，可以随时使用他们的管道。姥爷告诉他们：这种事情永远不会发生。他带着点无奈，签署了授权书。

抽完烟，他走进屋里，山姆和姥姥正把脏碗碟放进洗碗机里。山姆问外祖父母，他们是否还记得她小的时候，艾琳带她去列克星敦的事情。

"天，记得啊，蜜糖。"姥姥说，"那时候她跟艾米特带回来的那条野狗混在一起。他那头头发是我见过的最糟糕的头发。"

"我还有点记得他。他的眼睛蓝得怪怪的。"

"现在艾琳又去了列克星敦！"姥姥叫道，"这次带着另一个宝宝。那姑娘有点问题，老想弄个宝宝去列克星敦。"

"我那时已经不是小宝宝了。"山姆说。

姥姥说："艾琳年纪太大了，不该生那个孩子。但是她生你的时候又太年轻了。两次她都不容易。"

"艾琳从来不按常理行事。"姥爷说。

"她运气好，我们俩都没有什么先天性的毛病。"山姆说，"你们想过没有，如果我爸爸从越南回来了的话，她有可能会生下一个先天不足的宝宝的？军队在那边洒过各种化学用剂。如果他们等到打完仗才生我，我没准生下来就没脊梁，要不然就是脚上长蹼。"

"山姆，别这么想。"姥爷掐了一把山姆的脸，说，"就算你脚上长蹼，我也会爱你的。"

"妈妈总说战争把艾米特的脑子弄残了。"山姆说。

"我要把他的屁股踢残。"姥爷咕哝着。

"那场战争差点把他弄死！"山姆叫道，"他说不定还得了癌症！更别说他的神经和噩梦了。"

"嘘，山姆。"姥姥说，"你姥爷什么都知道。"

"他当时急不可耐地要去那边打仗。"姥爷说。

"你们都赞成他去！"姥姥愤怒地喊道，"你说军队会把他锻炼成一个男人。看看它把他弄成什么样子了吧。"

"还不算太晚，"姥爷说，"还不算太晚，还能让他振作起来，让他感到骄傲。"

他走到屋外去查看牛犊，山姆则帮着姥姥清理碗碟，她问姥

- 224 -

姥艾米特有没有可能在战场上出了什么问题,所以不能跟女人在一起。这个问题很微妙,她转弯抹角地提了出来。"会不会有人在战争中出了问题,以致不能结婚啊?"她问。

姥姥说:"不是战争的原因。我一直觉得是腮腺炎。"

"腮腺炎?"

"大概十一岁那年他得了腮腺炎。那个年龄得腮腺炎是很危险的,他几乎起不了床,但是他还是起来把门打开了,然后他就得了腮腺炎。他不该开门的。"

"这是什么意思啊?"

"他太弱了,起不了床,但是他还是起来了,然后打开那扇门,又躺回床上去,他弱得连手指头都动不了。我的心都碎了。我就知道他会染上腮腺炎的。"

"这是怎么个说法啊?"姥姥总说些怪事,期望别人能懂。

"你不知道腮腺掉下来是什么意思吗?它会影响男孩的——球——他们长大以后就没法有孩子了。"姥姥轻声说出"球"这个字。"有时候一边染上,有时候另一边染上,有时候两边都会染上。如果一边染上了,你就不能有女儿;另一边染上了,你就不能有儿子。我记不清哪边是哪个了。埃斯特尔·威廉姆斯有个哥哥就染上了,她说他有一边变得像一加仑的水桶那么大。"

"等一下。"山姆说,尽量忍住笑。跟姥姥说起球的话题来感觉真是古怪。如果姥姥知道山姆跟汤姆·哈德逊干过的事情,她会去死的。山姆说：" 你是说如果得了腮腺炎，脖子上的腺体会肿起来，然后就会沿着身体往下走吗？"

"不是，不是这样的。反正一个人的那什么变大了，或者不能走路了，别人就会说他的腮腺掉下来了。天哪，小鬼头，这话是不该说给姑娘家听的！不过我听说这事在姑娘身上也会发生。"

"怎么发生啊？"

"哦，她们那里面会受伤，就不能有孩子了。"

"我得过腮腺炎没？"

"没有，你打过针。" 姥姥在擦碗布上把手揩干，然后用手指梳理着山姆的头发。"山姆，别再说这些了好吧。说这些不好。"

"你认为这就是艾米特不结婚的原因吗？"

"你姥爷觉得这都是些疯狂的念头，不过我不知道。有时候我想，如果我没那么把腮腺炎当回事，也许他就不会知道这里面的区别，至少他会结婚的。"

"妈妈总把所有的责任都推到战争身上。你觉得他会不会有个地方受了伤？——你知道是哪儿。"

姥姥摇了摇头。"我从没听说过这事儿。"

"也许他不会说的。"

"姑娘们，你们在说啥呢？" 姥爷戏弄地说。他突然进到厨房里，手里提着一个喂牛犊的桶，桶的一侧有一个很大的橡皮奶头，用来给小牛吸奶。

"私房话。"姥姥说,把擦碗布朝他扔了过去。

22

第二天,山姆一直睡到快到中午才起床。她在屋里游荡,但是家里没有一点儿艾米特回来过的迹象。她没锁侧门,以防他万一会回家。月亮饼也仍然不在家,不过她对它的担心少过对艾米特的担心。山姆头天晚上收听摇滚-95播放的一个清谈节目,很晚才睡。节目播放期间,大学生们打电话给电台表达他们对世界大事的看法。有几个支持三K党的人打进电话,否认三K党是暴力的。"他们有权表达自己的观点。"大多数来电者坚持这样的看法。午夜过后,山姆看了《杰西·詹姆斯遇到怪人之女》,但是这部电影令人失望。

打电话给警察还为时过早。警察节目里说,过了三天才算是失踪。在她房间里,镜框中父亲的照片责怪地盯着她。

她吃了点麦片,拨通了道恩的号码。

"过来吧。"她对道恩说。

"不行。我接到电话要我早点去上班。"

"你昨天见到肯了吗?"

"见到了。我们去和他爸妈吃了顿饭,然后我们就开车去了帕迪尤卡。"

"你穿的什么衣服？"

"那件性感的粉红背心，还有那条带花边的印花半截裙。"

"还戴了半打耳环吧。"

"对。"道恩咯咯笑了，"猜，出了什么事？"

"什么事？"

"肯有机会能很便宜地租下琼斯家具店楼上的一套公寓。所以他说起要结婚，你能相信吗！我什么都没告诉他，至少他现在的情绪很适合听到这个消息。"

"你现在听起来没那么绝望了。"

"嗯，可能事情会有好结果的，知道吗？我在想，我那么喜欢我的小侄儿，而且我又一直在找借口从这座房子里搬出去。"

山姆仍然想说服道恩去打胎，但是现在她的头脑无法正常运转。她必须先找到艾米特。

道恩说："祝我走运吧，孩子。"

"祝你走运。等会儿见。"

"等会儿见。"

"再见。"

山姆找到一支手电筒，走进了地下室。昨天晚上她不想去那里查看。

尽管经过艾米特补漏之后，地下室已经晾干了，那里面仍然有股又潮又霉的味道，堆满垃圾废物，脏乱不堪。一个角落里堆着一摞摞累积多年的《希望镇市民》杂志，那是他们存下来准备捐给童子军的，但是他们一直没顾得上把它们捆起来。旁边是一大堆《读者文摘》，杂志被水浸涨了，字迹模糊。贝西姨婆的《高级房间》被装在小包裹里摆在书架上，在一个霉臭的角落里仍然堆着她遗留下来的几花盆泥土。贝西死后那年春天，他们搬来了这里，艾琳没心思把花盆移到屋外。山姆还记得，一开始的时候，每到春天，在这阴暗的地下室里，那些植物仍然会固执地冒出新芽，但是最后所有的植物都放弃了寻找阳光的努力。她记不清这些植物是哪一年死的了，盆里那些死掉的茎梗让她不安。它们让人感到压抑、无用而怪异，那是她一辈子都要面对的东西，就像那个一直放在那儿，装满了酒瓶的垃圾桶。那是贝西丈夫的东西，她没有把这些酒瓶扔掉，因为她不愿意让人看见自己的垃圾里面有酒瓶。

另一个角落里乱七八糟地堆了几张弧形靠背的椅子，上面粉红色的珐琅已经斑驳脱落；杂七杂八的木墙板，碎木料，他们装修厨房剩下的胶木和塑胶板余料。山姆用手电筒照了照热水炉后面，那里什么都没有。她打开一个装得下一具被害人尸体的大柜子，里面满是生了锈的油漆罐，一股霉味、灰尘味和机油味。她快步爬上楼梯。

屋外，艾米特挖的沟已经干了。他已经把大部分沟填满，但是厨房下的管线槽前面仍然有一个大洞，洞的前面，艾米特用来支撑的夹板已经倒塌。山姆用手电筒照进洞里,一边呼唤着"咪咪,咪咪"。想到艾米特可能心脏病发作,躺在那里面,她不由打了一个冷战。

车道上响起汽车喇叭声,那是一辆红色的跨美。艾琳从车里跳了出来,她伸开双臂,大喊道:"喜出望外!"

山姆差点掉进了洞里。

她母亲穿着高跟凉鞋,粉红色短裤。她的头发刚烫过,看上去很像比格斯太太那张扬的连翘花。她穿着大圆领的白色T恤,双乳间苍白的皮肤上布满雀斑。她拥抱山姆时,淡紫色框的太阳镜撞到了山姆耳朵上的马蹄铁钉。艾琳退后一步,抓着山姆的肩膀。

"我就想看看你,"她说,用手指抚摸了一下山姆的耳环,然后朝她的车点了点头,"猜猜看,我带着谁呢?"

山姆不用猜,车子后座上是那个小婴儿,裹在尿不湿里的一堆黏糊糊的东西,正在睡梦中咂着嘴巴。车的前座上,弓着腰,头靠在一个枕头上的,是艾米特,睡得很熟,跟那个小婴儿一样。他的衬衫下部露在了裤子外面,牛仔裤最上面的纽扣大开着,面色粗糙,布满脓疱。

"猜猜看,谁半夜里突然出现在我门前——醉得差点昏了过去?"

"你为什么不给我打个电话?"山姆愤怒地喊道,"要是他去了姥姥那儿,姥姥肯定就给我打电话了。她知道我会担心的。"

"妈妈不过是担心又有事情要做了,这是她的专长。"

艾琳把小婴儿抱出车子的时候，艾米特动了一下。"趴下。"他说，在睡梦里朝空中挥舞着拳头。

"从我们离开列克星敦他就这样，我忍了他一路了。"艾琳叹了口气，说。

"得了，我一直到处找他，像个傻瓜似的。"山姆说。

她们把艾米特留在汽车前座，让他继续睡觉，带着小婴儿进到屋内。山姆提着装尿布的袋子和一个蓝色大手提袋。艾琳告诉山姆，她从列克星敦开到这里用了四个半钟头，中途只停了一次车，给宝宝换尿布并加油。艾米特一直盯着窗外，大概到了伊丽莎白镇前后，他睡着了。她说是一个开皮卡的人把他带到列克星敦的。

"他说他被困住了，"艾琳说，"莱瑞已经上床了，我还在看夜间节目——你看过《盗尸人入侵》没有？新拍的那部，不是那部旧的。真是部奇怪的电影。总之，门铃响了，艾米特来了。我连《盗尸人入侵》的结局都没看成。"

"他们都被抓走了。"

"我觉得会向那个方向发展，不过那样好像不对劲。"沙发上的小宝宝这时哭了起来，艾琳喔喔啊啊地轻声哄着他。宝宝长了一张饼一样的圆脸，这个家族特征让山姆感到沮丧。月亮饼仍然不见踪影，她害怕把这个消息告诉艾米特。

"你看过《捉鬼人》没有？"艾琳问。

"没。"

"这部片子真的很好玩。总之，艾米特就靠在那丛大灌木上站着。那丛灌木够密够结实的，所以才撑得住他，他就那么靠着那丛灌木站在那儿，一脸的无辜，好像打算干点什么坏事似的。就是那种不好意思的小表情——每次他开始打坏主意时的那种可爱的表情。然后我说：'进来吧，艾米特，让那丛灌木休息一下吧。'他摇摇晃晃地进了屋，就像马戏团的小丑，那种动作夸张，假装自己不会说话的小丑。得，他也没法说话，他醉得太厉害了。一开始，我以为他又要失去控制了，但是接着他就笑了起来，那种傻乎乎的笑。他就是喜欢引人注目。"

"你为什么亲自把他送回来了？"山姆问。

"嗯，我不能送他去搭巴士。搭巴士要十六个钟头，在每条小巷子口都会停车。"

这时艾米特步履蹒跚地跨过厨房门，他一脸不好意思的表情，可并不真的那么可爱。

"你俩在编我的故事呢。"他说。

"嘿，艾米特。"山姆说。

他从冰箱里拿出一大瓶百事可乐，拧开盖子。可乐"嘶嘶"地冒着气，他把可乐倒进一个杯子里，没加冰块就喝掉了。

艾琳把淡紫色框的太阳镜插进手提袋一侧的一个小袋子里，然后在手提袋里一阵翻搅，扒拉出一袋纸巾来，就像一个魔术师在一个不可能有鸟的鸟窝里找鸽子。她说："山姆，你肯定那部电影里所有的尸体都给抓走了吗？这不大对啊。这种电影通常都会有些拯救片段——英雄救美，然后他们就一起逃生了什么的。"

"没人得救。"山姆研究着艾米特。他把裤子系紧了，他的衣服很脏，那身衣服还是他去舞会时穿的，连同那双军用靴子。"你整个周末都跑哪儿去了，艾米特？我急坏了。"

"说不清楚。"他说。他看上去很累，受了惊吓，他的双手在发抖。

艾琳从水池里接了一杯水来喝。她已经把小宝宝放在地板上的一个塑料婴儿座里，小宝宝扭动着身体，发出"咕咕"的声音。山姆很想知道婴儿座会不会把小宝宝的脊椎弄弯，她以前经常在购物中心的自动口香糖售货机里买到脊椎弯曲的橡皮小娃娃。

"把你的牙牙给我们看看，希瑟。"艾琳说。宝宝咯咯地笑着，吐着口水。

"她长牙还太小了点吧？"艾米特问，用杯子指点着。

"她发育早。"

"她会不会咬你的奶子？"

"不会。她很小心。"

"我听说有的婴儿生下来就有牙齿，"山姆说，"还有尾巴呢。十万个婴儿里有一个长了尾巴。这孩子有没有尾巴？"

"你这念头真绝啊，山姆！你从哪儿听说的？"

山姆走进浴室，她的消化系统紊乱，见到这个婴儿让她紧张。道恩就要有个那样的宝宝了，那她将不得不走到哪儿都带着他。这真让人沮丧，就像道恩被盗尸人给控制住了一样。

山姆回到厨房里时，艾米特正在吃冷罐头去皮豌豆汤，艾琳在柜子里搜寻着什么。

"坎贝尔牌的汤里全是盐。"她说。她从一个袋子里取出一瓶瓶的婴儿食品：蓝莓蛋糕，肝酱，胡萝卜泥。

"我能不能吃点蓝莓蛋糕？"山姆问，"我特喜欢那玩意儿。"

"山姆，我发誓！这个我得给希瑟留着。"艾琳拧开肝酱瓶盖，把一把勺子插了进去。"在家她吃我用搅拌机打碎的天然食品。"

"洛伦佐·琼斯在忙啥呢？"

"莱瑞去哈萨德看他弟弟去了。罗恩本来应该到我们这儿来帮我们弄屋顶的，可是他因为椎间盘突出住进了医院。"

"我明年也要把屋顶弄一弄。"艾米特说。他把汤罐头放在了那张山姆两天前铺在陶瓷猫下面的报纸上，把一颗珠子扫到了地上，艾琳立刻把珠子捡了起来。"希瑟会抓的。"她说。

"你脑仁疼得怎么样了，艾米特？"山姆问。

"好一阵坏一阵。"他说。

艾琳喂宝宝吃饭。希瑟咕嘟咕嘟地吮吸着肝酱，艾琳用一张纸巾给她擦着嘴。艾琳说："山姆，妈妈真的打算说服老爸去佛罗里达吗？我上星期给她打了个电话，她一直在说这件事。"

山姆解释了一下情况。"都是姥爷惹起来的，因为他还没说想去。"

"他就喜欢惹她生气，"艾琳说，"他们就愿意相互折磨。我打赌他不会去的。有些人就是不想冒点险。嗨，这儿有的人宁可现在就定下墓碑，也不愿意上路出门！谢天谢地，我离开了这地方。"

艾琳说话的时候，手里拿着满满一勺胡萝卜，放在宝宝嘴巴上方，小宝宝张着嘴，就像一只等待鸟妈妈把食物吐进自己食道里的幼鸟。艾琳看见宝宝在等着，一副馋涎欲滴的样子，不禁咯咯笑了起来，用宝宝的语气跟她道着歉。

"你不想回来看看我们吗？"山姆问。

"想啊，但是我希望你上我那里！我烦死这个地方了。这房子就是一座垃圾场，如果我这辈子再不用见到希望镇，我会很开心的。"宝宝发出"咕咕"的声音，艾琳把她抱在肩膀上，拍着她的背，直到她打了个嗝，把一摊肝酱和胡萝卜流到艾琳的脖子上。

"哦，脏宝宝。"她说。她站起身，用空着的那只手伸到水池里接水，冲洗着裸露的肩膀。她把宝宝的嘴唇擦干净，亲吻着她。

山姆抠着手指头上的一个倒拉刺。"你不准备解释一下自己的行为，艾米特？"她问，"是安妮塔带你去列克星敦的吗？"

他摇头表示不是。他打着哈欠，屈伸着手臂上的肌肉，像大力水手一样。艾米特永远不可能有大力水手那样的能量，因为他一吃菠菜就要放屁。"好吧长官。"他若有所思地说，推了推杯子，把报纸弄湿了一块。山姆想到地下室里那些潮湿的杂志，自己因为艾米特而跑到地下室去，她感到一阵恼火。他说："我相信是外星人住进了我的身体，我被发送了。"他抬了抬眉毛，"艾琳当时在看那部盗尸人电影，这不是巧合。我被一辆豆荚飞行器捕获了，它产生自管线槽，而且——"

"我在管线槽里找过你，"山姆说，"我想你有可能心脏病发作，死在房子下面了。"

"你是说你像《星舰奇航记》里面那样给发送到列克星敦了？"艾琳问。她已经把宝宝摊开在客厅里的沙发上，正在给她解尿布。"臭宝宝！"她对宝宝说。

"在艾琳看的电影达到高潮时，我到达了她家门口的楼梯，"艾米特对山姆说，"我就是她电影的结局。她拯救了我，所以结局也不是那么不圆满。"

"这不是你第一次玩这种把戏了。"艾琳说，伸手到尿布包里拿出一块尿布。宝宝的腿乱蹬着。

"我不知道我着了什么魔。"艾米特说。他用手指按着太阳穴。

山姆想起住在镇子另一端的一个男人，两年前他开着自己的皮卡走掉了，自此再也没人见过他。他就那么开着车走掉了。

"我希望你能把事情讲清楚，"她说，"我还以为你跟安妮塔在一起呢。"

"安妮塔·斯蒂文斯？"艾琳问，"她又出来晃了吗？"她提起宝宝,胳肢着她,亲吻着她。"瞧瞧她的牙牙!"宝宝咧嘴笑了,她的牙齿像艾琳戴的垂饰上镶嵌的象牙一样耀眼。

山姆问起这个垂饰,艾琳辩护地说:"我让人做的。是象牙,不过我不是非得杀死一头大象才能弄到象牙。这个是回收的钢琴键。"

"我没说你杀了一头大象。"山姆说。

"是我们手工组里的一个姑娘做的。更正一下,是一个女人,不是姑娘。我们现在应该说'女人',而不是'办公室里的姑娘'了。"她笑了起来,把脏尿布放进水池下面的垃圾桶里。

"月亮饼在哪儿呢?"艾米特问。

"去外面了。刚才还在这儿。"山姆撒谎道。

"这张沙发爬满了跳蚤!"他说。

"艾米特得了跳蚤妄想狂。"山姆对母亲说。

"以前是壁虱,"艾琳冷静地说,"艾米特,你应该去买个那种跳蚤炸弹,把房子熏一下。"

艾米特打开电视,把所有的频道都按了一通。MTV里,克丽丝·海顿正和妄想者乐队[1]高唱《回到链锁苦役时》。她叉开腿站着,一副强硬的样子,男人们挥舞着鹤嘴锄。

"你知道这首歌吗?"山姆担心地问母亲。

"不知道。"艾琳扫了电视机一眼,就去忙宝宝的事情了。

---

[1] 美国新浪潮时期的一个摇滚乐队,克里丝·海顿是其主唱。

克丽丝·海顿有一个宝宝，宝宝的父亲在奇想乐队，那是英国最好的乐队之一，艾琳曾经非常喜爱这支乐队。但是山姆意识到她母亲现在大概对这种信息并不感兴趣。

歌曲结束后，艾米特开始玩"吃豆人"，艾琳说她要带希瑟去睡一会儿。屋外下起了毛毛细雨。山姆上了楼，播放起一张奇想乐队的唱片，希望母亲能够听到，并能想起那些旧日时光。山姆想：如果你是一个摇滚巨星，有个宝宝还没什么，尽管这会让你很不方便，可是道恩却不会有出路的。也许这也是为什么汤姆跟山姆在一起的时候他不行的原因。性会毁掉人们的生活，但是她是那么想要他，她并不真正关心这一点。放唱片的时候，山姆站在窗前。下雨了，她认定这是一场柔和、缓慢、没有雷电的雨，那种让她感受到震颤的伤感之雨。她观看着电线上的一只哀鸠沐浴于雨中，它张开翅膀，让雨水洗刷翅梢。它远远倾向一侧，露出翅梢，然后倾向另一侧，换了一个翅膀。山姆看见月亮饼迅速闪过前院，朝门厅奔去。现在所有人都到家了。

23

山姆的母亲坚持要带他们到帕迪尤卡一家她非常喜欢的餐馆吃饭，那是洛伦佐过去常带她去的地方之一。从前，他们习惯在周六晚上把所有的喜剧节目收看个遍，那以后，一切都发生了那么大的变化。如今,艾琳有了一个宝宝,头发留长了,还有一个有钱的丈夫,一辆跨美;艾米特染上了橙剂后遗症,脑袋里恶痛不已;道恩就要生孩子了。当他们开着车在毛毛细雨中冲上I-24号公路时,山姆有种感觉,她觉得每个人都正朝着不同的方向冲去。朗尼还在湖边;姥姥大概会去佛罗里达;就连艾米特也一时兴起去了列克星敦。山姆很想知道,如果自己有辆车,她会去哪里。艾琳不让她开那辆跨美,她说如果车子有点擦碰,莱瑞会大发雷霆的。

在餐馆里,他们被带到一个特别的位置上,那张桌子上放着给希瑟用的吸在桌子上的吸盘。希瑟像敲鼓一样敲打着她的托盘,把一把叉子扔到了地板上。

"你们倒是瞧瞧这些华丽的古董椅子啊!"艾琳说。

"它们跟地下室那些破烂旧椅子一模一样。"山姆说,"你有一次把它们漆成了粉红色。"

艾米特冲过澡,刮过胡子,穿上了他那件条纹T恤和一条干净的牛仔裤。他脸上的脓疮让他显得比实际年龄要年轻。艾琳不接受山姆关于橙剂后遗症的观点,说很多人上年岁之后仍然会长粉刺。她说这是一种迟来的成长反应。艾米特洗澡的时候,她不停地在说这件事,说啊说啊,但是山姆觉得无聊,变得烦躁起来。她母亲对任何事情都有所解释,现在她又扯到心理学上去了。

艾米特和艾琳要了啤酒，啤酒被装在盛果汁的瓶子里端了上来。

"用果汁瓶喝啤酒我觉得特傻。"艾米特说。

"这儿的烧烤排骨最好吃了。"艾琳坚持说。

"我更喜欢坑式烧烤，"山姆说，"我还以为你也喜欢坑式烧烤呢。"

"嗯，我确实喜欢，不过这地方的排骨很有名。我通常不吃这么油腻的东西，我已经不吃油炸食品了。"

艾米特要了特大份排骨拼盘，带卷心菜沙拉和豆子，山姆和艾琳要了中等分量的排骨。侍者上菜的时候还拿来一大堆餐巾纸。排骨把他们的脸弄得油腻腻的，小宝宝抓起一把豆子朝桌子对面扔去。

"说点什么吧，艾米特。"艾琳说，"别光坐在那儿喂你的脸。"

"我忙着呢。"艾米特说，使劲从一块排骨上拉扯下一条肉来。

"跟我们讲讲你伟大的列克星敦历险，艾米特，"山姆说，"你搭谁的车去的列克星敦？安妮塔去了吗？"

"别拿那套外星人的东西糊弄我们，"艾琳说，"安静点，希瑟。"

"我和吉姆·霍利，"艾米特说，仍然在忙活着他的排骨。"我跟他去了湖边，他本来打算去钓鱼，我想去找蓝色的苍鹭。但是他上了大路，又错过了正确的出口，然后我们就一直开。我就说管他妈的，我们带了几个六罐装啤酒，还有一瓶吉姆·宾威士忌，所以我们就一直往前开。这就是整件事的经过。"

"然后他把你在我家门前放下来了。"艾琳说。

"我不知道他打算待上一个星期!他妻子和小女儿在那儿,他想潘米想得要死。苏·安想让他搬到列克星敦去,不过我不知道他现在是不是能够放下他的生意不管。"

"这故事不算特别戏剧性。"艾琳说,把一根骨头戳进蘸酱里。"为什么你不早点儿说呢?你想不想来点我的豆子,山姆?"

"不要了,我有豆子。"山姆对艾米特说,"我还以为苏·安把他甩了呢。"

"没有,比这要复杂得多。事情不都是非黑即白的,山姆。"艾米特举起他的果汁瓶,寻找着侍者。

"我应该让你走回家的,艾米特。"艾琳说。

"你自己想回这儿来,"他说,"承认吧。"

"舞会之后你去了哪儿,艾米特?"山姆问。

他耸了耸肩。"吉姆和艾伦还有艾伦老婆跟我和安妮塔约好在麦当劳碰面,然后我们就到处瞎混了一阵。"

侍者又给艾米特端来一果汁瓶啤酒。艾琳说:"让我来告诉你们我们接下来该干什么吧。我们要点巧克力山核桃馅饼,因为这地方的巧克力山核桃馅饼在全帕迪尤卡属第一。"

"你也是这么说排骨的。"艾米特说。

"排骨不好吗?"

"我更喜欢坑式烧烤,不过这里的排骨也还不错。"

"行，那好。那山姆，你把排骨吃掉吧。"艾琳点了三块馅饼。"如果我们吃不了，可以带回去。"

"姥姥做的核桃馅饼全肯塔基第一。"山姆说。艾琳都没给姥姥打个电话问声好。

"山姆，你怎么回事啊？"艾琳问，"我有两个月没见你了，现在跑到这里来想让你惊喜一下，你却做什么都那么扫兴。你们俩还在那儿奇怪我怎么会想离开家。"

"我们想要你回来。"艾米特说。

"我们要把排骨带走。"艾琳对正在收拾山姆盘子的侍者说。

"整个夏天山姆都很难相处，"艾米特说，"朗尼辞了职，她很不开心。她要到下个月才开始工作，这之前她没事可做。"

山姆对艾米特吐了吐舌头，她说："还说很难相处呢，这话该我说才对。下次你再要出门逛荡的话，你该留张条子，要不就用一下电话。"

艾琳露出一个会心的微笑，她对艾米特说："她要变成跟妈妈一样爱操心的人了。不过她还继承了老爸的顽固。"

宝宝尖叫起来，把嘴唇弄得嘟嘟响。

"哦，谁又惹你了啊？"艾琳叫道，兴高采烈的。

艾琳开着她的跨美穿过帕迪尤卡，就像一个女神驾着一部战车。她从铁轨上疾驰而过，在繁忙的十字路口左转，毫无顾虑。山姆和宝宝一起坐在狭窄的后座上，希望自己也能开一开这辆车。

也许明天艾琳会让她开的。她可以载艾米特去麦当劳,让大家都啧啧称羡。如果艾琳一直待到朗尼回家,山姆会开车去他家,假装这是她自己的车,好看看他会说什么。希瑟的拳头紧握着山姆的手指,这宝宝的手就像一只没毛的小鸟。山姆很高兴母亲没在餐馆里给宝宝喂奶,那会让她感到难堪。

宝宝身上散发出一股酸味。《盗尸人入侵》那部电影里的豆荚们跟宝宝差不多大小。这个想法很奇怪。一个宝宝不像是一个人,倒更像是一种植物——带着怪异的味道和脉搏,令人恶心,就像在夜里猛长的西瓜。那个星期有天早上,山姆在电视里看到一个重达148磅的西瓜,如果八分钱一磅的话,会卖——山姆试图心算出多少钱,但是她心里一想起那些数字,它们就消失得无影无踪。

"我之所以走这条路回家,是想给你们看点东西。"艾琳说。

艾米特转身对山姆说:"你母亲算不算个人物?她全身心地享受生活。"他咧嘴笑了,拍了拍艾琳的肩膀。

"就是这儿。"几分钟后,艾琳说,她正行驶在一座小山上,转过一个弯道。她把车开进一条土路,停了下来。"看。"她说着打开了车门。

雨已经停了,太阳透过云层,闪烁着光芒。还是白昼,但是天色已经发暗,就像浸染在一大摊水里的墨水。艾琳不得不解释说她想让他们看的是眼前的风景,小山侧面的一些田野和树木。

最后一抹残阳把破碎的黄光抛洒在万物身上，田野里生长着灌木丛和成片的杂草，拖着圆圆的阴影。

"我以前总觉得这地方非常美，"艾琳说，"到处是篱笆和灌木。看见那些石头了吗？再看看那边的那些黑白花牛吧。"

"我没看见燕八哥。"山姆说。

"它们不大到这里来了。"艾米特说。

这里的田野一片混乱，山姆姥爷的田地像床单一样整齐干净。姥爷的田里一棵树都没有，也没有杂生的树苗或者野草，但是眼前的田野就像摆满家具的房间一样。

"我这么喜欢这里的原因，"艾琳继续说，"是因为这里就像英格兰一样。我见过英格兰的照片，跟这儿一样。"

"英格兰？"山姆说，声音充满感染力。

"那是我一直想去的地方，但是我估计我永远不会有机会去了。"

他们依次回到车上。山姆再次把自己的手指插进宝宝的拳头里，他们在愈聚愈浓的夜色里开车回家，一路上，宝宝一直拽着山姆的手指。艾琳打开车大灯，他们在归途上飞驰，蜿蜒而行，经过一座座老农庄，农庄上矗立着改建过的房屋。所有的房子都位于道路旁边，谷仓倾斜，只看得见轮廓的农具静默无声地立在那里，就像一群在逃生路上撞上小行星而死去的聪明恐龙。没有哪一座农庄像英格兰。

24

艾琳在看电视连续剧《朋友之间》时，山姆帮艾米特一起把她母亲旧日的房间清理了出来。床上堆满了装洗洁剂的空瓶子、旧杂志、成堆的购物袋和一盒盒的衣服。艾米特把一部分破烂拿到了地下室，山姆在床上铺好两张相宜的床单。她没找到干净的被单，他们的床单和被单大多破了，不过姥姥答应圣诞节送他们新的。

山姆意识到这间房子里仍然保留着很多母亲的踪迹。窗旁的一个固定书架上放着她的平装书和45转速唱片。她所有的唱片集都在山姆的房间里。衣柜和抽屉里仍然装满了艾琳的旧衣服，墙上挂着她热衷艺术时期画的画，那是她仿照一本书上的画画的，画面都是些抽象的形状，很像某些放大了的性病病菌照片，山姆曾在一家诊所的健康手册上见过这种病菌。

艾琳坚持要和希瑟同睡，当山姆问她怕不怕翻身的时候会把宝宝压着了时，她大笑起来。熊猫就经常用这种方式把它们的宝宝憋死，山姆对母亲说。然后她们争论起山姆的未来，艾琳说要是山姆不离开希望镇，去一所大点的大学念书的话，那她就是个傻瓜。艾琳说她在念心理学是因为人类的本性让她着迷。

夜里，山姆听到宝宝的哭声。月亮饼一副心事重重、坐立不安的样子，似乎它离家期间有过什么身心疲惫的冒险经历，它睡在山姆的床头，当它听到艾琳下楼走进厨房的响声时，不禁从床上跳了下去。屋外，雨温柔地飘落，一阵微风把那棵柳树吹向房屋一侧。山姆想：宝宝就像一个脱落的赘生物——一块痂或者是一个疣子——艾琳到处都着迷般带着她，无法与之分离。猴子就是那样携带着它们死去的小宝宝的。艾米特的一个朋友知道很多关于死婴的笑话，但是那些听过的笑话她现在一个也想不起来了。在越南，母亲们一直携带着她们死去的婴儿，直到尸体腐烂。等她慢慢清醒过来之后，她很好奇自己怎么会知道这个的。她能生动地想象出那幅画面，虽然这些东西更像是出自她的编造。在《野战医院》的结尾篇里，"鹰眼"精神崩溃，因为他看见一个母亲为了阻止孩子哭泣而把自己的宝宝给闷死了。他见过那么多士兵死去，但是当他看到一个婴儿死去时，却再也无法忍受了。在连续剧结尾，"鹰眼"似乎理应崩溃。那种你一早就知道一切不会那么快乐地收场的结尾方式。那也太简单了点。

　　山姆清醒地躺在那儿，倾听着艾琳对着宝宝轻声哼唱，但是她无法辨认出那是什么曲调。雨声和柳树发出的嘈杂声模糊了歌声，而艾米特的呼噜声正沿过道传来。他一直无法入睡，因为烤排骨让他胀气，山姆上床很久以后还听见他在打嗝。一辆汽车"沙沙"驶过，车头灯映射在墙上。山姆看得见柳树枝条在墙上留下的阴影，她想到越南丛林里令人毛骨悚然的丛林爬藤植物，她很好奇那种植物是否跟葛藤一样。葛藤什么都爬，甚至连汽车和

-246-

废弃的房屋都能爬,它会阻止火车的运行。山姆想起晚间节目播放的电影《那东西》,她还没看过重拍的版本,据说那里面的内容更吓人。《那东西》是来自外星的一个植物人,看过这部电影后的很长一段时间里,山姆都不敢在黑暗中外出,因为她觉得树和灌木都可能有诈。

她不知道为什么这些恐怖片需要重拍——也许是因为这个世界越变越恐怖了。

山姆轻轻走下楼,在客厅漏出的灯影里,她觉得自己就像一个鬼魂。艾琳正在厨房里往宝宝嘴里塞蓝莓蛋糕。宝宝脸色发蓝,就像法院大楼里那个男人说的蓝色婴儿。山姆能够闻到水池下方脏尿布的味道,还有厨房桌子上烟灰缸里烟头的味道。

"山姆,你起来啦?我们可能把邻居给吵醒了,希瑟哭着要吃东西。"艾琳对宝宝说,"宝宝饿了——对啊!"

"我口渴。"山姆拧开一瓶开过的百事可乐,倒了一杯,没加冰就喝掉了。她打开电视,发现里面正在放一个扭曲姊妹乐队[1]的表演录像,这录像她已经看过好几次了。她关掉了电视。

"我把猫放出去了。"艾琳说。

"噢,艾米特会发脾气的!"山姆急忙向门口跑去,看见月亮饼正坐在跨美下面。她冲出门外,把它给抓了回来,猫的皮毛上

---

[1] 走红于20世纪80年代的一支美国重金属乐队。

满是水珠。她对母亲说:"艾米特怕它夜里会被车子撞到。猫被灯一照就看不见了。"

"你应该把《朋友之间》看完再去睡觉的。"艾琳说,用一张湿纸巾给宝宝擦着嘴,"很不错。"

"我只喜欢搞笑片。艾米特和我都不看泪崩戏。"

"你不必非得艾米特做什么你就做什么。"

"你怎么会这么想我呢?"

"我就是这么认为的。"艾琳用一边髋部支撑着宝宝,弯腰从地板上捡起点什么东西来。"这些果核是哪儿来的?看着挺像我在列克星敦一家店里买的那条苹果核旧项链。天,真想不到我会花五块钱买下这玩意儿。"她脸上一副厌恶的表情。

山姆想找点东西吃,月亮饼在她腿上磨蹭着。冰箱里最好的东西是那盒打包的排骨,她给了月亮饼一根烤排骨,让它去咬,然后为自己拿了一包薯片。月亮饼掀了掀鼻子,趾高气扬地朝沙发走去。

"吃这些垃圾会毁掉你的健康的。"艾琳说。

"那又怎么样?"

"说真的!"艾琳把宝宝放进婴儿座,然后用食指非常专业地把婴儿食物瓶清洗了一下。山姆的母亲做事总是迅速有效,她洗盘子的时候,只洗正面,不洗反面,为的是节约时间。

"如果你想为某人的健康操心,那就为艾米特操操心吧。"山姆说，把薯片嚼得咔嚓作响。

"他的脸看起来没那么糟。他说快褪了。"

"不只是他的脸。他脑袋里还是怪痛。他不会提起这事的，但是他一直都有这个症状，每隔两分钟就来一次。"

"听着就像以前他精神错乱的时候常有的症状。"

"对，这就是我要说的意思，可你不想听。他让我害怕。那本书上说，橙剂可能引发各种病症。巴蒂·曼格荣喝点啤酒都会生病，他的小女儿有一大堆先天缺陷。"

艾琳往一个杯子里扔进几块冰块，倒了点百事可乐。她说："问题是：那些年，当我本该让艾米特学会多负点责任的时候，我却一直把他放在枕头上扛着，现在你又在试图做我做过的事情。得，如果我们让他一个人待着，他也许就会不得不去工作，比如说，还清他欠的钱。"

"这也太吓人了。"

"我不喜欢看到你被他困住。你可以去念书，你用不着找工作。山姆大叔会负担所有费用的。"

山姆很想知道母亲之所以用山姆大叔的名字为自己命名，是否因为她是山姆大叔的一个负担，又或者她是山姆大叔颁发的一份安慰奖。

"你还出去跳舞吗？"山姆问母亲。

"不了。现在我的膀胱下垂，无法像以前那样跳舞了，我怀孕的时候希瑟的位置太低。你不会是不跟那个男孩朗尼约会了吧？我还没听你提起过他呢。"

"他出门到湖边去了。"山姆很想知道他是否还在狂欢，在这个钟点。他周三回来。

宝宝哭了。艾琳在沙发上坐下来，把宝宝抱在胸前温柔地摇晃着。她穿着一件细条纹的睡衣，看上去就像棒球服一样。这时她解开睡衣给宝宝喂奶，她的乳房颜色苍白，是橄榄形的，乳头就像"突刺"牌口香糖的顶端。山姆很好奇是否这就是突刺口香糖名字的来源。

"你**必须**去上大学，山姆。现在女人想做什么事情都可以，差不多所有事情。"

"你不过是想让我离开希望镇，好把艾米特忘了，跟你想让我忘掉爸爸的方式一样。"山姆脱口而出，"你想假装整个越战根本不曾存在，就像你想保护我不受某些事情的伤害。我不是小宝宝了。"她瞟了宝宝一眼，宝宝正无意识地用力拉扯着。

她母亲的脸上出现了一丝痛苦的神色，山姆对自己不假思索的话感到后悔。艾琳慢慢说道："能说的我都跟你说了，山姆。他离开前一个月我跟他结的婚，自此我再没见过他。"她抠着自己的下巴。"我甚至都想不起他的样子来了。"她说。

"你们在哪儿结的婚？"

艾琳笑了。"在乡下一个治安法官家，他是个鸡农，我们在他家门廊里结的婚。我们走的时候,一大群鸡跑出来,到处都是鸡毛。我相信是一群黑花鸡。"

"你拿他棺材上的国旗做什么了呢？"

"艾米特用它来做了一条披肩。哦,天哪,这事儿我都忘了！那还是艾米特那些疯子朋友在这儿的时候。我当时非常生他的气,他那么做伤害了我,不过想来我对美国军队并不怎么尊敬,所以也没什么。"她把宝宝抱到乳房前,说,"你为什么不去看看婆婆和老爹呢？你从来不去看他们。他们能告诉你很多德韦恩的事情,比我能告诉你的多。我觉得他们会有些他的东西,可以给你。"

"他们不喜欢我。"

"不对,他们喜欢你的。他们只是不怎么了解你了。"

"我毕业他们都没来,连礼物都没寄。"

"噢,你知道乡下人是什么样子的啦。他们很冷淡,他们不待见的人是**我**,山姆。我以前经常带你去他们那儿,出于责任,尽管如此,他们从未让我有受欢迎的感觉。但是他们一直是爱你的,他们总是**围着**你团团转。"

"我没车,不能去看他们。"

"我想他们有一本德韦恩放在那儿的日记。他们会让你看的,我敢打赌。"

宝宝停止了吃奶,她的头转来转去。她好奇地看着山姆。"我估计她不饿了。"艾琳说,把乳房塞回睡衣里,拍着宝宝让她打嗝。山姆想起那个关于海象和塑料密封盒的笑话。艾琳说:"看看她吧。那时我十九岁,比你现在大不了多少。想象一下你自己带着这么一个小宝宝,你会怎么应付?但是我不能生活在过去里,那是愚蠢的浪费。没什么值得记住的东西。"

"他知道你怀了我吗?"

"哦,当然知道。我们来来回回地通信。他知道。"

"艾米特说给我起名萨曼莎是爸爸的主意。"

"他喜欢这个名字。我记不清楚到底是怎么来的,有可能是他的主意。"

"我还是不明白为什么你从来没告诉过我这件事。"

"我觉得这事儿没什么要紧的。"

"不对,很要紧。"

山姆的母亲穿着棒球服坐在那儿,奇怪地微笑着,就像蒙娜丽莎一样,怀里抱着宝宝,好像她是一件用尼龙裙裢粘在她身上的行李。山姆想起她是在哪儿见过越南女人携带死婴的事了,那是印在她脑海里的一幅生动的图画,是《新闻周刊》杂志的一幅封面。有一天这本杂志跟着邮件一起寄到,被山姆第一个看到。当艾琳看见时,她把杂志从山姆手里抢走,撕下封面,把它烧掉了。

"他写给你的那些信你还有吗?"

"我保存着,不过我不知道放在哪儿了。"

"你没带走吗?"

"我觉得没有。我扔掉了很多东西,不过这些信可能还在我房间里的某个地方。山姆,我希望你俩能把那间房子清理一下——把整座房子清理一下——弄个庭院旧货出售。这房子就要被它里面那些垃圾给压垮了。"

"艾米特在修理地基。"山姆说。

"明天跟我一起去列克星敦吧,山姆。"艾琳说着把手伸到山姆脸上,轻轻地爱抚着,她把山姆额头上的头发拨开。"我会带你去马园,我们可以开车去天生桥,也许我们还可以去麦克芬克餐馆吃海鲜,它就建在穿过辛辛那提的那条河上。"

"我在这儿就可以吃到猫鱼。"

"哦,山姆!"艾琳站起身,小心翼翼地放下宝宝,然后走进了厨房。她又倒了点百事可乐。"我不该喝这个。"她说。

"我想问你一件和艾米特有关的事。"母亲又坐下之后,山姆问。

"什么事?"

"他在战争中负伤了吗?"

"没有。为什么?"

"我在想也许是出于类似的原因所以他一直没有女朋友。"

艾琳笑了起来。"不是的,不是这样。而且他也不是同性恋,所以别想这事儿了。"她摇晃着杯子里的冰块,注视着昏暗的客厅。"天,我花了那么多年才离开了这个地方!"

"我小时候那次,你为什么没留在列克星敦呢?"

"哦，你以为是为什么？妈妈爸爸让我觉得自己好像在**犯罪**。而且艾米特弄出那么多事来，他那时真是不成样子。"

"那个跟我们一起去列克星敦的鲍勃是什么人？"

艾琳盯着她的杯子。"就是随便一个人。那时我以为自己在乎他。他在后院里搭帐篷住。"

"这个我还记得，"山姆说，"他让我在院子里的帐篷里玩他的笛子。"

"是竖笛，"艾琳说，"中音竖笛。"

"他后来怎么样了？"

"我听说的关于他的最新消息是他结婚了，给孩子起名叫核能·拉格泰姆。你能想象那孩子将来的生活吗？"

"也许他们编了一套谎话告诉他为什么会给他起这么个名字。"山姆说。

"也许吧。"艾琳吮吸着一块冰块。

"不过，那些人都是些什么人啊？他们在这儿都干了些什么？"

"哦，一切都那么疯狂。不过我们在列克星敦的时候还要疯狂些。我记得有一次我们去吃饭，每个人都必须带点白色的东西，每个人都要穿白色的衣服，所有的食物都是白色的。我赢得了白色着装奖，我穿了一条白色长裙，配白球鞋。你能相信吗？"

"你们吃的都是些什么东西？"山姆问。

"鸡胸、牛奶做的肉汁、饼干、白蛋糕、白葡萄酒。我记得我带了去掉面包皮的白面包，上面撒着奶油干酪。整件事让人厌恶，不过很搞笑。我想里面应该有点寓意，不过我想不起是什么了。"

"你赢的奖品是什么？"

"一磅蛋白软糖。我也讨厌蛋白软糖。"

"你爱上那个叫鲍勃的家伙了吗？"

"是的。但是我回来了，因为我们还有这座房子，而且我上班的地方也希望我能回去，所有人都在生我的气。而且我觉得内疚，因为我觉得自己欠艾米特的，他是为了我的缘故才去那边的。"

"真是这样的吗？"

"我不知道。我认为艾米特参军的时候屁都不懂。他以为就跟杀松鼠一样，我估计。哎，他去那边的时候才刚刚学会擦屁股。他那时不过是个乡下孩子。"

"外公打过仗。"山姆说。

"第二次世界大战的情形完全不一样。"

"日本人个头也很小，跟越南人一样。"山姆说，"不过自从他们开始吃牛肉，他们的个头就不那么小了。"她很好奇，美国人是否会因为吃豆腐或者蔬菜而个头变小呢？

艾琳喝完了百事可乐。"听着，"她说，"莱瑞在列克星敦认识的一个人，他找了份不错的公关工作。他去过越南，在一座棚屋里杀死过一大家人：母亲、父亲、三个孩子、几个叔叔婶婶，还有一个祖母。他把每一个人都杀死了，他说直到两年后他才被自己的所作所为打倒了。他曾经吸过毒，什么事都干过。但是最后他终于想清楚了，他发现自己唯一能做的事情是试图过一种有成效的生活。现在他结了婚，有了孩子，而且信了教。我想：如果那个家伙做得到，那艾米特也能做到。"

"要艾米特信教你先得说服他选里根。"山姆怀疑地说，"艾米特杀过人吗？"

"我不知道。他从来没说起过。"

"我爸爸杀过人吗？"

"这我也不知道。不过你看，山姆，就算他们杀过人也没有什么好意外的。那是送他们去那边的原因。嘿，把你椅子旁边我的那个手提袋递给我。我给你带了一件礼物。"

山姆把袋子递给她，袋子里塞满了尿布和杂志。艾琳拉出一件绿色的T恤，递给她。那是一件"《野战医院》4077"T恤。

"我差点忘了给你了。"艾琳说，"我记得你一直很喜欢那部连续剧。"

"啊！"山姆说，"现在我可以跟'热唇'一样了。"

"你奶子没那么大。"

"你的有。"

"对，因为我在喂奶。我觉得自己就像杰恩·曼斯菲尔德。"

"杰恩·曼斯菲尔德是谁？"

"一个老电影明星。她就'波涛汹涌'。"

山姆把T恤套在睡衣背心上面，对着镜子欣赏着。她微笑着，镜子里，她母亲在她身后微笑。

山姆说："妈，还记得你以前很喜欢的那张奇想乐队的专辑吗？"

"记得。里面有《罗拉》的那张？"

山姆点点头。"那张非常棒。我一直在听。"

"是啊，我一直喜欢那张。"艾琳站起身，舒展了一下身体。"我明天一大早就得起床。不过你考虑一下我说的话，如果你愿意的话可以跟我一起走。"

"给我买辆车，我就搬去列克星敦。"山姆说。

25

山姆觉得自己就像个傻瓜。说搬去列克星敦她是在开玩笑，可她确实想要一辆车。所以第二天早上当艾琳递给山姆一张六百块钱的支票，说："给你，去买下你说的那辆车吧。"这时山姆觉得难为情，似乎自己对母亲爱得不够似的，可是她确实爱母亲，这也是为什么艾琳跟着那个让她怀孕的蠢材走掉会给她带来那么大困扰的原因。艾琳告诉山姆："如果你不愿意，你不必搬到列克星敦去，但是你需要一辆车，起码你可以来看看我。"山姆本来觉得应该马上把那只陶瓷猫送给母亲，但是突然间她又觉得这件礼物并不恰当。她母亲不想要一只可笑的身上贴着玻璃珠的猫，小宝宝可能会被珠子呛得窒息的。

"我顺道去一趟爸妈那里,看他们一下。"艾琳说,她的头埋在冰箱里,"我估计如果我回去晚了,莱瑞不会把我杀了的。但是如果妈妈听说我来了这里却不去看她,她会杀了我的。你没有什么我可以带在路上吃的东西吗?"她关上冰箱门,说,"为什么总是我来这儿?为什么就没人去看*我*?"

"我去看你了,对不对?"艾米特说,他刚刚走进厨房,穿着牛仔裤,没穿上衣,睡眼惺忪。

艾琳对着他摇晃着一罐番茄酱。"我还得把你送回来,你这没用的家伙,你。"

山姆跟艾米特解释了车的事情,他显得很开心。

"好啊,"他高兴地说。然后他打开冰箱,说,"我们没牛奶了。"

"你会帮我签字吗,艾米特?"山姆问。

"肯定会。这样的话,即使你出了车祸,他们在我身上也榨不出什么油水来。"

"我不会出车祸的。"

艾琳碰了碰艾米特脖子上的脓疮。她叹了口气:"你试过我说的那种酿酒酵母没?"

"没。不过我用了妈妈的烧伤植物膏。"

艾琳对着厨房台子上的薯片袋子皱了皱眉头,然后说:"艾米特,下次你决定用光把自己传送到列克星敦之前,先打声招呼,我会烤个蛋糕的。"

"你不会有时间烤蛋糕的。如果我用光速上路你就不会有这时间。"

"看见我的T恤没?"山姆对艾米特说,"妈妈带来的。"

艾米特咧嘴笑了。"瞧,她了解你。"

"他让我给你买的。"艾琳说。

"这儿,妈,"山姆说,拉开一扇橱柜门,"带点婆婆饼吧,真的很好吃。"

电话上,山姆告诉朗尼,他星期三回来那天,她准备好了要让他惊喜一下。她指的是那辆新车,但是真正的惊喜,她想,是她不会开着那辆车跟朗尼一起去参加在博林格林举行的婚礼了。她不在乎他会说什么,他不能强迫她。

朗尼正在吃生牛排当早餐,因为有人说这有利于消除宿醉。

"我还以为生牛排可以消除黑眼圈,不是宿醉。"山姆对他说,"单身汉聚会怎么样啊?"

"我以后再告诉你,"他说,"告诉你我还记得的部分。"

"你拿我的底裤干吗了?"

"我们拿它来当装饰品了。就像除夕夜一样。"朗尼像个孩子似的咯咯笑着。山姆意识到自己更喜欢年纪大一点的男人。

买完车,付完保险和临时执照的费用,山姆账户上还剩下两百块钱。她松了口气，自己还没忘记怎么开车。艾琳的那辆大众老爷车总是一蹦一跳的，但是这辆车开起来很平稳。这辆车让她很开心，但是汤姆却让她不开心。她去他的车库拿车的时候，汤姆拒绝跟她一起开一程。他把车子洗过了，上了润滑油，还试开了一次，但是他始终保持着距离，就像他周六早上的那副样子。

"你确定知道自己在做什么吗？"他问她。

"你不想卖给我这辆车了？"

"我不想你出于错误的原因买下它。"

"那天夜里我在这儿让你后悔了吗？"

"就让我们说有些事情是应该忘掉的。"

"我谁也没告诉，如果你是害怕这个的话。"山姆说。

"这不是我的意思。这件事不应该发生。"

他正用两条破了的紧身短裤给车抛光。他的牛仔裤掉到了髋间，他穿着一件黑色的百威广告T恤。那辆车看上去真棒。他已经把那些锈点用修补混合料填好了。

"跟我去开一程吧。"她说。

"你男朋友可能会看见我们的。"

"我跟你说过他不再是我的男朋友了。"

她上了车，把座位向前拉了一点儿，座位拉起来毫无阻碍，山姆吃了一惊。她开过的车里，这类东西大部分都已失去作用。"你为什么要和我过不去？"她说，"那天夜里我很快活。你为什么不到我家来？我们可以一起看电视，要不你可以玩艾米特的雅达利游戏机。"她觉得自己活像疯狂地想要得到艾米特陪伴的安妮塔。她感到难为情。

汤姆说："你不会真想跟我混在一起的，山姆。你会后悔的。"

"不对，我不会。"

"我不应该占你的便宜。"

"你是不是占了我的便宜难道不是应该由我说了算吗？"山姆快哭了。

"瞧，山姆。你找个跟你年龄相当的人会更合适。现在开着你的新车走掉吧，玩得开心点，还有就是小心点。"

"我也可以骑越野摩托。"她说。

汤姆只是微笑着，朝她挥手作别。但在回家的路上，山姆一路都在抽泣。现在至少她有一辆车了，而这让她哭泣。这不合逻辑。最让她感到困扰的，是汤姆试图掩饰的羞耻感。她明白这是因为她知道了他的事情而让他感到羞愧，而她又不知道该怎么告诉他这没什么。他似乎已经下定了决心，因此她不得不找到一条通向他的道路。她想象自己突然出了名，他会在电视上看到她，意识到自己爱着她。如果她有很多钱，她可以给他买一个那种泵。她想象自己出了车祸，由于刹车失灵或者方向盘的原因，他就会觉得自己有责任，因而会付出终身作为对她的补偿。终于开上了新车，自己却泪流满面，这让她感到奇怪。姥姥总是说："你得到的越多,你想要的就越多。"这是说人永远无法满足。至少,一辆新车无法让他们感到幸福。

她跟汤姆撒了一个谎,道恩什么都知道。但是道恩答应过不告诉别人,她自己还有一大堆麻烦要解决呢。

那天下午,山姆去汉堡男孩接了道恩,带她开着新车兜风。道恩情绪沮丧,山姆没告诉她自己和汤姆最近一次的邂逅。他要她找一个年龄相当的人的话,实在太令人伤心了。他认为她不过是个孩子,在某种程度上这是事实,但不完全是。

道恩把宝宝的事告诉了肯。"我觉得他听到这个消息挺开心的。"她说,"他好像确实挺震惊的,不过接着脸色就开朗了,大笑起来。"她们开车的路上,道恩一直不停地谈论着要租下家具店楼上那套公寓的事情。肯认识那栋楼的业主,他能拿到一个特别优惠价。"我们不需要很多家具,"她说,"但是住在家具店楼上,看着那些漂亮家具却买不起,我肯定会疯掉的。"

"也许你可以在夜里溜进去,跑到一张漂亮的加大号床上去睡觉。"山姆说。她朝一个开麦克利的女人按了声喇叭,那人没打转向灯就转了弯。

"真是个找死的好办法!"山姆吼道。拥有一辆车给予她力量,她喜欢这辆车开起来的感觉,它能在很窄的地方掉头。

"我真的爱肯,"道恩说,"我想象不出自己愿意和其他任何人早晨一块儿醒过来。可是我跟你说,昨天我不是在食杂店买了一只鸡吗？回到家，我把放在鸡胸腔里面的内脏取出来，内脏都用纸包着，我有种恶心的想法，觉得那只鸡生下一个东西来，可那东西是一块一块的，所以得塞在一个小袋子里。"她打了个冷战。

"哎呀！听着像是我梦见的故事啊。"

"我知道。我觉得这就是为什么我会那么想的原因。我把那包内脏取出来的时候，想到了你，我知道你会怎么想。我们的想法肯定非常接近。"她的脸上露出一个模糊的笑容。

"我的异父小妹妹在这儿的时候，我一直在想着你。"山姆说，"她真的很可爱，但是我还是无法想象有个宝宝。"

"有个宝宝也许没什么，你会牵挂他们的。我对我哥哥的孩子就喜欢得发狂。"

山姆向购物中心驶去。道恩想买一瓶酒红色的指甲油，她周五领的工资还剩下了一点儿。

山姆说："瞧，道恩，你一直都想做点出格的事情。去打胎吧——为你自己着想。"

"可是有个宝宝是我想得出的最出格的事情啊。另外，要做决定的话也有肯一份呀。"

"不对！"山姆大声喊道，用手使劲拍打着方向盘，"生孩子谁都会，这不需要任何特殊才能。"去购物中心的路上车流蜿蜒，山姆一步一停地行驶，小心翼翼地换着挡。

道恩说："我可以做出很多疯狂的举动，但是那不行。我胆子太小，做不出那种事。"

"可是时间还早啊，跟挤掉一个脓疮没什么差别。一开始它们就一点点大，还没成型呢。"

道恩摇了摇头。"不行。我想到我母亲，她经历了多少磨难才有了我。她怀我的时候孩子已经够多的了，本来她可以决定不要我的。而且为了自己着想，她也应该那么决定，我估计。但是为了我，她没有那么做，我就是这么想的。"

"好吧。"山姆说。路上车堵得厉害，她以前从来没有注意到镇子里有这么多车——又大又长的车。正是工厂换班时间，人们都在奔往购物中心，其他人则从购物中心往回开。一切都在同一时间里进行着。

道恩说："我很高兴你有了辆车，山姆。真的很高兴。这车真棒。"

把道恩送回家后，山姆开着车带艾米特到镇子里兜风。艾米特观看着沿路的风景，朝人们挥着手。山姆意识到，她花在买车上的钱够替艾米特还他欠下的债了。但是这不一定是她的问题。她已经过了替他的债务操心的阶段了。艾米特在车里跷着二郎腿，就像一只潜伏在自己洞里的蜘蛛。她在苏维超市让他下了车，进去买食品杂物，自己则开车绕着停车场转圈子。这一次，他不用扛着鼓鼓囊囊的一大箱饮料摇摇晃晃地走回家了。超市里，艾米特跟一个在消防站负责做煎饼早餐的女人聊了起来。山姆为了等他，绕着停车场开了2.3英里。

"你这样会把离合器磨坏的。"上车的时候，他说。

也许她要疯了，这不仅是因为汤姆，也不是因为艾米特，或者朗尼，或者道恩的困境。是因为她自己。她位于这一切不可思议的戏剧的中心，不知为何，她觉得所有这一切都取决于她自己。但是她不知道自己在哪儿，也不知道如果这些人一旦离开了镇子，步入夕阳之中，自此过上幸福的生活，那时她又会是谁。如果她让所有人的情况都好起来了，那她以后又还能做什么呢？

有了车就会好点。现在她真的有辆车了。她想得出可以去的地方很多：猛犸洞国家公园，乡村大剧院，美国中部的六面旗娱乐园。她还可以开车带姥姥去佛罗里达。她感觉到一股奇特的兴奋，似乎自己能够做任何她想做的事情。她觉得自己应该证明点什么，可是却不知道该证明给谁看。"我觉得妈妈是对的，"回家路上，山姆对艾米特说，"你别整天坐着不动。"艾米特只是咕哝着。

回到家，山姆在母亲的房间里搜查，想找到父亲的信件。她找到一个奶酪火锅罐；一套卷发器；两个旧电吹风；一台荷兰烘箱；两幅带框的画，内容是一群鸡；几幅厨房用的塑料窗帘；一个苹果去核器；一盒没用过的密封瓶盖子；一篮用树脂密封保存起来的面包——这些破烂足够搞一次能赚钱的庭院二手货售卖的了。还有一台法式煎饼机，是艾琳那年圣诞节收到的礼物，当时这玩意儿正流行，艾琳只用过一次。山姆翻看着一堆画片：廉价店出售的印有鸭子的带框照片，刻板的落日和湖泊画像，装在一个华丽的金色镜框里的一幅海景图。在五斗橱里，她找到一堆旧内衣、短衬裙、无缝胸罩、蕾丝边坏了的内裤、长筒袜、黑色的蕾丝袜带。这些东西散发出一股滑石粉和陈年的味道。

信件不在艾琳的化妆台里，虽然它们似乎应该在那里。化妆台里塞满了纠结凌乱的发带，生了锈的发夹，蓝色的带刺发卷。壁橱里则塞满旧衣服。看着那件篷式大衣，那些超短裙和上好的编织布套装，山姆感到悲哀。艾琳保留着这些东西，因为扔了太可惜。她其实可以把这些东西送给救世军的，但是她说：想到穷人身穿过时的衣服到处走会让她感到沮丧。

在壁橱里的一个架子上，山姆找到几个用花边线绑着的小储物匣，里面装满旧日同学的快照，还有高中毕业舞会的纪念品。艾琳保留了一些烈酒瓶的标签，几根印有"斯泰西""火焰"和"余烬"字样的搅酒棒。她上高三时全班曾到猛犸洞穴郊野，匣子里放着几张地图和一张印着洞穴地图的餐具垫。

信件在架子顶上的一个盒子里，用橡皮筋绑成窄窄的一捆，山姆取下橡皮筋时，那些橡皮筋立刻断掉了。她到楼下去拿了些墨西哥干酪玉米片、豆制蘸酱、一瓶冰冻百事可乐和一杯冰块，然后上楼走进自己的房间，去读信。她把所有的东西都放在自己周围，百事可乐放在床头柜上，玉米片和蘸酱放在床上一块空出来的位置上。艾米特在屋外,他在割草。

山姆把信件按时间顺序整理了一遍。里面没有通知死亡的电报。姥姥有一次跟山姆说,是一个军官到家里来通报这一消息的。那时艾琳还在上班,那个军官把这事告诉姥姥和姥爷之后,就在自己车里等着艾琳回家。他是个高个子男人,有一张表情僵硬的脸,说话声音单调,他的职业就是遍游本州,四处向各个家庭通报他们的儿子战死的消息。肯塔基州战死的男孩总数最终达到一千人以上,山姆曾经想象过这同一个人带着那些可怕的消息去拜访一千个家庭,她很想知道,他是否已经发掘出一套传送这类消息的技巧。她想象着他在回家的路上走进带瑞酒吧,要了一份热狗串和一杯奶昔。

德韦恩的字迹稚嫩,带着大弯大圈。他的信是用铅笔写在条纹便签纸上的,边上都写满了。

亲爱的艾琳:

我无法告诉你我有多想你,甚至无法试着这么做。我唯一能做的,是尽量熬过没有你的日子,做好我的工作。

这里很不一样。不是我想象的那样,不过我估计我能熬过去的。你永远不知道将要发生什么事情。有时,他们半夜把你叫醒接受检查,却不告诉你为什么。我们睡在一个长长的大帐篷里,还行,就是很热。蚊子简直要把我给生吞了!不过到目前为止还没比这更糟的事情,我寻思我能挺住。

　　每个人都说这次行动就一会儿的事,我们秋天就会离开这里了。一切都很顺利,我们这里有你碰得到的最棒的家伙。我无法告诉你,能在109部队里我有多幸运——多棒的一群人啊。等我回去的时候,我已经邀请了那个从萃格县来的老小子跟我一起去钓鱼。他说他有一次在肯塔基湖钓到一条十五磅重的鲈鱼。我跟他说,等我们回去了,就瞧我的吧。我们已经打过赌,谁钓的鱼最多,谁就负责清理烹调那些鱼,开个大炸鱼宴——他们一大家人和我们一大家人。(听起来我是不是疯了?在这边,只要想到家,你就会有很多大计划的。)

　　我把你的照片放在贴心的口袋里,这样我每次都能快快看上它一眼。是你站在一辆纳西兰波车旁边的那张,穿着那条红色的短裤。照片是黑白的,可是我看得见那条红短裤。

　　蜜糖,我不希望你为我担心。我希望你为我骄傲。等我们回去了,我会用你根本想象不到的方法来补偿失去的时光。我为能服务于祖国而感到骄傲,我在尽全力做好我的工作。有你的祈祷,我知道我们会成功的。我从骨子里感觉得到。

　　我永远永远爱你——我有好多爱,足以架起一条从希望镇通往广义的路。

　　一块炸玉米片的碎片掉到了信上,她用濡湿的手指捡起了它。

信的原子和她唾液的原子混合在一起，穿过了时间。朗尼从来没有给她写过信，她感到失望：父亲没有说越南是什么样子的。他的心思在肯塔基湖里的鱼身上，不在那边的鸟和鱼身上。

下两封信跟这一封大同小异。他说他出去巡逻过，只在白天。他说不要担心，因为他训练有素。他没说自己是否感到孤独，或者他是否过得很好，或者他很悲惨。他看起来似乎过分快活。

下一封信正是她要找的。

你的消息让我惊喜！你简直把我打晕了！想想吧，我能当爸爸了。我高兴得又蹦又跳，大家往我身上倒啤酒（别担心，我没喝！）。有时候我们这儿有啤酒，不过我不会喝的。虽然我知道他们为什么要喝啤酒，这里的水不好，不能直接喝，得先在里面放一片杀菌药。庆幸你身在美国吧。每个人都跟我一样高兴。萃格县的鲍勃说他准备从他父亲店里买一件礼物亲自送过去。他父亲在一家药店工作，能打折买到婴儿爽身粉这类东西。我简直是飘在空气里了，昨天夜里我们必须睡在地上，可我一点儿也没感觉到，我发誓。

我希望你用不着独自走完这个过程，我希望我能在那儿看着你肚子变大。你会是肯塔基最美丽的妈妈的，我发誓。

像这样的信他接着又写了好几封，没说任何有关越南的事情。

他的口气就像一个牧师，写到上帝以及上帝的祝福。他写道："我每天都在为小宝宝祈祷。"这让山姆感到滑稽。

你让我告诉你这儿是什么样子的。没有，我没见过一只老虎或者大猩猩。这么说吧，这里不是你周末开车出门想要去的地方。天气很热，比肯塔基湖八月份的天气还要热——马上雨季就要来了。他们说要下整整六个月的雨。你能想象得出吗？在家，如果下了六个月的雨，一切都会被淹坏的，那会比诺亚遇到的洪水还要糟糕。不过我们非常需要下雨。现在这里灰尘很大，我很难保持我的步枪的清洁，而且我们也不总能洗上澡，不过事情正在好起来。我们部队这个星期完成了一次成功的行动，每次我们出兵，都会让敌人退后一步。我们肯定做对了什么！你问到这里人的样子，他们真的很矮，也不懂英语。有个小女孩来给我们打扫卫生、洗衣服、擦靴子。我从来没享受过这样的待遇！（哈！）我说她是小女孩，但是她可能已经三十岁了。你无法说出他们的年龄。别吃醋，对我来说她太老了！

这里的风景还行。可是水坝下的那片遍布石头的小沙滩，我每天都在想它！

山姆把从四月到七月的几封信匆匆浏览了一遍，这些信都是在滔滔不绝地诉说他有多么思念艾琳，他充满希望地写到自己正在进行的工作（对敌人的又一次成功打击）。信里满是傻事，以及让艾琳要乖的小教条。信里的语气让人感到奇怪的琐碎，就像他正在度假，寄回几张写着"希望你在这儿"的明信片一样。然后她读到了倒数第二封信。

我在想你要给宝宝起个什么名字，我真的不想叫他"达雷尔"。我们部队里有个已经不在了的家伙就叫这个名字。叫我的小宝宝达雷尔会让我觉得晦气。你说的梅琳达·苏太让我想起有年夏天在假期《圣经》学校坐在我旁边的那个丑女孩。比尔和鲍勃太普通了。不过我最喜欢的名字是这个：塞缪尔。这名字来自《圣经》。如果是个女孩，给她取名萨曼莎吧。这名字听起来就像祷告文里的东西，不是吗？我觉得是《历代志》里的名字。我现在每晚都读《圣经》。

又及：如果那个在皇后小食店的家伙再来骚扰你，告诉他等我回家收拾他。

最后一封信说工作艰难起来了，他睡不了多少觉。他写到收到艾琳的信的快乐，以及他如何想念她，但是他从来没有说过他到底在想什么，教语文的卡叟小姐总是说立意要明确。他告诉艾琳不要担心，他把在丛林里行军说得好像是件罕见的荣耀。他没说自己感到害怕，也没再提到有人死去。

山姆觉得被骗了。他原本指望有个儿子，萨曼莎不过是个附带。她父亲一定非常勇敢，不过她觉得他只是在试图保护艾琳——延伸开来说，多年以后，也是保护她。死去的人带走了他们的秘密。她想知道，如果除了那一点点盲目的保护之外，死去的人保守着他们的秘密，什么也无法给你的话，你还能纪念他们多久？镜框里的那张照片还在那儿，她在大声咀嚼玉米片，阅读信件之时，他的眼睛一直看着她，似乎在跟她开一个玩笑，一个猜谜游戏，他好像在说："如果你能够，就来了解我吧。"

信的最后一段说："等我回到家，我要做的第一件事情是带你到皇后小食店去吃一个汉堡包，把我们第一次约会时做过的事情全部重新再做一遍。就你和我和小鬼头山姆。我希望你还留着那条裙子。哈哈！你现在大概都穿不进去了吧。"

山姆在艾琳房间的书架上找到一本《圣经》。她母亲居然连自己的《圣经》都没带去列克星敦。她找到《历代志》，浏览起来。《历代志》里满是"宗谱"，她听说母亲上高中的时候，经常从《创世志》里选出一篇宗谱来，在教室里大声朗读，仅仅为了好玩。那还是过去的时代，人们经常在学校里祈祷。

《历代志》里的第一章和第二章里都没有萨曼莎。山姆吃完玉米片，她杯子里的冰块都化掉了。

26

朗尼对山姆的车并不怎么感兴趣。他踢了踢轮胎,又猛敲了一下引擎盖,好像在检验西瓜熟了没有。

"你不过是嫉妒,因为这车是从汤姆那儿买的。"她说,说出"汤姆"这个字带来的亲密感让她脸颊发烧。

朗尼被太阳晒得更黑了。他和他的哥们儿曾驾着平底船去钓鱼,用篝火烧烤小熏肠,听起来就像童子军一样。在越南,她父亲吃的是罐头火腿和豆子,睡在地上的一个洞里。

朗尼说在单身汉派对上,有人带了从麦克克莱肯县成人书店买来的搞笑礼物——带穗子的紫色乳头罩,一个乳房形状的咖啡杯,几个奇形怪状的法国避孕套,还有十几本黄书,书名诸如《马赛拉的启蒙玫瑰》以及《坚挺的奶头》等。从前,山姆对这些事会觉得好奇有趣,但是现在他的报告却似乎荒唐可笑。当他说到他们把所有的女人内衣挂在一条齐眼高的晾衣绳上时,山姆好奇他们是否把避孕套吹涨了来当气球用,但是她不想问他。在《野战医院》里,医生把做手术戴的手套吹涨,手套看上去就像母牛的奶袋。

男孩子们聚在一起就会喝醉酒,吹嘘性事。女孩子们则谈论男孩和衣服。如果女人们聚在一起,她们谈论的是疾病和食谱。山姆不知道成年男人会谈论什么。男人完全是个谜。

朗尼忘了把她的底裤带来还给她。他吃完晚饭才来，跟艾米特一起玩《斧头令》。他一肚子关于鱼和啤酒的笑话。过了一会儿，山姆坐着他的面包车和他出去兜风，她知道他在单身汉派对上被勾起的春心仍未消除，最后会把车子停在一条乡间小路边上，对此她感到不安。她无法把那些信从头脑中赶走，朗尼说的每句话都让她想起父亲写给母亲的那些话。那天晚上，她把那些信给了艾米特，让他去读。

丛林逼近了，连枫树街上的枫树看上去都好像可能藏匿着狙击手。朗尼不会知道怎么应付丛林的，他的世界是希望镇。自从道恩怀孕以后，山姆一直觉得如果自己一不小心，她的生活就会被某些灾难毁灭，某些愚蠢的意外，比如狙击手射出的枪弹。

朗尼车开得很猛，他在停车牌前猛踩刹车，转弯时神色严肃，专心致志，轮胎摩擦，发出尖利的吱吱声。自从上星期以来，这部面包车吱吱嘎嘎得更厉害了。他驶过购物中心，朝汉堡男孩开去。街灯正一一亮起。

他说："关于如何规划我的人生，我有了个绝妙的想法。你想听吗？"

"什么？你打算去参军？"

"哈，哈，不是。也许我会去参加海军。海军还不坏。那些大航母上有电视游戏机，什么都有。他们说就像在大型游艇上一样。"

"你情愿坐着游艇去黎巴嫩或者尼加拉瓜？"

"说真的。我的想法是：我要去参加一个修理相机的培训班。妈妈收到的一本杂志上有个广告，我想过这件事，我发现这附近还没有修相机的地方，我姨妈得把相机寄到孟菲斯去修。如果我修相机，就可以在家做自己的生意，可以自己设定工作时间。他们会给你一架相机用来学习，等你学完了就可以拿到一张证书。"

"我还不知道你对摄影感兴趣呢。"

"这买卖听着挺不错。瞧，你得做点市场调查，有市场需求的生意才会成功。你走进希望镇任何一家人家，他们都有什么？墙上挂着家庭合影，还有好几本影集。"

"他们好多照片都是在照相馆照的，要不就是欧林·米尔斯公司的人到镇子里来做特价宣传的时候照的。"

"但是那些公司的人去哪儿修理他们的相机呢？他们大概也不得不把相机寄去孟菲斯。我可以就在这儿修，我打赌，希望镇肯定有成千上万台相机。"

"哦，对啊，"山姆轻描淡写地说，"这跟艾米特做的事类似嘛，修理烤面包机，修电吹风。他一个月肯定能赚五十块钱。"

"哦，得了吧，山姆。你怎么回事啊？"他把车开进汉堡男孩的停车场，停在后院里的一个车位上。他扭动钥匙熄了火，延迟点火器切断喷口"砰砰"跳了好一阵。"你明天晚上想不想去看《捉鬼的人》？"

"不想。"

"你那固执的小脑袋里在想啥啊?"他说,揉乱了她的头发。

"很难说清楚。你得在里面才知道。"

"对不起,我说了那么些关于艾米特的话。"他伸出手去紧握住她的手,可是对方却毫无反应。他抽开手,点燃一支烟。"写越南的书你读得太多了。"他说。

"我受够了艾米特,"她说,"我妈说他应该自立,我想她是对的。我觉得现在我知道她为什么会离开这儿了。"她打开门,扇了几下,把车里的烟雾扇出去。他们旁边停着一辆雪佛兰,几个小子正在里面喝啤酒。她说:"我一直想知道艾米特在战争期间是否出过什么事,比方说受了伤什么的,就是说他没法有女朋友。"

"你的意思是他的蛋可能被打没了?"

"可以这么说吧。"

朗尼抽着烟,一副若有所思的样子,似乎他是什么专家,而她正在向他咨询专业意见。"我怀疑出过这种事。"他说,"不过你知道凯文怎么说的吗?他说他老爸说橙剂会对你那方面有影响,会留在那儿,就是说把你变成一个女人。"

"你开玩笑吧?"

"没有。这是凯文说的。"

"我还以为你不相信橙剂呢。"

"我只是告诉你凯文是怎么说的。"

"姥姥说艾米特十一岁的时候染上了腮腺炎。"

"什么？"

山姆解释着，不过不带任何打趣的成分，这件事似乎一点也不好笑。她打开自己的钱包，从带拉链的硬币袋里拿出朗尼的高中毕业戒指，递给了他。

"给你。"她说。

"什么？"

"你应该拿回去。"

"这是什么意思？"

"我不知道。意思是我很混乱。我不想去参加那个婚礼。"

"你对婚礼有什么意见？"

"我脑子里事情太多，"她说，"你能把车开到售货窗口去吗？我想吃个芝士汉堡。我晚饭没吃多少。"

"要个双料芝士汉堡好了。你太瘦了。"

山姆吃着汉堡包，朗尼把戒指套在手指上转动着。"我不信你是当真的，"他说，"如果你想知道我为啥没发脾气，那是因为我并不真正相信你。你不过是在装疯。"

山姆吞下一大口芝士汉堡，真好吃，现在这时候她还吃得那么欢真让她觉得不合适。她不知道该说什么。

"是艾米特让你变疯的。"

"不是，他没有。我这就告诉你，行了吧？是道恩，道恩怀孕了。"这一点连事实的一半都算不上，但是她无法解释，那要好几个钟头才够。"

朗尼笑了。"嘿！我就知道她总会嫁给肯的。她迷上他了。"

"我觉得这事儿很恶心，"山姆说，"她会跟我母亲一样，困在这个镇子里，养孩子。我不想这么过一辈子。"

"你疯了。"

"你不知道我有多疯。我试过跟你讲，可你不相信。你以为我可以跟别人一样，跟这个可恶的镇子里的所有人一样。"

"你们一家人都是疯子。"

"我正在告诉你这一点。"

朗尼启动面包车，让引擎缓缓转着。收音机响了，可是他把它关掉了，坐在那儿，拉扯着他的烟，就像艾琳的宝宝在吃奶。他静静地说："妈妈爸爸俩人都会很失望的。他们已经接受你进入这个家庭了。"

"这一点我很怀疑。"

"妈妈还打算带你去商场。她说要帮你挑一套衣服去参加约翰的婚礼。"

"我不想要衣服。"山姆突然看见自己身穿一条皮裤，上面很多金属。

朗尼说："你的麻烦是你读了那么多的战争书，你还看那些电视。"

"那又有什么不对了？"

"你和艾米特看的电视上那些东西——那些都是编出来的，不是真的。跟这儿一点关系也没有。全是夸大其词，这里不是那样的。"

"我不在乎这里什么样。我不想待在这儿。"

朗尼直视着前方。天色渐黑，雪佛兰车里的小伙子们把车开出了停车位，橡胶轮胎吱吱尖叫着。山姆觉得似乎什么东西松动了，就像她解开了一个结，而她正在飘离，像一个行走在太空中的宇航员。宇航员有喷气式发动机，而她现在有一辆大众。

朗尼打了她的腿一下，又拧了一把她的膝盖。"山姆——哪怕你告诉我一声我做错了什么呢。我说了什么伤害你的话吗？我不把你当回事了吗——还有什么？"

"不是。"

"那又是什么？"

"这跟你一点关系都没有。"她无法告诉他关于信件的事情。她可以把那些信给他看，可他不会明白的。

朗尼说："你知道我要拿这戒指干吗？我要把它扔到湖里去。我在你眼里就是这个——大海里的一块小石头。"

"随你吧。"她说，"是你的戒指，你花了好多钱买来的。"

山姆把废纸扔进车外的垃圾桶里，重新坐进面包车。

朗尼问："你是想让我载你回家呢还是打算为奥运会继续训练呢？"

"如果你不恨我的话,你可以载我回家。我不恨你。"

"我觉得你不知道自己在乎谁。"他冷冷地猛吸着烟,"想知道我怎么看?你蠢到家了。"

"对不起。"山姆轻轻地碰了碰他的腿,但是他不愿意看她。

"好吧,那几条底裤你就别想了,"他说,"我不会还给你的。"

朗尼把山姆在房前放下,没吻她就走了。他加大油门驶过街道。山姆狠狠地把厨房门摔上,她在为底裤的事情发火。

艾米特一边抽烟,一边看着电视,月亮饼趴在他的腿上。

听山姆讲完刚才发生的事情之后,艾米特说:"把戒指还给他实在是太残忍了。朗尼容易受伤。"

"他不知道我能有多坏。我坏得很,说不定下一步还会做出点什么事情来。"

"我还以为有了辆车你挺高兴的。"

"我是挺高兴的,我可能会开着它去开始未知的生活。"山姆把电视声音关小。"他说我电视看多了。"

"你错过《野战医院》里'热唇'把门踢倒的那段了。"

"我现在就想踢倒一扇门。"自从母亲搬去了列克星敦,她才变得这么坏的,艾米特给了她不良的影响。

"别踢地下室的门,"艾米特说,"那扇门的铰链本来就脱了一半。"

"我可能会踢某人的屁股,"山姆说,"我可能会拿你的屁股开头。所以别招惹我。"

艾米特挠着腋窝。"跳蚤！这房子里到处都是跳蚤。我抓到的跳蚤都够办一个马戏团的了。"

"越南有跳蚤吗？"

"那边的跳蚤个头有小狗那么大。"

"哦，我不信。你读了那些信没有？"

"读了。"

"你怎么想？"

"里面没说什么嘛，对吧？"

"对。没人会说那边到底是什么样。我想知道那边真正是什么样子的。丛林里都有些什么？"

"臭虫，树木。"

"别的呢？"

"说起来太难受了。这种事还是忘掉的好。"

"照我看你好像根本不想忘记。"她把艾米特的脚挪开，在他身边的沙发上坐下来，她心里突然涌起一个全新的认识。她说，"你知道你在干吗？你正在给自己挖一条战壕，好把自己藏起来，就像我们周围都是敌人一样。但不是这样的。外面的世界很大，有很多事情可以做，有很多地方可以去。你不知道吗？"

"你可以去列克星敦。"艾米特说。

"我要是去了，你活得下去吗？"

艾米特咕哝了一声。他扫了一眼电视，抓挠着月亮饼的脖子。月亮饼翻身仰面躺着，四脚朝天。

"你也可以去列克星敦，"山姆说，"如果你愿意，你可以去亚利桑那的佛拉格斯塔夫，或者去日本。你为什么要待在这儿？或者你就待在这儿，除了看电视，再做点别的。"

艾米特嘟哝道："电视哪儿都能看到，"他说，"这样节约油啊。我用不着跑到圣路易斯去看'红雀'队的棒球赛。我在这儿就能看，而且还看得更清楚。"

"这跟为你自己看不一样。"

艾米特抓着他的头，又疼了。"我是为自己看的，山姆。我想看多少就看多少。"他用手抱着头，直到疼痛过去。山姆不想说话了，但是她并没有打算放过艾米特。有些事情必须改变，在她像母亲那样离开这里之前，还有那么多东西要弄清楚。她母亲摆脱了自己的记忆，她找到了另外的人去爱，先是那个嬉皮士，然后是洛伦佐·琼斯。山姆因为担心艾米特会死，被折磨得精疲力竭。也许不关心会更好些，山姆可以开着自己的大众，到迪士尼乐园去，在那儿找个工作，结交新朋友。这一天会很快来到的，一旦她能正常思考，能开始做事，她就会走上这条路的。在某个地方，在外面的路上，在某个大城市里，她会找到一场布鲁斯·斯普林斯汀的演唱会的。他会把她从前排拉出来，在黑暗中和她共舞。

27

　　山姆开着新车行驶在去往祖父母农庄的乡间公路上。他们邀请她去过夜,她告诉艾米特,她明天才会回家。婆婆和休斯老爹住在很远的乡下,她已经将近两年没见过他们了。她觉得有点不自在,但是她喜欢有车的感觉。汤姆指示过她要记下里程数,每两百英里加一次油。他说自己修理过油标,可是那个装置有点微妙,比起诸如汽化器消声器那些显而易见的东西,要难修得多。

　　她认识的所有男人都在摆弄工具,他们总是在修东西。

　　她驶过母亲说类似英格兰的那个地方。她已经开出去很远,进入了乡间,很快就转到了一条小路上。她开过一座座旧农庄,它们看起来还跟父亲住在那里的时候一样,没有任何改变。艾琳说艾米特参军的时候还是个乡下孩子,可德韦恩比他还要土气。他曾搭校车到离家十五英里之外的县立中学上学。他和艾琳在一场篮球赛上相识。艾琳和艾米特上的是城里的学校,他们必须交学费,因为他们住在城界以外。如今这里正在修一所联合县立学校。史密斯姥姥总说,艾琳在城里学校里总觉得自己低人一等,因为她为自己来自乡下感到自卑,所以她要做出反叛的事情来引人注目,比如在教室里朗读沉闷的宗谱名单作为《圣经》阅读作业。但是山姆为母亲曾经的狂野感到骄傲。

　　山姆曾想关心一下父亲的事情,可是她对他所知不多。她甚至连母亲对他的感情都难以确定,她是否真的爱过他?如果艾琳那时已经开始相信战争是错误的,那么她会在他死后责怪他吗?山姆不知道。她也不知道自己对他的感情。她想到汤姆,想到自己多么希望德韦恩会像汤姆一样。但是汤姆老了,而在德韦恩的信里,他还只是一个孩子。德韦恩和艾琳,一对青春少年的罗曼史。山姆曾经希望自己相信他们之间有过什么神奇的东西,而她就是这东西的产物,她证实了他们的爱情。但是青春年少时期的罗曼史并没什么了不起,她现在认识到这一点了。山姆和朗尼,道恩和肯。人们经常告诉山姆,她的出世补偿了德韦恩的离去,这是怎样一个奇迹。她知道自己对她父母在她父亲去海外之前的那段短暂的婚后时光期望过多。她就起源于那一个月,她不知道起源的瞬间为什么那么重要。科学家正在试图锁定宇宙起源的瞬间,他们想确切地知道那一瞬间是何时发生的,怎样发生的,以及发生时是否伴随着一声巨响,或者是否以其他的形式发生。也许宇宙起源于静默之中,没有烟花爆竹,就像人类生命开始的方式,两个一起经历过一段快乐时光的人,在床上,或者在汽车后座上。制造宝宝跟爱情无关,跟任何神秘的事物无关,跟教堂里他们说的那些东西也无关。那仅仅是操。

　　道路蜿蜒经过一座杂草丛生的墓地,几座崭新的拖车房排列于空旷的田野之上。她开过一座废弃的房舍,那里有一台老旧的饲料粉碎机,一个圈起来的小店铺,挂着生锈的标有"榨橙汁"

字样的牌子。卫理公会教堂外墙粉刷着白色石灰,有一座碎石铺就的新停车场,一辆车架上竖着一副大型标语,上面写道:保留圣诞期间的基督精神。

婆婆和老爹住在一条狭窄的小路的尽头,小路与一条碎石子路相连,路上立着一块绿色的新路牌:"鲍勃·詹姆斯路"。她记得鲍勃·詹姆斯是一个邻居,一个富裕的农场主,他有十一个孩子,好几百公顷土地。她很好奇,以他的名字来命名一条路,这是否意味着他已经去世。

山姆驶入时,一只花斑鸡在车前滑过车道。山姆把车停在一辆绿色的卡特拉斯老爷车后面。转弯处还停着一辆蓝色的皮卡,一辆破破烂烂的黑色皮卡和一辆庞蒂亚克。围栏里一条褐色的猎犬在咆哮。

他们正在等她,婆婆已经把午饭做好了。婆婆的女儿冬娜也在,带着一个身穿蓝色连裤装的小宝宝。不知为什么,山姆从来没把冬娜看成自己的姑妈。婆婆的头发用发针别在头顶,她穿了一条长裙,上面印着跟那只鸡相似的花纹,满身汗味和家具抛光剂的味道。

"那些鸡是不是黑花鸡?"山姆问。

"不是,是白花鸡。"婆婆说,领着山姆穿过后院门廊。门廊已经下陷,乱糟糟地堆着大水桶、种子和罐头瓶子。

老爹抓住山姆的腰,把她举了起来,就像她小时候那样。"我只想看看我是不是还能把你举起来，"他说，大笑着，"我这把老骨头不管用了，全身都咔嚓响。"

"他的背不行了。"婆婆不以为然地说。

"不过山姆是根竹竿，"冬娜说，带着一丝轻蔑的表情注视着山姆，"我可以用一根手指头把她举起来。"

他们一肚子关于艾琳新生宝宝的问题：她的牙齿，她的头发，她的重量——把她跟冬娜的小儿子进行着比较。冬娜想知道山姆为什么没跟她母亲一起搬去列克星敦。

"你是说你还跟你那个疯子舅舅住在一块儿？"她说。

"别烦这孩子了，"婆婆说，"她要是去了那儿，谁知道她会变成啥样子。我觉得孩子们想待在他们出生长大的地方很好。对过那个比尔·侯萨姆的儿子每年圣诞节回趟家，机票都要花三百块钱呢。真够丢脸的。比尔从没见过他的孙子。"

"弗莱德·特纳的儿子是空军，他们的驻地在罗马，意大利，"老爹说，"要说离家远。"

"我看过《不可思议》，那个讲意大利奇迹的？"冬娜说，"那个修女不是保留着圣徒血吗？圣徒被砍了头，每年的庆典上，他干了的血会重新变成液体。科学家鉴定过，干了的血是不可能液化的，所以说那是个奇迹。有一年血没有液化，是发生好多次地震的那一年——1980年。"

"天，我可不想住在那里——有那么多的奇迹发生。"婆婆说。

"他们信天主教。"冬娜说。

婆婆把一盘煎兔肉摆上桌子。"这是沼泽地里的兔子。"她说。

"我在科尔谷底打到的,"老爹说,"这是我见过的最大的兔子。我跟了它一英里地。"

山姆在她的盘子里装了两条兔子腿、一点儿土豆泥、棕色紫花豌豆、绿果冻色拉,还有卷心菜色拉。冬娜为宝宝把豌豆捣烂,宝宝有张瘦筋筋的脸,一头鸭绒一样的头发。

"上个月我在镇里看见你跟一个女孩一起。"冬娜说,"我当时正穿过广场,不过我看得出来那女孩的短裤绷得够紧的。我在广场另一边都能清清楚楚地看得见她的屁股。她总是那么穿的吗?"

"冬天里不是。"山姆气哄哄地说,"她**碰巧**是我最好的朋友。"

"让孩子吃饭吧,冬娜。"婆婆说,"她一直挺敏感的。"

他们谈论着收割的烟草叶上的青霉病毒。外祖父母家的房子比这儿要漂亮些,山姆想。休斯家的地上铺着旧油毡,没有洗碗机。

婆婆喝了点冰茶,说:"有的人真该挨踢。去年十二月我们本来可以签下五块钱一蒲式耳麦子的合同,可这里这个乔非要等到收割后,想看看那时的价钱会怎样。他以为价钱会涨,可今年麦子收成太好了,价钱猛跌,我们现在只卖到三块一一蒲式耳。所以我们卖了三千块钱的麦子,只赚了八毛钱,本来可以卖五千块的。"

"她老是说啊说的,"老爹抗议道,"我当时怎么会知道?有时候你就得冒点险。"

"去年十二月他本来可以签下一蒲式耳五块钱的保证价的。"

"可谁想得到今年麦子的收成那么好呢？"冬娜爽朗地说，"换了我也会那么做的。"

吃饭的时候，山姆觉察到老橡木餐柜上放着一张她父亲在照相馆拍的大头照。她记得那张照片总是摆在那里。在那张照片里，他的头发比山姆家里那张照片上的要长，颜色也要深一些，而且他没戴军帽。他穿着一身蓝色的西装，脸被染成了粉红色，殡仪馆化妆师就是那样处理死尸的。他垂在前额正中间的那撮头发稍微有点卷曲。山姆眯起眼睛，试图想象他正和他们一起坐在桌旁。他会是一个成年男人，像汤姆一样。尽管他不会像汤姆那样，住在车库上面的一套公寓里。他会讨论青霉病毒以及是否冒险等候麦子价钱的问题。艾琳不会去列克星敦，而山姆会在大腿上轻摇着一个宝宝，就像冬娜一样。

冬娜和婆婆在谈论冬娜的嫂子，她刚跟丈夫和两个孩子一起搬进了一栋新砖房。冬娜对那栋房子及其设施极力夸奖。"那个小宝宝啥都有，只要是你说得出名字的东西。珍妮从来不用穿旧衣服，他们有一台录像机，卧室里的一套家具花了一千块钱。她出去吃饭眼皮都不眨一下。"

山姆觉得难受。她吃了两片蛋糕，蛋糕是白色的，挂着蛋清糖衣，就像多年以前，艾琳那顿白色晚餐上的东西。

吃完饭，婆婆给山姆看照片，她就是为此而来的。除了学校里拍的照片之外，其他照片很少。她研究着那些底部印着"伯恩斯高中"和年份的小头像，他从一个瘦瘦的、满脸雀斑的小男孩转变成一个瘦长而真诚的少年。如今的学校照都是彩色的了，孩子们在比较随便的背景前摆着姿势：在游泳池边上，或者树下。而那些老式照片却都是些暗淡、清冷、目光呆滞的头像，只有两张照片里的他是微笑着的。

"这张我最喜欢。"婆婆说，指着一张露出了头旋的照片。"他那时候大概十六岁。他是最棒的男孩！就是那一年他给我做了那张茶几。"

"我就是那年出生的，"冬娜说，"我一点都不记得他了，我的亲哥哥。是不是太惭愧了？"

山姆帮着收拾碗碟，老爹去小睡一阵，等一下他还要继续工作，把围栏修好。冬娜和她的宝宝待在她自己的房间里，她丈夫在联合碳化物公司工作，他们跟婆婆和老爹住在一起。

山姆把擦干了的热乎乎的杯子放进餐具柜里。餐具柜里也有一股家具抛光剂的味道。柜子顶上，父亲俯视着她。最近，她看他照片的次数太多，他已经变得像是个真人了，一个可能对她非常不满的人。

婆婆回答山姆提出的关于德韦恩的问题时，在肥皂水里洗碗的手并没有停下来。她说："你继承了艾琳家族的特点，山姆。

你的眼睛像德韦恩,可你继承了艾琳的体态,还有她的颧骨。我经常被她逗乐,她什么事而都做得出。他们结婚前,有一次她跟德韦恩一起到这儿来,她带了一个风筝,如果她没有穿着高跟鞋跑到牧场上去放风筝,我就不是人!"婆婆笑了起来,把手肘上的肥皂水甩掉。"德韦恩被她迷得不轻,觉得她就像天上的月亮一样。"

"那她是怎么看他的呢?"

"她对他不错。"婆婆用洗碗布擦洗着一个油腻腻的盘子。"嗯,当然,他是我儿子,不过他是你能得到的最体贴的男孩。当妈的有权这么想,山姆。他本来可以成为一个不错的农场主的。艾琳想让他到新奥尔良去,到船上去工作。艾琳总是想做大事,与众不同的事。可他做不了那种事的,他会回到这儿来的。他就是那样,谈到将要做什么的时候,他什么都说得出来,但是等到真正做起来,他还是个妈妈的乖孩子。他关心自己的爸爸妈妈,他不会像比尔·侯萨姆的儿子那样走掉的。"

"他是个好孩子。"老爹说,他进了厨房。"他从来不喝酒,也不抽烟。"

"你这就睡醒了?"婆婆问他,"你没躺多久嘛。"

"你俩在这儿嚼舌头,我没法睡。"

"乔,给山姆讲讲德韦恩吧。她到这儿来是为了多知道一点她爸爸的事儿的。没有哪一天我不会想起一点他做过的可爱的事情。

比方说那次他给艾琳做的那个花篮吧。"

"他肯定很爱艾琳，"老爹说，"我相信艾琳也爱他。哦，他们那时还年轻，年纪那么轻的时候你是不大了解自己的感情的，但是我看见过消息传来后她的样子，她的心都碎了。"

"那时艾琳跟她家里人住在一块儿，你还在她肚子里。她胖得简直像座谷仓。"

"我们好长一段时间没见到她了，"老爹说，"但是消息传来后他们把她带来，所有人都坐在那儿等着。"

"见不到尸体实在很难过，"婆婆说，"一个人死了，你该把他的尸体打理好，为他守灵。这事儿会把所有人团聚在一起，可是他没在这儿。三天之后我们才得到他，我们在那儿等着，所有人都很失落。我们就像被砍了头的鸡一样到处乱窜。邻居给我们送来食物，哦，他们一直不停地给我们送好吃的。等的时间太长了，送食物的人不得不回家再给我们多弄点吃的。拉蒂·康宁汉给我们拿来一条火腿、一加仑土豆色拉，还有三个馅饼。这个我永远忘不了。我们最终把他埋了，某种程度上说，那是一种解脱。"她笑了起来，呜咽地笑。

"是一副封起来的棺材。"老爹说，"军队的人叫我们不要看。"

也许那里面并不真的是他，山姆想。也许他在执行任务的时候失踪了。

"这件事差点要了我的命，"婆婆说，"可他们写了信来，说他对自己的国家的帮助有多大。我觉得宽慰。"

"他为国家做了什么好事?"山姆问,"所有人都知道那是一场愚蠢的战争,可是有五万八千人战死了。艾米特说他们都白死了。"

"得了,艾米特说起来容易,他又没死。"婆婆不以为然地说,"德韦恩有理由去作战,而且那时候的人也不会到处去游行抗议。他信任自己的国家,做好了去那边作战的准备。"

"如果你能回到那时候,你是让他去呢,还是把他送去加拿大?"山姆问。

"哦,山姆,"婆婆说,垂下眼睛盯着油毡,"大家没有这样的选择。"

"有没有别的什么东西跟尸体一块儿送来?"山姆问,"我是说比如他的私人物品。他的衣服什么的。"

婆婆点点头。"不是很多。我把衣服都给人了,让艾琳拿走了那面国旗,但是她不愿意拿别的东西。这一点我不明白。"

"妈妈说可能有一本笔记本。"

"有一本小日记本。在哪儿放着呢。"

"你不介意让我拿回去吧?"

"我想象不出你拿这个来干什么。里面没写什么。他在信里写得很多,他的信写得特别有情有义,给我什么我都不换。等我忙完了就去找找那本笔记本。"

山姆跟老爹一起走到谷仓里去找电线。

"那只猫的耳朵怎么了?"她问,指着一只眼睛发红,耳朵上长了痂的猫。

"我把它剪短了,它得了耳朵溃疡。如果你把耳朵剪短,溃疡就会好,所以我把它两只耳朵都剪掉了四分之一英寸。"

"这我还从没听说过。"

"兔子也一样。哎,我见过有的猫耳朵剪得只剩下一丁点儿了。"他笑了起来,一种沙哑的轻笑。"山姆,你啥都不懂!"他从谷仓边上的一个工具棚里取出一副工作手套,一把榔头,几根钉子。

"我家的猫从没得过耳朵溃疡,"山姆说,"不过它长了跳蚤。那些跳蚤差点把艾米特弄疯了。"

"那条猎狗长了疥癣。等我有机会去弄点硫黄、硝石还有废机油和好给它涂上。"老爹说。

"那不会要了它的命吗?"

"我觉得不会。山姆,你能把那袋肥料后面架子上的剥线钳递给我吗?"

山姆在一个旧畜栏里搜寻着,她记得祖父以前曾在这里面养过小牛。她父亲小时候应该也在这里养过小牛,如今这里没有牛了。她把剥线钳递给老爹。

"今年我们买的肥料太多了。"他说,摇了摇头。

山姆和祖父一起沿着一条尘土遍布的小路往前走。她眼前是父亲曾经熟知的地方，是母亲曾经住过几个星期的地方，也是她自己开始在她肚子里生长的地方。她的根在这里，她以前经常来这里，对这里依然熟悉，但不足以了解它。她觉得自己现在好像是第一次看见这地方。

"我记得德韦恩第一次带艾琳来这儿的时候，"老爹说，"她还是个瘦瘦的小丫头，跟你一样。她一点儿不害臊，到处乱跑，问我每样东西的名字。她觉得艾玛的石莲花很好玩，说那像针垫。你想象一下吧。她摘了一大捧花，她在田里沿着围栏往回走，摘了雏菊、野胡萝卜花、黑眼菊，还有些我不知道的花。我从来不会想到像她那样去摘野草。她是在农庄里长大的，所以她摘那些东西让我吃惊。"

"她一直喜欢花。"山姆说。他们谈论艾琳的口气，就像死去的那个人是她一样，他们谈起德韦恩的时候却并不那么具体。你应该具体一点儿，山姆想。

"乡下孩子现在跟城里孩子一样了，"老爹说，"他们得到的东西比以前多多了。他们有车，所以可以到处乱跑。以前，你一般星期六才进城，但是现在你随便哪一天都可以动身。"

他们谈论了一阵山姆的新车，老爹说："人人都说德韦恩给我们留下了一件礼物。我记得你生下来的时候每个人都很骄傲。"他把一根钉子钉进一根围栏桩子里。"当然，大家都期待你会是一个男孩，不过我们同样爱你。"

"大家都希望我是个男孩。"山姆说着,把一片三叶草在手里揉碎,"你知不知道是我爸爸给我起的名字?"她问,"他以为是《圣经》里的名字。"

"不知道,这个我不知道。哎,每天你都会学到新东西。嗯,我真得承认!"他若有所思地轻抚着下巴。

祖父在修理围栏的时候,山姆沿着小溪走去。她记得溪里长着几棵野李子树,她找到了它们,但是树上没有果实。树身上缠绕着忍冬花藤,在一根藤蔓上,她看见一只巨大的绿色椿象虫,虫背上有一个橙色的点,和一个"8"字形。水虫们在溪床上浅浅的清水坑里跳跃着,因为这些虫在水上移动的样子,她以前常把它们叫作耶稣虫。她环视着农庄,试图以一种全新的目光来看待它,试图看见她父亲曾经认识的东西,他去越南之前了解的那个世界。这些都是他的记忆,他随身带去那边的东西。她觉得自己能够体会得到。他所知道的一切都是小而稳定的:耶稣虫、青霉病菌、猎犬、栅栏柱。他不知道那座新的联合县立高中,不知道摇滚录像、《野战医院》,他不知道她。

房前,狗已经出了狗圈,懒洋洋地低着头,然后躺在了花坛旁边的阴影下,躺在它挖出来的一堆土上。它的背上满是疥癣。很多花山姆都见过:高高的蓝色的梗,粉红色的低垂的花朵,大大的黄色花瓣——但是她叫不出它们的名字。玫瑰丛上爬满了虫子,百合花业已干枯。八月的太阳猛烈地照射着。山姆注意到一株植物上有些花正形成一个个豆荚。她记得那些豆荚变成褐色之后就会爆裂,把种子撒向四周,她记得这种植物的名字:别碰我。[1]

"我找到那本日记了。"婆婆在门廊上对山姆叫道,"你可以拿去,不过我寻思它告诉不了你什么事情。他只是记下了部队的行动路线、武器啊之类的事情。没一点儿感情,不像他写回来的信。那些信很私密,艾琳不想要这个小本子,不过你要是愿意的话可以拿回去。"

山姆伸手接过那本褐色的线圈笔记本。婆婆站在门廊上,山姆站在她下面的楼梯上。山姆记得在毕业典礼上,校长把卷成一卷的毕业证递给她时,她就是这么接过来的。但是缎带里面卷着的却只不过是白纸一张,真正的毕业证是后来邮寄到家里去的,因为印刷厂送得太晚了。

婆婆说:"我记得我根本没法全读完,因为认不出他手写的字,所以我不期望它会告诉你任何事,不过至少你有了点他的东西。"她把一只猫赶出了门,"你想不想等会儿让我们带你到墓地去一趟?"

"不,今天就不了。"山姆说,她盯着那只猫,"我还要去别的地方。"

---

[1] 凤仙花(touch-me-not)的英文名直译。

"哪儿啊？"

"帕迪尤卡。我得去帕迪尤卡一趟。"

28

那天下午，商贸城里人不多。购物的人隔着宽阔的走廊大声招呼着。一个女人大喊道："旺达，你这头小母牛！等等我！"

一个男人想和山姆搭讪。山姆正坐在商贸城两翼中央的几棵树旁，读着父亲的日记。她拿着一罐可口可乐、几块巧克力曲奇饼干。那个男人身穿一件印着南方联邦旗帜的T恤，上面写着"我是个叛逆而且还他妈的以此为傲"。山姆恶狠狠地瞪了他一眼，把他吓跑了。

日记读起来很费劲。婆婆关于他字迹的话是对的，但是山姆一直善于辨认手写体，那是她的天赋。德韦恩是用铅笔写的笔记，字句摇摆，跨过了纸上的直线。山姆猜测那是他在黑暗中写就的。他的字迹小而扭曲。确实，里面有很多关于部队行程和武器名单的令人费解的话——他父母不会感兴趣的东西，他们更想看到有关天气和收成的记录。前几页都是简要的记号，诸如"5月3日，向西两公里，驻扎时很晚，炮弹射入"以及"发现工兵，发射M-79手榴弹，40发"，这几页之后，开始有了点意义，日记变得越来越有趣了。

7月3日。整天都在小山上砍树。到那儿之后看见另一座山,更多树。我的手破了,流着血。天黑时炮轰。

7月4日。艾琳来信。宝宝踢得厉害。

7月5日。在黑暗里抽烟,烟藏在钢盔里。除了在里面拉屎,做什么都可以用钢盔。情绪沮丧,但是想起我们到这儿的目的就好起来了。

7月6日。整天行军。我又打前哨了。习惯了,你端着枪,老是一副准备好了的样子。想着打野兔。怀念那些秋天的日子。

7月7日。C号供应罐,火腿和青豆都从耳朵和屁眼里冒出来了。我们都在拉肚子。砍树,涉过沼泽。我们需要雨,可我的脚一直是湿的。"热手货"大怒,他对待我们就像一群狗,不过我们这个队很好。驻扎很晚,睡得像个婴儿,睡过头了。

7月8日。无所事事的一天,躲着,等候。"热手货"说不会很久的。还在拉肚子。

7月9日。遭到伏击。两秒钟就过去了,感觉却像两个小时。我的膝盖还在发抖。鲍比膝盖中枪,不过还不太糟。医生给他包扎好了。我们干掉两个越共,我觉得有一个是我的,但是吉姆也这么说。我们这一天很开心,争了半天是谁打死的。没信。艾琳太遥远了,都不像是真的。但是这些都是为了她和宝宝,要不我们为什么会在这儿?乔的砍刀上有五道记号,他的服役期就要结束了。我相信我马上也会打死一个的,这是平均法则。但是乔是自找苦吃。他自愿申请打前哨。他啥也不怕。鲍勃一直很安静，好像他比我们知道得都要多一样。就算他满腔怒火也不会说脏话。今夜我很累，很满足的累。我们干掉了两个。出来两个星期我们终于干掉了两个。我们抽了烟，觉得自己很野。

7月13日。"热手货"说我们越来越近了。我们一天都在沼泽地上徒步穿行。艾迪在我前面，在草地上留下一溜儿踪迹，就像一艘快艇。他是个结实的黑人，不过他还行。我从来没见过这么安静的黑鬼。他不是个爱卖弄的人。

7月14日。直升机扔下信件和袜套。艾琳来信。铅笔的嚓嚓声真大，我真怕这声音会把越共像苍蝇一样招来。天很黑，除了燃着的香烟，你什么都看不见。直升机送来了好运牌香烟，你差不多能把一根烟藏在嘴里。乔就这么干过，让我想起狂欢节上的吞火人。如果让我碰到一个黄鬼又没子弹了，我会拿支烟插进他眼睛里，把他眼珠子烧掉。"热手货"说我们越来越近了，现在不会太久了。这里的北面应该有一整座隐蔽的基地，但是看起来我们好像是在兜圈子。直升机找到了他们就会告诉我们该去哪儿，这样我们就可以把他们连根拔掉。不过看起来好像等我们一转身，却发现他们就跟在我们身后。就像昨天乔治跟我讲的那样。我说这像打兔子，他说对但是有区别。野兽依靠直觉行动，兔子会乱跑一气把你弄糊涂，鹿会快快跑开，它们生来就是这样——是上帝造就的——来保护自己，躲开它们的敌人。但是它们不会来猎你。如果有一只兔子在追你会怎么样？偷偷跟在你身后，从灌木丛中伸出一支M-60对准你？除了黑豹我想不出有任何动物会这么干（但黑豹不会拿M-60）。爸爸在黑豹溪边长大，他老讲听见黑豹哭的故事，他们说就像女人在哭。艾琳在哭。我试图假装她在这个洞里跟我在一起，可是没用。我脑子里一出现她的完整形象她就飘走了，而我这时就会听见什么声音，比如树叶摇动的声音，或者有人在呼吸，或者是放哨的伙计在换岗，我就又回到这里了。我不会希望她在这儿看见这些东西的。我不能忘记我是为了什么来这儿的。

7月17日。两天前，我们来到一个盖着叶子的黄鬼腐尸附近，腐尸陷在一个小沼泽一样的地方。他们没发现这个大概是因为尸体上盖着大香蕉叶。看见尸体四分五裂很有意思，就像我们在上生物课。尸体有股特殊的臭气，死黄鬼都有股特殊的臭气，这一点我们现在知道了。鲍比拿着一根棍子在尸体上面乱戳，有几颗牙齿掉了出来，达雷尔捡了一颗带着当作吉祥物。他说现在他身上有特殊的黄鬼臭味，这会保护他。B大叔以前经常在身上抹上鹿尿去猎鹿。

7月18日。"热手货"气得要爆炸了。达雷尔把他的装备散了一地，"热手货"把他训了一顿，说他必须做好准备，一秒钟内就要起身行动。万一"查理"突然出现怎么办？那会像星期天有客人来，妈妈到处去捡老爹的衣服和客厅里撒得满地都是的玩具一样手忙脚乱。你必须做好准备，"热手货"说。组织好。我们太松懈了，没事干，没黄鬼。有人放了个响屁，就像一声鞭炮，从这里到河内都能听见。这是给"查理"发警报呢，达雷尔说。这让我想起鬼节里放在别人信箱里的樱桃爆竹。这里的伙计们都很棒。"热手货"训练我们很严格，就像训练一群骡子，或者像这里那些人的水牛。你不能像抽打骡子或者士兵那样随便抽打水牛。我们是个不错的队伍。如果"热手货"不发那么大的火的话我们只有现在的一半那么好。他确实知道怎么训练我们，就像篮球队的琼斯教练。我们在说服他退役后重新入伍，我们说自由世界需要他。

8月4日。达雷尔中弹了。我们还没闹清楚怎么回事就结束了。操他妈，太残忍了。我永远忘不了。达雷尔跑到树丛里去拉屎，他们就把他干掉了。"砰砰。"我们四处开火但是什么也没打到。我们就那么站在那儿开火开火，达雷尔的血从后背从嘴里喷射出来。直升机把他接走，但是太晚了。他失血过多，卫生员身上沾满了他的血。如果我们碰到黄鬼，我会了结他们，让他们变成黄鬼布丁！达雷尔是个好伙计。这事儿最不该发生在他身上。那颗牙齿没给他任何保护，这一点他妈的是肯定的。说到害怕。

8月6日。直升机送来热的A号罐，火鸡和调料和蔓越橘。

不是妈妈做的,不过味道像天上的甘露,而且它确实是天上掉下来的。我们抽了烟,疯了。

8月8日。"热手货"气得简直要上树了。达雷尔的事把他气坏了,他说我们不能再那么傻了。如果"热手货"不发那么大火,他就没法让我们继续前行。我已经扔掉了大部分的行李,可我全身酸痛,身上被虫子咬了,长了疥疮,拉肚子,另一个家伙得了疟疾,但是他们不肯把他接走。不过现在不能停。

8月10日。不真实的想法。一个宝宝。我自己的骨血。太累了写不动。

8月12日。脚看起来像煮过的鸡脚。我们快到了。

8月14日。大惊喜。跟一个越共面对面,我赢了。比我想的容易。不过没时间去想。那么简单,终于。

8月16日。情况变得糟糕了。我的脚要了我的命,就像要烂掉的样子。天黑了,放在我膝盖上的笔记本让我想起妈妈把小冬娜放在膝盖上玩骑马:"骑马马,到城里;骑马马,哎哟啊!掉下去了。"没烟。上次那只大鸟送来好运牌香烟的时候我们说我们交好运了。每个人都笑了,好运就是活着。等我回到那个世界,这里会像是一场梦,可是目前那个世界却是一个梦。就像我们上学的时候做的那个试图把圆柱子放进方洞里的试验。如果我活着出去了,会是一个奇迹。

"早已离去,我不幸运吗?早已离去,来自肯塔基。"[1] 艾琳一直喜欢的歌。

山姆觉得恶心,她的胃翻搅着,她觉得想吐。她能看见,也能闻到香蕉叶下的那具尸体。她从没见过香蕉叶,但是她觉得自己知道它们是什么样子的。熟过头的香蕉会发出一股恶心的甜味,招来昆虫围绕,她能闻到那股味道。她吃了一块巧克力曲奇,认为这样可以让胃平和一点儿。她回忆起自己有一次在姥姥家花园里挖出来的那只死猫,意识到自己麻木不仁的好奇心跟父亲一模一样。她感到耻辱,感到厌恶。这本日记让她思考,如果自己处于他的情形她会怎么做。她会把他们叫作黄鬼吗?她想到艾米特如何爱惜月亮饼,她无法相信艾米特也曾做过德韦恩在战争期间做过的事情,但是她知道他肯定做过。就算艾米特感到抱歉,他也未曾做出任何弥补的举动,就像她母亲认识的那个人那样,那个杀死过一大家人的家伙。她回忆起理查德·普莱尔在电视上说他曾问亚利桑那州监狱死囚区的杀人犯:"你为什么把整家人都给杀了?"杀人犯回答:"他们当时都在家。"

她父亲没说杀死越共后自己的感受,他只是对此进行了报道,就像这是一件他迟早都得做的事情,就像学校里的一场考试。

---

[1] 路易斯·阿姆斯特朗的一首歌的歌词。

婆婆和老爹肯定没读过这本日记。如果他们读过，他们会发现他抽烟喝酒杀人。也许他们读过了，只不过不愿意把他们的儿子那样保存在记忆里，所以他们把这忘掉了。要不就是他们编造了一套更让人愉悦的故事，或者装作无法辨认他的手写体。但是婆婆为什么会把笔记本给山姆呢？艾琳读过吗？也许他们理所当然地认为战争总会有屠杀，他们对此并不质疑。婆婆大概会认为他抽烟的事情更让人生气。

她离开了商贸城，朝家里驶去。她希望道路延续下去，了无止境，这样她就可以理清自己的思绪，这样她就可以想想这本日记说明了什么。或者也许根本就想不清楚，也许她应该把父亲忘掉，不再去管他和整个休斯家族的事情。反正他们无知而土气。他们住在那座散发着腐烂味道的老农庄里，那味道她一直记得：沾染了牛粪的农场脏衣服的味道。先前，在他们的浴室里，她差点被那块铺在水迹斑斑的坐厕四周的湿透了的地毯绊倒。客厅里，电视机缺了一只脚，角落里放着一台复杂的旧天线——张牙舞爪，成扇形张开的长短棍棒，那样子就像一个来自外太空的怪物。这个装置用来接收有线电视讯号，以便老爹能看野猫队的篮球赛。婆婆在一个锈迹斑斑的桶里挑选豆子，那个桶有个用碎布堵起来的洞。山姆无法把这些感觉从自己的脑袋里赶出去：那条得了疥癣的狗；那个丑陋的宝宝；那些"别碰我"；那些疯长的野草；那个锈迹斑斑的桶；她那无知的姑妈冬娜。那只耳朵被剪短的猫让她想哭，那本日记让她恶心，里面那具腐烂的尸体，她父亲萎缩的脚，他死去的哥们儿，那些发出恶心甜味的香蕉叶子。她以前总在做着病态的想象，但是那些想象一直都像是恐怖电影，不那么真实。如今，一切似乎突然间变得那么真实，把她包围起来，就像她跌入了一堆腐物之中，像臭鼬发出的味道，但是她感觉得到，在能够洗澡之前，还有很长一段时间自己必须与之共处。在丛林里，他们很脏，却无法洗澡。

现在她不知道该怎样去面对艾米特。

29

山姆"砰"的一声关上车门，正在比格斯太太的连翘花丛下逡巡的月亮饼朝她打了个哈欠。一天里的这个时候，艾米特一般都在家，做晚饭，但是门是锁着的。他没指望山姆今天会回来，幸好山姆身上带着一把钥匙。她打开门，代之以平常那种令人讨厌的烟味，一股强烈刺鼻的化学气味扑面而来。见了什么鬼了？艾米特不可能把头放进天然气烤箱里，她想。她们用的是电炉。她的第二个想法是橙剂，尽管这味道不像橙剂。她在屋外深吸了一口气，冲进屋里。她嘴里叫着"艾米特"，气都喘不过来了。她又吸了几口新鲜空气，朝楼下跑去，一边喊着他的名字。然后她找到了这股味道的来源。客厅正中，在电视机和沙发之间的一张厨房用的椅子上，摆放着一罐喷雾剂。她抓起罐子，查看上面的标签，那是跳蚤炸弹，一种可以设置在喷放状态的罐装喷雾剂。现在罐子已经空了。艾米特放了一罐跳蚤炸弹，然后离开了家，就好像把一颗手榴弹扔进屋里然后跑掉了一样。这样偷偷摸摸的作为正是他的行事方式，连招呼也不打一声。这让她愤怒。他简直得了跳蚤妄想症。

她在门廊里踱来踱去，试图思考。她把两扇门都打开了，好形成对流。她怒不可遏，简直能拉出一堆砖块来。这时她起了一个念头。她走到车前，从父亲的日记本里撕下一张白纸，她给艾米特写了一张条子，用一个番茄形状的吸铁石钉到冰箱上。条子上写道："你以为自己是个越战退伍兵就能逃避一切，但是你不能。桌子上是我父亲的日记，婆婆给我的。那边就是那样的吗？如果是，你就可以把我忘了。别想来找我。现在你得靠你自己了。再见。山姆。"

山姆深深吸了一口新鲜空气，跑上楼去。她房间里的空气还能忍受。她打开窗户，然后在柜子里寻找她当女童子军时期用过的睡袋和背包。她把几件短裤和T恤塞进背包，然后又抓起几条牛仔裤和她的牛仔靴。她从艾米特的军用手提箱里取出他的毯子和雨衣。她下了楼，跑出去吸了一口新鲜空气后，她搜寻着能带走的食物。他们没有火腿和操你妈，所以她拿了猪肉和豆子。士兵们依靠罐头维生，他们吃的黄油都是罐头装的。她把一罐肉罐头、一些墨西哥烤玉米片、几块麦片条和她买的婆婆饼和烟熏牡蛎一起放进包里，又在一个能放下六罐饮料的冷藏箱里放上百事可乐、奶酪和西柚汁。她找到自己在汉堡男孩打工时存下的几件塑料餐具。本来她该在两周后开始工作的，两周后她会在哪里呢？

她想象那味道就是橙剂。她的肺里浸满二噁英，二噁英分子正植入她身体的组织里，终有一日，它们会回来缠住她，就像让艾米特胀气的食物。

或许跳蚤炸弹里没有二噁英。但是谁知道，也许里面有同样致命的化学物质。化工厂根本不在乎。

离开镇子的路上，想到月亮饼可能会溜回房子里去，她吓了一跳。但是她几乎确定，自己把车开出车道时，月亮饼还躺在花丛下面。

如果男人打仗是为了女人和尚未出世的一代人，那么她现在要去体会一下他们曾经经历过的事情。山姆不认为在这件事上女人和未出世的宝宝们有任何发言权。如果这些事由女人来决定，那么就不会有战争。不，这个想法太幼稚了。一旦女人拥有了权力，她们会跟男人一样。她想到英迪拉·甘地和玛格丽特·撒切尔。她不想在夜里的沼泽地里碰到这样的女人。

是什么会让人想去杀人的呢？如果美利坚合众国把她送去外国，给她一把步枪、一个沉重的背包，她能在丛林里四处搜寻，在泥浆中睡觉，向陌生人开枪吗？军队是怎么让男孩子们做到这一点的？为什么会有战争？

她爸爸没有幽默感，艾米特至少有点幽默感。德韦恩连字都不能全写对，字写得也很糟。

艾米特对跳蚤的恐惧真是可笑。山姆连在卡伍德池塘过夜，睡在地上都不怕。卡伍德池塘非常危险，连男童子军都不会去那儿露营，但是那里是南肯塔基最后一个可以真正接触到自然的野外的地方。这正是她想做的事情。

沿着通向池塘的辅路，推土机已经工作了一段时间，把沼泽地外围的泥土挖出。山姆驱车来到那条坑坑洼洼的路上，把车子留在空地的正中。她的鞋子在碎石子上踩得嘎吱作响。在通往木板道的小路上，她在一根断树桩旁停下休息。空空的树桩里，上百万只黑色的小蚂蚁正在对付一小块塑料，正把它撕扯成无法进行生物降解的小碎片，然后扛着它们列队而去。在艾米特的想象中，跳蚤就像这样，趁他沉睡时爬遍他的全身。她想，当他抛下跳蚤炸弹跑开之时，他一定有一种时光闪回的幻觉。跳蚤就是越南人。有多少次她曾经听人把敌人的士兵比作蚂蚁，或者其他数量太多以致无法计数的生灵？她记得有人说美国士兵打仗夺一个地点并占领了这个地点，可是第二天他们周围就会有成千上万的敌人蜂拥而至。

美国人扔掉的一切东西都会被越南人利用起来：炸弹壳、烟头、直升机碎块、可口可乐罐。这就像艾米特草草拼凑房子里的东西的行为。那是越南人的行为，她想，把能够找得到的东西凑合着使用。越南人可以用可乐罐制作炸弹。

艾米特曾参与了杀害越南人的事情，正如他杀死跳蚤那样，正如人们杀死蚂蚁那样。很容易，她父亲写道。但是敌人总会回来，以更多的数量回来。皮特曾经几乎是在炫耀杀人的事。男人对于杀戮有一种乡愁一样的情绪，它唤起他们内心深处的某些东西。

跳蚤还会回来的。城里人有蟑螂，还有对化学药剂有抗体的超级臭虫。

卡伍德池塘里，各种虫子纷纷出现，就像沼泽地水面上升起的雾气。

艾米特那样随意地设置了一个跳蚤炸弹，就像他会朝天空中发射一枚炮弹，那是战争中士兵们的行为方式，是他按击雅达利游戏机开火键的方式。

她记得那时他经常在梦中叫喊，他在追踪"查理"。如今没有越共可以追杀了，没有山头可以占领了，没有基地可以防御了，可他仍然在做着这些事。他必须杀戮，无法自制，就像他无法改掉的一个习惯。这是一种病态。他一直在重复经历那场战争。男人希望杀戮。那是男人做的事情，她想。那是他们本能的职业。

姥爷在"二战"中杀过日本人，而她父亲被杀死了，因为那就是游戏规则。有些人活着有些人死了，永无休止。

女人不杀戮。这就是为什么她母亲不以那面国旗为荣，或者不以死者为荣的原因。以死者为荣意味着以其死因为荣。艾琳说：操，美利坚合众国，他死了，毫无意义。他去打仗，他战死了，他结束了。山姆想：让所有男人都见鬼去吧——朗尼、爸爸、舅舅、祖父和外祖父、洛伦佐·琼斯、汤姆。也许汤姆不用。

她在木板路上等着，在那儿坐了很久，静静地，直到鸟儿在她身边毫无惧意地飞过。艾米特就是这样的，当他观察等待的时候，就像一只藏在网里的蜘蛛。一只大鸟飞快滑过沼泽地，像一架侦察机，她瞥见一抹褐色。然后她听到一只樫鸟的叫声，那只樫鸟正在戏弄一只松鼠。她看见几只麻雀。她想知道等待鸟儿到底是件什么了不起的事情，那是猎人做的事情。

她是个离家出走的人。这里没有离家出走热线。艾米特也曾离家出走过，跑去了列克星敦，所以她觉得很公平。这跟跑到纽约一个吸毒帮去当妓女不一样。她的英语老师会赞成她的做法，因为她认为梭罗去瓦尔登湖静修是个了不起的举动。如果是书里写的，这可能会有点意义。可是在山姆看来，梭罗就是个妄想狂。

她父亲发现的那具腐尸侵扰着她的思维——那些香蕉叶，发散着甜甜的恶臭。她知道，过去自己设想的越南，都与事实不符。她无法把山核桃树、枫树、橡树和其他自己熟悉的树木，比如卡伍德池塘的松树，赶出脑海。他们那边大概没有这样的树。稻田对她来说极不真实。她曾想象坦克撞到丛林，撞到树丛下的老虎。她的想象来自电影。有的越战退伍兵把他们的所作所为归咎于对丛林的恐惧，但是丛林把他们怎么了？跋山涉水。我来了，她想。在乡下了。

卡伍德池塘以蛇著称，不过这里也有一些候鸟：苍鹭，艾米特声称，有时候甚至还会有白鹭。白鹭那么多次出现在她脑子里，她几乎觉得自己真的看到过它们。它是白色的，像鹳。也许她父亲在越南见过白鹭，却认为那是鹳。她是鹳送来的。[1]不久之后，艾米特去了那边，似乎是去寻找鹳，那传送生命的东西。艾米特并没花太大力气去寻找那种鸟，他待在家里看电视。他躲了起来。他生活在自己那个小小的幻想世界之中，她想。但是山姆却打算面对事实。在只有一辆大众的情况下，这是她力所能及的和丛林最近距离的接触了。

一只樫鸟在她头顶掠过；一条鱼"扑通"一声跳起。她靠在木板路的栏杆上，观察着耶稣虫。这地方很安静，但是空气中的空白逐渐被一种复杂的交织声填满：昆虫和青蛙，大鸟偶尔的展翅声和高鸣声。

昆虫的数量激增，似乎它们正在她四周的空气里交配繁殖。一只蠓飞进了她的眼睛。她走回车里，穿上牛仔裤和靴子。她没带驱虫剂。提着太空毯、背包和野餐冷藏箱，她沿着一条小路穿过丛林。柏树的根膝——树根上的小包竖起，插满沼泽，有些甚

---

[1] 西方民谚，传说孩子是鹳送来的。

至从小路上伸了出来。她得小心走路。她正在打前哨,那些柏树根系就像地雷,会有一条看不见的线伸过小路,引爆地雷的。她涉过象草,远方有一片稻田。

她把东西丢在一块空地上,又回到木板路上待了一会儿,坐在一个她从沙发上拿来的枕头上,那是一小方套着肮脏绿丝绒的海绵乳胶。她在留意着蛇。它们会从水里钻出来——水蛇,无疑——它们三角形的脑袋会在水里留下一个"V"形的记号。一只巨大的乌龟在一块原木上栖息。也许太晚了,蛇不会出来了,她想。蛇需要太阳把它们身上的血晒热。她记得在《国家地理》杂志特刊上读到过。

天黑之前,她把自己的东西拖到离小路很远的地方,搭了一个营地。她不得不找一处平坦、没有柏树根系的地方。她找到一棵高高的橡树,树下有一块平坦的空地。这片地区曾经有水,但是如今水位降了下去,露出了地面。这里似乎连蚊子都很少来骚扰。那棵树下有一张青苔铺就的长凳,树上垂着一副羊齿蕨做就的帘子。她把太空毯铺开,一边等待天黑,一边吃着猪肉、豆子、奶酪和薄饼干,从冷藏箱里拿出一罐百事可乐来喝了。在黑暗中,狙击手无法发现她,她会变成隐形人,没人能发现她。没人,她想,除了嗅觉敏锐的生物。

跋山涉水,她来了。

气味又回来了。跳蚤炸弹,香蕉叶,敌人特殊的臭味。

如果她是一名士兵，她会涉过那片沼泽，蛇在她的腿上缠绕。

这里有一片片的软泥，像流沙一样，会把人们吞入沼泽。但是她位于大树下坚实的地面，树旁不会有陷阱。

她仿佛看见艾米特站立在越南天空之下的剪影，他站在一片稻田的边缘，看着一只鸟儿飞走。背景上，有人在田里劳作，那是几个头戴竹笠的越南农民。艾米特一直看着鸟儿飞向远方，而一辆直升机"哔哔哔"的声音打乱了这一幕，直升机慢慢驶入画面。农民们没有抬头看，艾米特仍然在观望着，似乎鸟儿变成了直升机，飞回来把他带走。这时，在这幅画面的一个角落里，一颗炸弹爆炸了，碎片漫天，火焰四射，但是农民们仍然在劳作，弯着腰面向他们的水稻倒行。

水稻是成行生长的吗？还是像大豆一样一丛丛的？不对，水稻应该像草，像长在水里的麦子。

她觉得自己真傻。如果有必要，她连一个猫耳洞都挖不了，因为她没有工具。她真的能挖一个猫耳洞吗？她不知道。艾米特挖沟挖了那么久，那种做法让她厌倦，以致她无法把这件事当真。不过也许知道怎么挖坑会比较方便。她突然想起，在这沼泽里任何洞壕都会被水灌满。

在越南，士兵们不可能有一条安全的木板路。他们要涉过沼泽，身上叮满蚂蟥，粗大的丛林毒蛇在他们腿边扫刷而过，哗哗的水声会暴露他们的位置。他们必须蹑手蹑脚地前行，必须随着水流声的自然节奏前行，如果看到蛇，则必须屏住呼吸。一声惊叫可能就意味着终结。他们承担不了作为懦夫带来的结果。她想知道越南是否有鳄鱼。越南属于季风性气候，艾米特曾说。山姆还记得地理课上讲到的季风。

她吃了一块婆婆饼。每咬一口都噼啪作响，就像一片在破碎的叶子。牛蛙已经开始了呻唤，就像艾米特胀气突然发作时的反应。你能在野外坐这么久，却仍然看不到多少动物，这真令人惊异。它们知道我在这儿，她想。连松鼠都知道，松鼠总是在树的另一边，你绕着树转一圈，它们偷偷地躲在你对面跟着你转圈子。史密斯姥爷曾告诉她，这就是为什么你需要一条松鼠犬的原因。杂种狗最好，他说。

这时发生了一件事情。开始是一阵"吱吱喳喳"的声音，接着传来争斗声。在木板路入口，塘岸倾斜没入沼泽的地方，透过路边的野草她能看见有东西在动。她看见一张脸，一张长着圆溜溜的眼睛的脸。她吓了一跳。是越共。然后她看见一只尖尖的鼻子以及眼睛周围的斑纹。是一头浣熊。在她的注视下，浣熊走进了视野，这时她看见一头小浣熊，接着又看见一只。它们个头巨大，几乎已经长大，但仍然还是毛茸茸的。它们沿着塘岸爬进沼泽，站在水里喝着水。浣熊妈妈用鼻子爱抚着小浣熊，在它身后，还有两只浣熊正摇摇摆摆地从塘岸上走下来。

很长一段时间里，山姆观看着小浣熊吱吱喳喳地叫着，浣熊妈妈用鼻子蹭着它们，想把它们聚拢起来，回到岸上去。它先带着两只小浣熊上了岸，然后回去找剩下的几只，但是这时头先的两只又跟在它身后下了水。它花了大概十分钟才把它们集中起来。有两次，它直视着山姆。等它把所有的小浣熊都找齐了，就领着它们穿过矮树丛，走掉了。

过了一会儿，黑夜的嘈杂声里出现了一组可以识别的声音，在昆虫的鸣叫里，有人声，有信息。"下一个是谁？"它们说。或者："小心。"她在书上读到过，越南有一种蜥蜴，它们的叫声在美国人听来就像"操你！操你！"她发现了猫头鹰，像越共一样，它们在夜间活动。山姆蜷缩在太空毯上，思量着如果大家知道她在这儿会怎么想。朗尼会对她感到极度厌恶，他母亲会认为山姆脑子有问题。姥姥想到蛇会心脏病发作的。想象着他们的反应让山姆觉得很享受。也许她母亲会认为这主意并不那么荒谬，她母亲做过比这更勇敢的事情。一只青蛙发出一阵腹鸣。山姆记得艾米特以前经常跟姥爷一起在他的池塘里叉青蛙。她听见野草的沙沙声和扑通扑通的落水声。

外面没有任何人，所以没什么好害怕的。

头班岗。她不会睡着。她要站岗。在骇人的夜里，美国士兵们一直保持着清醒，直到他们像猫一样睡去，随时准备着突然醒来。睡袋里很热，但是睡袋外蚊子又嗡嗡哼唱起小曲，掐着她的皮肤。以前她总跟朗尼和艾米特一起来池塘，那时这里似乎很安全。士兵们在一起时会觉得安全一点儿吗？当然，她也可以撤回到大众车里去，大众车防水，所以一定也防蚊虫。

她突然意识到：位于肯塔基安全的角落里的这个自然保护区一点也不像越南。艾米特有一次说，越南的夜空是一场光的表演。火箭、降落伞的闪光、曳光子弹、照明弹、信号弹、搜索信号、铅笔的闪光。她试图回忆自己读过的相关描写。就像是放烟花。而背景配乐也不同于虫叫蛙鸣：直升机嗡嗡掠过的声音，喷气机的啸叫，炮兵部队开炮时炮弹的轰鸣，迫击炮、流弹、炸弹，爆炸声。那是战争的摇滚乐。

天更黑了。在黑暗中她是找不到那种鸟的。她想起在学校里学过的那首诗，关于一个把一只死信天翁绕在脖子上的男人。那个男人因为自己打死了那只信天翁而难过，他跑到一个婚礼上，把这件事告诉了参加婚礼的每一个人，就像一个强迫每个人倾听自己身体状况的孕妇。道恩就会那样。山姆的母亲今年初也曾那样。"你会以为她是世界上唯一一个怀上了宝宝的人。"姥姥曾说。但是女人的行为永远不会像那个脖子上缠着鸟的男人。女人更实际，如果一只死鸟开始发臭，她们会把它烧掉的。她们不会收集牙齿和耳朵作为纪念品，她们不会在大砍刀上刻下记号。山姆不停地想着那只信天翁，试图回忆起那首诗的内容来。这时她突然打了一个冷战。士兵们会杀死婴儿，但是女人也会的。她们把自己未出生的婴儿从体内扯出，用水冲走，还在蠕动的血淋淋的婴儿。她不停地打着冷战。

在深深的夜色里,她努力奋争着,不去想侵入自己大脑的吸血鬼图像。她脑海里回响着的,她意识到,是《现代启示录》的背景音乐——大门乐队那不祥的悲鸣:"这是终结……孩子们都疯了。"

走了那么远却没有听收音机,那肯定已经是好多年以前的事情了。

曙光洒落在沼泽之上,带着一层朦胧的薄雾。天很凉。鸟儿的嘈杂就像三重火警。万物被新的一天惊醒。山姆非常安静地躺在太空毯上,缓缓巡视着四周。她手表显示的时间是五点十五分。第一道天光出现之前,士兵们一定已经起身,蹑手蹑脚地走动着,收拾营地。她活下来了。

她身上被咬了好多大包。她的一条腿上鲜红一片,肿了起来,就像出疹子一样。她对着一片忍冬花藤撒了一泡尿,尿液溅到毒葛上,把趴在上面的一只不知名的硬壳虫给溅飞了。

她尽量无声无息地从冷藏箱里拿了点西柚汁。她喝着西柚汁,吃了一块麦片条。如果她是一个士兵,她会用水壶盖喝热巧克力或者咖啡。

她把自己的营地打扫干净。她在学习保持安静。她可以无声地叠好睡袋。她用缓慢的动作关上野餐冷藏箱盖子。她活下来了。但是她不知道该做什么,她希望那只鸟会来。如果那只鸟来了,她就离开这里。

黎明不同于黄昏。黄昏滞留不去，慢慢渗过暮色的不同阶段，而黎明则是快速的，一览无余的。这后面一定有什么科学定律，山姆想。

没过多久，阳光涉过沼泽。山姆竟然看见小路上闪烁着几道像是宗教画像上的光束，很像贝西姨婆那幅《上天之屋》里的光束。山姆不认为有什么上天之屋。生命就在此时此地。她父亲死了，没人关心。那个逃犯已经被溶解在沼泽之中。

七点三十分，她听到一阵杂音。碎石嚓嚓的低响——也许是一条狗，或者几头鹿。她坐到树后，身处那片空地的视野之外，等候着，这时声音越来越大，她想知道是不是艾米特来了，来找她。要不就是个猎人？如果猎人看见她在动，她也许会被枪击的。只要看见在动的东西，猎人都会开枪射击。他们老是互相开枪，把对方当成了火鸡或者麋鹿。

又是一阵奇怪的沙沙声，一种拖着脚走路的声音。可能是个强奸犯，她想。强奸犯不可能来到野地里，这里不大会有女人供他们奸污。他们会算计的。山姆毫无防护，她环顾四周，想找一块石头或者一根木棍。她在自己的背包里寻找着武器，她带着那罐烟熏小牡蛎和一个滚轴开罐器。她开始匆忙地用罐头尖利的边缘制造一件武器。烟熏牡蛎的味道让她恶心。太迟了，她意识到这味道会暴露她的位置。她试图回忆别人告诉她的关于自我防卫的知识。用钥匙把他的眼睛戳出来，用膝盖顶他的卵蛋。她可以拿着这罐边缘尖利危险的开了的罐头，把牡蛎泼到他脸上，把他的鼻子割下来。

鸟儿更安静了，脚步声来到了木板路上。她应该把帐篷搭到更远处的树林里。这将是多么愚蠢的事情啊，她想——为了经历丛林的恐怖，却碰到一个强奸犯。那会跟《现代启示录》里那些士兵碰到一头老虎一样，在那片游击队出没的丛林里，那是他们最未曾料到的事情。

30

木板路上的脚步声越来越响。山姆拉好背包上的拉链，小步往前挪。她打算离开小路，悄悄穿过丛林，回到车里。不过使用汽车逃生似乎很假，她应该有个猫耳洞，上面盖着折断的树枝，以此藏身。但是越共对丛林一定很了解，他们会发现她都去过什么地方。他们会看见那个野餐用冷藏箱。越共强奸犯恐怖分子仍然在木板路上。一只鸟飞过，但是她不敢看它。鸟的阴影投在树丛上。

她在这里，一片沼泽地里，一个老逃犯曾经死于此地，而有人正在跟踪她。她脑子里，奇想乐队在唱："我的脑袋里有一个小绿人。"这是他们关于妄想狂的歌。但是眼前的事情是真实的。她笼罩在一股好奇的愉悦之中。这正是士兵们每分钟都能感受得到的恐怖，到处都可能有狙击手看不见的眼睛，他们必须与这种可能性共处。他们蹑手蹑脚地前行，枪口对着前进的方向，警惕着地雷，倾听着，一直在倾听着。他们全神贯注，每根神经都绷得紧紧的，即便能够入睡，也像猫打盹儿时一样警醒。丛林里没有噩梦，只有寂静的恐怖。夜里，她在黑暗的沼泽地里醒着，观望着，等待着。她看得见模糊的光圈，萤火虫的闪烁。她把自己置身于月亮饼的地位，置身于艾米特的地位。她幻想过汤姆和她在一起，在她的睡袋里，就像她父亲想象她母亲那样。但是汤姆飘走了。她置身于她父亲的位置，在丛林里的一个猫耳洞里，跟一群哥们儿在一起，所有人都静悄悄地呼吸着，冒险在他们安静的壕沟中抽着烟，沉默地吃着他们的 C 号供应罐，他们的冷豆子。她想起艾米特直接从罐头盒里吃里面的冷豌豆汤。她觉得比起其他东西来，自己更像一只猫，又小又弱，对一切动静无比警觉。在黑暗中，她的胡须抖动，瞳仁扩张。那是一种崭新的观察事物的方法。

现在，她感觉不到肾上腺素上升，也感觉不到膝盖打战了。她知道这是因为自己其实并不真正相信这一切是真实的。这些事不会在她身上发生的，再过一会儿，一切就会清楚而安好了。

她轻轻地呼吸着，眼睛一眨不眨。她看得见灌木被搅动，强奸犯正在逼近。他离开了木板路，正沿着小路朝她的方向走来。

她唯一的希望是继续躲着,拿着那罐牡蛎罐头,随时准备把他的眼睛挖出来。滑溜溜的牡蛎流到了她的手指上。

一片叶子晃动着,一片颜色闪过。有人用口哨吹着一支小曲《自杀是无痛的》。原来这只是一个玩笑,因为那人是艾米特,他身穿一件绿色的旧T恤,一套绿色的军服。他空着手,运动鞋被露水沾湿了,头发未曾梳理过。她站起身,觉得自己就像玩偶盒里弹起来的玩偶。在越南,这幅场景绝对不会发生,出现在树丛后的总是敌人。

"嗨,艾米特。"她说。

"你在这儿干什么?"

"你怎么知道我在这儿?"

"我在外面看见你的车了。"

"这我知道。但是你怎么知道我的车会在那儿的?"

"猜的呗。"

"你怎么来的?"

"走来的。"

她的膝盖仍然没有打战。她根本没有害怕过。她踏上小路,走在他前头,他紧跟着她。她背着背包,他提着冷藏箱。她说:"走这么远跑到这儿来,真是疯了。"

"耶稣操他妈的基督,山姆!"艾米特突然大吼起来,"你把我吓得半死!疯了?要我说跑到这儿来露营才是疯了。我还以为你想不开了，老天，我以为你失去理智了。"

山姆走到汽车跟前，打开车门，把东西放到后座上。车窗上有水雾，车子里面看似潮湿阴冷。原来，这车不一定防水。艾米特没刮胡子，满脸憔悴，身上的T恤很脏。他香烟冒出的烟雾弥漫在沼泽地里，驱除了丛林的味道。

"你把我吓坏了，"他说，"我怕你会做出什么事来。你大概没想过有人会担心你吧。"

"哈！我要是你才不会说这话呢。我至少留了张条子。"

"我担心你。我怕你会受伤。"

"你用不着来找我。"

艾米特坐在汽车前杠上，用手捧着脸。他在发抖，牙齿咔嗒作响。一只鸟飞过，艾米特没有抬头。那是一只肯塔基红雀，一道惊喜的闪亮，一抹红色，就像列车信号灯。

"你在这外面都干啥了？"艾米特问。

"跋山涉水。"

"什么？"

"我想知道夜里的丛林是什么样的。"山姆用靴子去抹保险杠上的露水。

"这里不是丛林。这里是沼泽地，而且很危险。我还以为你打算在休斯家过夜呢。"

"我不想在那儿过夜。你去哪儿了？"

"我去吉姆家了。他从列克星敦回来了。我觉得正好可以借机放上那个炸弹，反正你又不在。不过天一黑我就回去了，准备把月亮饼叫回家，我走进屋，看见了你的条子。"

"你把月亮饼留在房子里呼吸烟气了？"

"没有。我把它送到吉姆家去了。它讨厌坐吉姆的卡车。"

"我看见那个傻瓜跳蚤炸弹的时候，还以为你又精神失常了呢。"

"我得把跳蚤除掉啊。"

"月亮饼才不在乎那些跳蚤呢，这一点你知道。"

他把烟吸完，扔到碎石上。他说："昨天上午你走以后我发现了一件事。"

"什么？"

"巴迪·曼格荣住进了医院。他的肝实在糟糕。"

山姆踢了汽车一脚。"我恨橙剂！我恨军队！他的小女儿怎么样了？"

"她在家。那个手术还行，不过我不知道他们怎么支付那些账单。如果他死了，也许他妻子可以领点津贴，不过我很怀疑。"

艾米特靠在大众车的引擎盖上，车头是米黄色的。他说："我和吉姆去医院待了一会儿，不过我们没见到巴迪。我们在候诊室待了好长时间，争论杰罗丁娜·菲拉罗的事儿。"山姆笑了："我估计吉姆怕苏·安会决定去参加竞选总统什么的。"艾米特的样子显得苍老而疲惫。他说："我知道你为什么待在外面。你以为你可以经历一下我们在丛林里经历过的事情,但是你不能。这地方很吓人,你有可能会碰上点事儿,这跟有狙击手、迫击炮、弹壳,树丛后有人朝你开枪还是不一样。你有什么可怕的?你怕别人用怪异的眼光看你。你怕你妈妈会让你去列克星敦上学。多大点事儿啊。"

"我在沼泽地里睡了一觉,可我什么都不怕。"她说,"有的人怕蛇,可我不怕。有的人连跳蚤都怕。我不怕蛇,不怕乱叫的猫头鹰,什么都不怕。"

"祝贺你。"

"你来的时候,我以为可能是个猎人,要不就是强奸犯。不过我不害怕。我做好了对付你的准备。"她把熏牡蛎罐头扔在那儿了,可她的手上仍然有一股味道。

艾米特又点燃一根烟,太阳升得更高了,雾气正在消散。艾米特脸上的脓疮结着硬壳,上面有黄色的药膏。胆汁就是黄色的,也许他的胆汁从肝里冒出来了,下一个就轮到他的肝了。

"我想看到那种鸟,"她说,"你找的那种鸟。"他耸了耸肩,她接着说,"我看见一只红雀,还有几只浣熊,还看见一只樫鸟戏弄松鼠。"

"真不错。"

她深深吸了一口气,踢了一脚挡泥板。她已厌烦了卡伍德池塘。那个逃犯怎么会躲藏到这儿来呢?他吃什么?他靠什么来消遣?她说:"你怎么知道我在这儿?"

"我打了一圈电话。"

"没人知道我在这儿。"

"我以为你去列克星敦了，但是今天早上我给艾琳打了个电话，她没见过你。"

"你没告诉她我不见了吧，对不对？"

"没有。我就谈了点别的事儿，我知道如果你在那儿她会提起的。最后我从你的纸条上推断出你在这儿。首先，我估计你会找个地方躲起来。而且像你这样的人，肯定会是个比较戏剧性的地方。还有，你把我的雨衣和太空毯拿走了。我在读那本日记的时候心里试着想象我要是你我会干什么，这就是我会干的事情。小时候有一次，我因为没有按时喂小牛犊，被老爸抽了一顿，我就从家里跑了出去。我跑到溪边，在那儿待到天黑，我在那儿的时候心想我是在报复，出于某种原因吧。跑到野地里去找报复，很幼稚。那是世界上最典型的做法。"

"这能说明问题，那么，"山姆厌恶地说，"你在越南干的就是这样的事情。这能说明整个国家在那边做的事情。一旦有点小威胁，美国就会穿上它的牛仔靴去踏上一圈，给别人一点颜色瞧瞧。"

艾米特沿着小路走到木板路上，山姆跟在他身后。她留意着自己的脚步，避开一根断了的木条。他把烟扔进水里。

她问："那本日记你怎么看？"

"我读完之后一会儿也没睡。"

"他连'大砍刀'都写错了。"

"你失望了?"

她烦躁起来。"他说到敌人和杀人的口气——我恨这个。"她停了一下。"我恨他。他真残忍,他说到敌人和杀人的口气。"

艾米特抓住她的肩膀摇晃着,把她一阵推搡,直到她的牙齿打战。"看着我,小姑娘。他可能会是我。我们所有人,都一样。"

"他喜欢那样,像皮特。他去那边是为了在他的大砍刀上刻下几道印子。"

"对,如果他没被杀死,那他就得背负着这件事活下去。"

"他不会在乎这件事的。他跟皮特一样。"

"对我们所有人来说都一样!汤姆、皮特、巴迪,我们所有人。你不可能做了我们做过的事情还觉得挺开心。没人会让你把这件事给忘了的。他妈的,山姆!"他狠狠地朝木板路的栏杆打了一拳,用力太大,差点把栏杆打断,那样他会掉进黑乎乎的沼泽里去的。艾米特又发起抖来,几乎是在抽泣。

"哦,艾米特!"山姆叫道。她伸开双臂站在那儿,就像头顶上的柏树一样,但是她被冻结在那一点上了,无法触及他。她等待着。她觉得他会吐露对某些事情隐瞒已久的记忆,这些事情就像《野战医院》终结篇里导致"鹰眼"崩溃的那件事一样戏剧性。但是他什么也没说。

"你想谈谈吗,艾米特?你能不能讲讲那些事?跟'鹰眼'讲那个巴士里的宝宝一样,讲讲吧。他的记忆欺骗了他,但是等他发掘出真正的记忆后,他就好受多了。"山姆简直是在对着艾米特大吼。她要疯了。

艾米特说:"没办法说。没有意义。你没法把什么都说出来。德韦恩也没想什么都说。"

"就说一件事。"

"行,一件事。"

"每次一件也不错。"

艾米特点燃一根烟,慢慢说了起来,但是紧接着,他越说越快,似乎他终究还是要把一切都吐露出来。他说:"我不是参加了那次巡逻吗,我们人手不够的那一次?我们互相靠得太紧,地雷把我们炸飞了。我们靠得太紧了,我们当时已经丢了一批人,我们怕得不行,所以挤作一堆,你本来绝对不该这么做的。然后我们爬到一个飞机降落点,去等直升机。我们先是碰到地雷,然后不知道从哪儿飞来个手榴弹,我假装死了,躺在那个大块头的家伙下面,差点被他憋死。越南人民军到处乱刺,他们以为我们都死了,就离开了,我在那儿躺了大概九个小时,我听见直升机飞来飞去,但是隔得太远,它没发现我。我太害怕了,所以没敢发信号,因为敌人就在附近,我能听见他们。他们朝一架直升机开枪。你觉得怎么样?好几个小时,然后,直到第二天之前,我完全是一个人在那儿,除了死尸。丛林热气里暖乎乎的血的味道,就像要煮滚了的汤。哦，太恐怖了！他们把弄电台的那个家伙给打死了，把电台销毁了，我没法用。我吓呆了，好长一段时间我都觉得能听见他们。"

"听着很耳熟。我在电视上的一部电影里看到过这种事情。"山姆发起抖来，很害怕。

"我知道你想到的那部电影——那部说营地被占领，伙计们不得不藏到隧道里去的电影。这事儿完全不一样，它真正发生过。"他说，慢慢吸着烟。"那种味道——死亡的味道——无时无刻不在。就是你在吃饭，也像是在吃死人一样。"

"我们看过的那部纪录片里我听人说过这段话。"山姆说。

"嗯，是真话！我不是唯一有这种感觉的人。德韦恩也闻到过。"

"他说不定喜欢那味道呢。"

"哦，放狗屁，山姆！我们在那边竭力活下来。报复一下会让你觉得好受一点。因为心怀不满，你像个小孩离家出走一样跑到这儿来。现在你觉没觉得好点了？这就是你为什么不害怕。因为把我急得半死让你觉得开心。"

山姆说："如果你小时候离家出走过，而你认为跑到这儿来很幼稚，那你不觉得你在做同样的事情吗？你不觉得你做的事情幼稚吗？像你那样藏起来，不愿意找工作，不愿意找女朋友？安妮塔真是个漂亮的女人，你不愿意跟她在一起，这简直要了我的命。"

艾米特垂下头，抽泣着。他哭了。山姆从来没见过他这样哭过。抽泣声越来越大，他想说话却没法说。他连烟都没法抽。

"别说话了。"她说。他继续哭着，垂着头——那是长而低沉的抽泣，无助的哽咽。山姆听任他哭着。她听见他说"安妮塔"，她害怕了。现在，终于说出来了。她走进树林里去撒尿，回来的时候他仍然在哭。他的声音跟猫头鹰的尖叫一模一样。她碰了一下他的肩膀，他甩开她的手，继续哭着，声音更大了，仿佛他们现在正身处树林之中，天全亮了，这里没有人，他可以尽情发泄。

他的哭声越来越大，大得像孔雀的哀号。她敬畏地看着他。在她父亲的日记里，他似乎抽泣过，但是艾米特的悲痛完全释放了，似乎这些年来，这悲痛长成了一个畸形的庞然大物。他的烟已经燃到了尽头，他把它扔到栏杆外面。

他们走回到车子跟前。山姆坐进车里，艾米特坐到引擎盖上，仍然在哭。他块头很大，车子随着他的抽泣而晃动。山姆伸手到背包里，慢慢摸出一块麦片条。她抵制着打开车里收音机的诱惑。一首老歌《在丛林中搁浅》掠过她的脑海，过去的一抹闪光，一首金曲老歌。如果车子无法启动，那将无比讽刺。但是卡伍德池塘正变得像家一样。她和艾米特可以待在这里，艾米特修理东西的能力可能会派上用处。他可以给他们俩搭个斜顶棚，还可以为他俩挖个猫耳洞。不会挖猫耳洞这事儿仍然让她生气。那个被提名的女人蒙代尔大概会挖吧。

她让车门敞开着，艾米特手搭在车门上，弯下腰，隔着车窗跟她说话。他说:"你跑掉了。你跑掉以后我以为你死了。"

"没有,我没死。你怎么会这么想?"

"我以为你扔下了我。我以为你一定是去死了。我怕你会自杀。"

"你为什么会这么想?"

"如今太多孩子做这种事了。那天新闻里说的卡莱尔县那些集体自杀的孩子——太让我震惊了。"

"我不会那么做的。"山姆说。

"可是我怎么会知道?你走了,我不知道你可能出什么事。我以为你受了伤,这就像那时就剩下我一个人,我的哥们儿都死了。我得找到你。"

"谢谢你。"她把包麦片条的纸揉成一团,在手里挤压着。她说,"以前你做过同样的事情,艾米特。你去越南,是为了妈妈——还有我。"

他若有所思地点点头。他说:"那不是你想要的东西,对不对?那也不是艾琳想要的东西。因为我为她做过那些事儿,她就被我摊上了。人生难道不愚蠢吗?操他奶奶的!"

"上车吧,艾米特。"她说,伸手打开副驾驶座的车门。

"不,我还没说完。"他的脸被痛苦扭曲了,脸上的脓疮跟泪水一起闪着光。他说,"我出了点问题。我被损坏了。好像我内心深处的什么东西没了,我无法把它弄回来。有时候你砍倒一棵树,那树的中间得了病,你知道吧?"

"我从来没砍过树。"

"嗯,想象一下。"

"对。可是你说你谁都不在乎。但是你在乎我,所以你跑到这儿来。你还在乎妈妈,所以你去了她那儿。"

"可是你怎么不明白呢——让我来解释一下吧。我**所做**的事情,是努力打起精神,过一天算一天。再没有力气做其他事了,这件事耗费了我全部的精力。"

"艾米特,难道你不想像其他人一样,结婚,有个家庭?难道你这辈子不想做点什么?"

他又抽泣起来。"我**想**成为一个父亲,可是我不能够。我能走得最近的人就是你,而我失败了。我不该让你变得那么野,我该把你照顾好。"

"你照顾了,"她说,"你是同情我才到这儿来的。"她觉得自己很虚弱。现在她的膝盖发软,她下了车,关上车门。

"我害怕,"他说,"过来,我想给你看样东西。"他把她领到木板路上,他们向沼泽地望去。他指着一条圈在一块原木上晒太阳的蛇,"那狗日的是一条水蝮蛇。"

"我希望那种鸟会来。"山姆说。

"你知道我想见到那种鸟的原因吗?"

"不完全知道。"

"如果你能够想想像鸟那样的东西,你就可以摆脱自己,那样就不会太难过。这就是整件事的意义所在。那是对人类的挑战,想想吧。戴上你思考的帽子,山姆。把它装进烟管,抽上一口吧!但是我很难达到那一点,我很难成为一个可以摆脱自我的人。"

山姆从一个树桩上摘下一大块蘑菇,用鼻子嗅着。蘑菇有一股死亡的味道。艾米特说:"我到这儿来救你,不过也许我救不了你。也许你得自己去找到你的出路。操,你不能从过去学到什么东西。你从历史上学到的最重要的东西是你不能从历史上学到任何东西。这就是历史。"

艾米特朝木板路旁的黑水伸出一只手。"看见那些小鱼没有?它们看起来就像脑袋上长出了一只眼睛。它们叫诱饵鱼,对池塘有好处。猫鱼拿它们当食物。看见那棵死树没有?那上面有个啄木鸟洞,不过野鸭会在那儿做窝的。"

"你怎么知道这些事儿的?"

"我观察过它们。有些事你能弄明白,但是大多数事你弄不明白。"他朝沼泽挥着手,"有些事你永远也弄不明白。"

他转过身,领先快步从木板路走上小道。她跟在他身后。他踏上一条通往树林的小道,走得更快了。毒葛缠绕着他的鞋子。从后面看,他就像一个怀抱婴儿的老农妇。山姆看着他消失在树林里,他似乎是浮在毒葛上面,飘走了,就像一只塘鸥,美丽地飞翔着。

第三部

1

山姆本来指望艾米特会是那个神经错乱的人——要不就是疼痛会把他的脑袋炸开——可是出乎她的意料,自从艾米特去卡伍德池塘找到她之后,她反而成了那个有点疯狂的人。在去华盛顿的路上,她仍然处于震惊状态,等待着自己的头脑清晰起来,好奇下一步会发生什么事情。艾米特又变得顺从温和了,就像漏了气的气球一样瘪了下去。自从那次在池塘边,事情变得很别扭,她和艾米特似乎处在两个不同的轨道上,等待着能够彼此面对面运行的时机。

那天早上,从卡伍德池塘回家的路上,他们在吉姆家停下,接了月亮饼。艾米特开车时,月亮饼在山姆手臂里扭来扭去。房子里跳蚤炸弹的味道已经消散得差不多了,艾米特的时间表给打乱了,去麦当劳吃早餐已经太迟。下午三点,他做了肉酱三明治,放着切碎的甜泡菜,但是山姆吃不下。门廊上的温度计显示三十八摄氏度,但是她仍然穿着靴子和牛仔裤,空调超负荷运转。

艾米特不停地问她打算做什么，戏弄她说她够惹火的，但是她觉得自己像一具僵尸。艾米特想知道她是想吃墨西哥煎玉米卷呢还是需要去看医生，他不安地在她身边瞎忙一气。从某种程度上说，她知道自己现在的所作所为跟艾米特大多数时间的行为如出一辙，神志恍惚，茫然无措。她知道自己在试探他的耐心，这在某种程度上让她感到满足。他们俩换了一个位置，她想。她染上了越战压力综合征。

她整个周末都坐在那儿盯着 MTV 看，脑子里一直回放着《99个气球》的场景——核弹全部爆炸。ZZ Top 的《大腿》、范·海伦的《帕拿马》、比利·艾多尔的《想象的肉体》。那么多充满灾难的录像，一切四散飞扬，升起，一眨眼就变了。屏幕上的随机图像在旋转，超出所有人的控制。一切都在崩塌，就像他们那栋脆弱的房子，但是在这些黑暗之中，布鲁斯仍然在跳舞，摇滚乐的心脏仍然在跳动——修·里维斯和新人乐队的那首歌里如此唱道。琼·杰特，穿着闪光的黑色皮衣，伴着她的乐队尖叫着——黑心乐队。朗尼以前以为他们叫黑头乐队。朗尼没来过电话。道恩说她听说朗尼目前在主街的桑诺克加油站打工。

这之后艾米特宣布了一个计划。他们要去华盛顿参观越战纪念碑。他对此很有把握，似乎他是个公司高管，正在做出一个能给公司带来百万赢利的决定。他甚至坚持要带婆婆同行，说这次行程对她来说意义可能更大。艾米特对待一切事情那种理所当然的态度让山姆感到无能为力。山姆从没见过他这样积极地行动起来。他把山姆的车检查了一遍，开车到休斯家说服婆婆上路。他甚至去了汉堡男孩，策划接手山姆的工作，好还清他欠老兵联的钱。"你不需要那份工作，"他信心十足地说，"到时候你会去列克星敦的。"这一切就像艾米特找到了那只他想见到的鸟一样。史密斯姥姥在电话上说："嗯，我很高兴艾米特恢复了理智，也许现在我们可以有点收成了。"

艾米特去医院看过巴迪·曼格荣，他告诉山姆，他在候诊室见到了汤姆，汤姆问起那辆大众来。在家里，山姆拍着月亮饼，《99个气球》里的气球升入天空。乔治男孩欢腾跳跃着，好像地球上除了化妆品和花边的长度，其他东西都无关紧要。怪人奥尔·扬科维奇迷失在《危险境地》之中。汽车乐队载着一个女孩驶入《你可能以为》。山姆觉得无比迷乱，她知道艾米特做的事情是好的，但是她还无法感受到这份好。她甚至没有精力去跑步。她想不起自己为什么曾经是那样一个坚定的跑步爱好者，不过当他们踏上旅程后，她又开始跑步了。这是因为他们到了新的地方，她想起来自己曾希望看看世界。

美国这美丽的国度。它确实美丽，如今山姆在路上想道。合众国是那么和平有序，农场秀丽，州际公路让人愉悦，就连露天矿场都隐藏在林荫干道旁一座山脊的后面。这是个好国家。但是她一直尝试用一个刚刚回国的越战士兵的眼睛来看待这一切。他们从卡伍德池塘回家的那天，他们开车进入镇子，经过那家动物油提炼厂，那座十字路口的加油站，那座木材堆置场，还有那座牲畜围场，那时她觉得自己就是那样看待一切的。没有一样东西属于她。他们驶过汉堡男孩、麦当劳，她无法想象自己能再去汉堡男孩工作了。士兵们的感受一定也是这样的，似乎他们不属于任何地方。

在列克星敦，她和艾米特、婆婆第一次停车过夜，山姆的母亲对他们的旅程感到迷惑，而洛伦佐·琼斯聊起它来却像这不过是一次悠闲的度假。"你们有没有想过回来的路上去一趟殖民地威廉斯堡？"他问，"真值得看看。不过你不可能一天看完。"他建议他们从维吉尼亚州的"地平线"快车道开到华盛顿，因为那条路很美，虽然不顺路。山姆几乎没跟他讲话，他就像一个来自月球的人。

"你今年应该去一趟新奥尔良，"他对婆婆说，"那里在开世贸会，那儿有超级巨蛋[1]，还有法国区、波旁街。那里是迪克西爵士乐的家乡。"

婆婆大声笑了起来："我这辈子都还没离开家这么远过呢。"她说，"我这把年纪做那些事儿太晚了。"

"哎，你不老，休斯女士！"他说。

"我五十八了，"她说，"我大概还有二十年的心好操。"

---

[1] 指路易斯安那超级圆顶体育馆。

"嗯，我这么跟你说吧：你看起来不显老，你做起事来也不显老。老不老是一种意识状态。对不对，艾米特？"

艾米特说："我觉得自己已经老得不行了。"

洛伦佐·琼斯正在谢顶，他的裤子宽松合身。他炫耀了一番自己收藏的吉姆·宾威士忌酒瓶，又描绘了一番他想买的摩托艇。艾琳则吹捧了一番基拉丁娜·菲拉罗。"如今女人什么事都能做，山姆，"她说，"如果她们念了大学的话。"她给山姆看她的房间，如果山姆搬到列克星敦去肯大念书就可以住在那儿，房间漆成粉红色，铺着白色的床罩。房子很漂亮，一栋砖砌的平房，有八个房间，铺着绒毛地毯，还有一个微波炉。艾琳大概只用了两分钟就把晚饭做好了。

山姆给宝宝喂饭，跟她玩拍拍手的游戏。自从山姆上次见到她之后，宝宝多了一点个性。她笑着，露出牙齿。她拍手的时候，洛伦佐·琼斯的反应就像宝宝算出了一个二次方程式一样，他把这件事写在一本宝宝成长日记里。看见一个成年男人跟一个婴儿一起玩，让山姆有种奇怪的感觉。后来，他又给宝宝换了尿布，胳肢着她。

吃完饭，其他人都在看电视，山姆跟母亲讲了信件和日记的事情。她把日记带来了，好给她看。

"你走了我再读吧，"艾琳说，"现在我太紧张，读不了。"

"婆婆以为里面除了部队行进路线什么也没有，但是有的。你会看到的。他的手写体很难认，不过我可以读给你听。"

"我还是等等再说吧。我需要一段安静的时间一个人读。目前我神经衰弱，我睡得很晚，一直在学习。"

"你以前读过吗？"山姆问。

"没有。肯定是在军队送回来的那些东西里面的。我记得有好长一段时间我连他的东西都不能看。我估计我跟她说我不想要这个。我不愿意想起他。"

"我觉得她根本没读过。如果她读了，我不知道她怎么能受得了。"山姆的声调尖刻，她母亲用惊恐的眼光看着她。

"你怎么啦，山姆？你到这儿之后就一直行为古怪。有了车你不开心吗？"

"开心。"

"你这样上路让我担心。一定要小心卡车啊，它们会把甲壳虫碾平的。"

"我会的。"

艾琳说："我找到一张鲍勃的照片，给你看看。"

那个嬉皮士。艾琳爱他比爱德韦恩还要多。

照片放在一个便利店的信封里，信封里装满了波浪边的黑白快照。照片上是远处的一群人，人都非常小，很难看清。

"那个是他们叫他马维尔船长的家伙，"艾琳说，"你不可能记得这些人了。他们跟我们住在一起的时候你才三岁。"

"我记得那个月亮派对。"

"我记不清那是哪一次登月了,不过我记得我们到外面院子里去看月亮,知道那上面有人在。真怪。"

山姆研究着鲍勃的照片。一个满头浓密深色头发的男人,系着一条印度花绸头带。他的下巴很小,牙齿间有一道缝。"他们怎么都走了呢?"她问。

"他们在镇子里压力太大,连门都出不了。他们就是不能被接受。艾米特很野,他那时喜怒无常,还没有安心于正常的生活。"

"我们为什么去列克星敦?"

"嗯,我在希望镇待得快发疯了。我怕自己会不得不对艾米特负责,所以一有可能我就想跑掉。"

"鲍勃是什么样子的?"

"我喜欢的是他的幽默感,他总是有俏皮话可说。我记不得他都说了些什么,不过他喜欢玩文字游戏。他把希望镇叫作'吸毒镇'。他书看得多,结过一次婚,但是他妻子扔下他跑到加利福尼亚的哪个地方去练巫术去了——那时候所有的事都发生在加利福尼亚,我想去那儿想得要死。艾米特总说六十年代就没有到达过希望镇,我觉得他是打算把六十年代跟他一起带回来的,但是六十年代并不受欢迎,在希望镇不行,吸毒镇。"艾琳叹了口气,"我还是没去过加利福尼亚。"

艾琳给山姆看鲍勃的另一张照片,他站在后院那棵枫树下面,那棵树现在大多了。

"我很迷他,"她悲哀地说,"他去英格兰住过,我一直想去英格兰。他家也很有钱。"她玩弄着磨损了的照片的边缘,"我被缠住了,我得照看家里的事情。那之后不久,艾米特发了一段时间的疯,接下来你可能还记得,那段时间他的腿失去了感觉,医生诊断说他得了下身麻痹,可这医生从来没见过得这种病的人。"

"我记得他睡觉的时候你尽可能地让我安静。"山姆想起艾米特曾在深夜里大声吼叫。

"战争摧毁了他所有的追求。就像他一直停留在嬉皮士阶段,那是一种发育停顿。这个词是我在心理学课上学来的!"艾琳翻看着照片,"这儿有几张那帮人的合影。这些是在加利福尼亚拍的——艾米特和几个跟他一起混的人去了那儿。瞧瞧这张。"

照片上,一棵巨大的树上有大约二十个人,那棵树枝丫伸向四面八方,易于攀爬。那些人都留着长发,很难分清男女,除了那些长了胡子的人。他们身穿喇叭裤、宽大的衬衫,有人穿着背心,留着胡子,戴着帽子——草帽和牛仔帽。照片的左边,一根巨大的枝丫尽头,艾米特像只猴子似的挂在那儿,长发及肩。

"艾米特管他们叫怪物,"艾琳说,"那是苏西、吉姆、鲍勃、埃斯特拉和D.R.。那个漂亮的姑娘是琼,琼得了重病,回到俄亥俄她父母家去了,她美得惊人。"

"他们看起来很开心,"山姆羡慕地说,"六十年代比现在好玩多了。我生得太晚了。"她非常想为母亲找到那张甲壳虫乐队的唱片。"鲍勃后来怎样了？"她问道。

艾琳笑了。"这就是要我命的地方。我不是因为无法依靠他而回希望镇的吗？我们在列克星敦有个小公寓，有个老太太死在了那里面，就在一个家伙的房子后面。公寓很脏，自从老太太死后就没彻底打扫过。嗯，过了五年，我才听说鲍勃在他爸加利福尼亚的办公室用品公司找了份工作，他现在大概很有钱了。他结了婚，生了孩子，那孩子我跟你讲过。叫核能·拉格泰姆！你能相信吗？"

"我很高兴你没给我起个那么蠢的名字。"这一点山姆可以感谢父亲。

"我猜他加上拉格泰姆是为了让这名字有趣一点儿，这样大家就不会以为孩子名字的意思是核弹了。"

"就像奥利维亚·中子弹？"

"对。"

山姆说："你是说如果不是为了艾米特，我可能会在加利福尼亚富足地长大？"

艾琳笑了起来，充满痛苦的笑。"你不明白过去那段时间是怎么回事。现在回头看看，一切都让人糊涂，不过在某种程度上似乎那时候头脑倒是很清楚。德韦恩以为他在做着正确的事情，艾米特去了那边，也认为他在做着正确的事情，不过艾米特后来对此厌倦了,加入了反战运动,认为那样做才是正确的,然后他被卷进那些嬉皮士堆里。那些家伙大部分都逃过了征兵。"她停了一下,伸手从厨房案台上的烟盒里拿了一根烟。"每个人都觉得自己正做着正确的事情,你知道。"

烟雾缭绕着她们围坐的桌子。书房里,想象得出汽车追逐声吸引住了婆婆、艾米特和洛伦佐·琼斯。

"我不该再抽烟的,不过希瑟差不多要断奶了。"艾琳说,在一个肉汁托上敲打着香烟。她继续说道,"都是些乡下男孩。你到了那个纪念碑,去看看那些名字。你会看到全是些乡下男孩的名字,我什么都敢跟你赌,鲍比·金、弗莱迪·瑞、吉米·鲍勃·卡尔霍恩。我认识一个战死在那边叫吉米·鲍勃·卡尔霍恩的男孩。你看看那些名字,再告诉我它们是不是都是乡下男孩的名字。傻乎乎的一无所知的男孩子。哦,天,几点了。"她抽了一口烟,"那不是什么快乐时光,山姆。别把它想得跟什么似的。"

"我给你带了一件礼物。"山姆说。她终于决定把那只陶瓷猫送给母亲。她跑到车里,把那个盒子拿进屋。

她母亲看着那只猫,似乎那是一个小小的飞碟,刚刚嗡嗡飞进了她的家门。她脸上的表情先是赏识,然后变成了欢喜。

"我喜欢!"她叫道,"哦,山姆,这是我收到过的最可爱的东西。"

然后她突然哭了起来，而那只朋克印度王公猫只是微笑着，瞪着眼睛。山姆也瞪着眼睛，满怀惊愕。

2

他们到了马里兰州。山姆正在假日酒店那条路边的商贸城里，变速器已经修好了——二百五十八块六毛九——艾米特和婆婆在汽车旅馆里等她。唱片店里，她浏览着甲壳虫乐队的专辑：《白色专辑》《佩铂军士孤独之心俱乐部乐队》《艾比路》《见到甲壳虫》《奇幻之旅》《顺其自然》。没有新专辑，45转唱片里也没有。那首新歌一定是非法制造的录音带，那个多话的、圆圆胖胖的店员说，不过他没听过那首歌。山姆的目光停留在那张《生于美国》专辑上，就摆在柜台旁边。封面上，布鲁斯·斯普林斯汀面对国旗，似乎在研究它，试图发掘它的意义。那面国旗太大了，上面的星星都不在照片里面——只有红白两色条纹。她母亲的信用卡可以买下那张专辑。冲动之下，山姆把专辑买了下来，等意识到塑胶唱片在炎热的车里可能会融化时已经太迟了。

商贸城非常宏大。山姆发现了一家卖朋克服装的店铺，在帕迪尤卡有一家同样的商店，她意识到这可能是家连锁店。商店里，朋克的服饰勾起了她心里对奇装异服的强烈渴望——她可以穿着古怪地跑去纪念碑——但是那些服饰都太贵了。她找到一条仿皮的裤子，只要六块钱，她决定买下来，虽然她不知道该穿给谁看。她还买了一件性感的粉红色紧身短背心，有点像安妮塔穿的那件红色背心。在等着店员检查母亲信用卡号的时候，她想象自己是个返乡的士兵，离开热气腾腾的丛林刚刚二十四小时，走进这家商店。艾米特告诉她自己回家后去的第一个地方是旧金山的一家服装店。他站在那儿，被一件件西裤、上等衬衫和运动装包围着，而他却呆住了。他已经不再有自己应该是谁的概念了，他说。用了好多天他才脱下了自己的军装，买了一套简单的换洗衣服。

店员解释说如果维萨卡的卡号在小册子上，说明信用卡被盗了。山姆没说这张卡不是她的，她签下母亲的名字。她父亲从没听说过信用卡，她感觉到自己心中正涌起一阵愤怒的波涛。

商贸城被中间一条热带植物隔挡带分割开来，那些热带植物在天光下茁壮成长。棕榈树很高，上面爬满藤蔓——熟悉的室内植物。山姆呆立在枝叶浓密的树旁，它们变成了东南亚的丛林植物，接着又转换成卡伍德池塘的柏树，沼泽地里浑浊的水，群蛇寄生，在她周围盘旋缠绕。这些场景像一幅幅摇滚录像里的片段掠过她的脑海，她希望知道这些片段的背景音乐。

几个小时之后，当他们驶入华盛顿时，山姆担忧得居然有点恶心。她不停地告诉自己纪念碑不过是一块刻着名字的石头，除了说那些人已经死去，没有任何意义。只是些名字，除了我们这些蚁民没有别人。只有我们和地球和核弹。不过这都没什么，她想。除了我们这些蚁民没有别人的想法里有些让人放心的东西。它让人觉得亲密，除了我们没有别人。也许这就是意义所在。人们不应该过于夸大死亡，她的历史老师说现在活着的人比死去的人要多。他警告说现在活着的人那么多，而且活得比过去长得多，以致大家误以为自己简直不会死。但是每个人都会死的，我们还是应该习惯这一概念比较好，他说。死了，走了，早就离开肯塔基了。

　　半夜里的某个时候，山姆会突然清楚地意识到自己有一天也会死去，这让她惊吓不已。大多数时候她会忘记这一点，但是现在，当她和艾米特以及婆婆驶入华盛顿，驶向承载着那么多死人名字的越战纪念碑时，死亡的现实感在明晃晃的日光中向她袭来。婆婆五十八岁了，她很快就会死去，她随时都可能死去，像那匹倒下死去的赛马，毫无预兆地死去，在父亲节那天。山姆曾害怕艾米特会死，但是艾米特去卡伍德池塘找她，因为她可能会丢下他独自一人，她甚至可能死去，这让他无法承受。

　　华盛顿纪念碑是天空下一支闪光的铅笔。艾米特在开车，交通状况让人害怕，那么多车嗖嗖而过，在抢道，就像拥挤的溜冰场上那些粗鲁的溜冰人。他们经过好几辆挂着标有政府车牌的车子。山姆好奇华盛顿纪念碑在地球上还会存在多久。

宪法大道上的一块褐色的牌子上写着"越南老兵纪念碑"。艾米特在附近没能找到停车位,他把车停在旁边的一条小街上,他们朝华盛顿纪念碑走去。婆婆一路喘着气,她已经换上了一条体面的裙子,穿上了长袜。山姆觉得他们是在溜达,外出闲逛,太慢了。她真想放开步子飞奔。华盛顿纪念碑平地而起,直指天空,高大而骄傲。她想起汤姆那苦涩的评价:一根大白鸡巴。有一次她听人说美利坚合众国到处操世界。山姆觉得,那个把几座岛屿用粉红色塑料布围起来的家伙应该给华盛顿纪念碑做一个大避孕套。她有那么多怪诞的念头,简直应该为自己的想象开一个售卖市场。那些念头在她脑子里翻腾,因为这些想法,她几乎无法欣赏华盛顿。华盛顿的建筑物是那么美,那么白。在一个梦里,越战纪念碑是一个黑色的回旋镖,朝着她的脑袋嗡嗡飞来。

"我没看见。"婆婆说。

"在那头,"艾米特说,指点着,"他们说你不知不觉就站在它上面了。"

"我的腿开始疼了。"

山姆想跑,但是她不知道自己是想跑向纪念碑还是想跑离它。她只是想跑。她随身带着那张新专辑,这样它就不会融化在炎热的车子里面了。专辑放在一个有带子的塑料袋里。艾米特抱着那盆天竺葵,她惊异地看着他。他庞大的身躯,他埋藏心头的遭遇。她感觉得到他的焦虑。他的心脏一定在狂跳,就像有什么无法忍受的事情将要发生一样。

艾米特扶着婆婆的胳膊,领着她穿过街道。天竺葵花盆紧靠着他的胸脯。

"到了。"山姆说。

纪念碑厚重庞大,是山腰上一道深深的黑色伤口,就像一片裸露的煤层,用聚氨酯抛光打磨过。碑前慢慢聚拢一群人,肃穆地凝视着纪念碑。

"天,"山姆的祖母静静地说道,"简直像夜一样黑。"

"这儿是目录。"艾米特说,在入口处停顿下来,"我会帮你找到他的名字的,休斯太太。"

目录刻在一块底座上,罩着塑料防护层。山姆站在阴影里往前看,看向埋在土里的黑色侧翼,那上面长着青草。它就像一座巨大的坟墓,在那些名字后面,五万八千具尸体在此腐烂。人群流过,向下面的坑里走去。

"不好看,"婆婆忧心忡忡地说,"就是地上的一个洞。"

纪念碑在地面上切出一个"V"字形,就像一只抽象的鸟的两扇翅膀,巨大,无头。空中,一架喷气机正抬起机头,腾空而起。

"在9E区,"艾米特报告道,"在东翼,我们现在在西翼。"

纪念墙脚下有一个大理石槽,阳光把墙上的名字反射在槽的边缘,倒着的镜像,头上脚下。地面上散布着各种插花,一个小孩说:"看啊,爸爸,花都死了。"那个男人训斥道:"有的死了有的没死。"

人行道和纪念碑被一条碎石带分隔开来,道路的另一边是用深灰色砖块砌成的边界。闪光的纪念墙折射出林肯纪念堂和华盛顿纪念碑的影子,在对角上。

一个戴太阳帽的女人正用相机聚焦纪念墙,她对跟她一起来的另一个女人说:"我没想到它是这样的。有些事不是你以为的样子。我不知道它原来是堵墙。"

一个腿张得很开、穿着迷彩服的家伙挂着手杖走过。可能他的一条腿是假肢,山姆想,但是他骄傲地一路走着,好像他以前来过这里好多次了,此时并没有什么专门的事情要做。他看上去似乎属于此地,就像艾米特在麦当劳消磨时光一样。

一队学生乱糟糟地走了过来,像一群鸡一样嘈杂。他们进入入口时,一个女孩说:"他们是一个压着一个堆起来的吗?"他们又走了几步,她说:"这些名字有什么用啊?"这女孩实在是蠢,山姆真想给她脸上一拳。在那个年龄又怎么会有人能够了解?但是她意识到自己其实也并不了解。她只是刚刚开始明白而已。而她永远也无法真正了解战争中所有人身上发生了什么事。一些人走过,谈论着,像是身处一场周日的野餐,但是大多数人都很恭敬,有些人还在哭。

山姆站在坑深处"V"字形的正中。那个"V"字形就像帕迪尤卡的商贸城。华盛顿纪念碑映射在它的中线上。如果她向左移一点点,她看见的是纪念碑,如果她向另一个方向移动,看见的是纪念碑对面国旗的倒影。纪念碑和国旗看上去都是一副傲慢的姿态,就像这个国家正在朝那些死去的男孩竖起中指,他们被粗暴地推进了地上的这个洞里。山姆不明白自己目前的感觉,但那是一种非常强烈的东西,就像她的心里有一场飓风在移动,某种庞大而不可抑止的东西,感觉上就像那东西正在生出这堵墙来。

"我希望汤姆能在这儿。"山姆对艾米特说,"他应该来这儿一趟。"她的声音很轻,像烟一样,几乎听不到。

"总有一天他会来这儿的。吉姆也会来的。他们所有人有一天都会到这儿来的。"

"除了我爸爸的名字,你还准备去找找其他人的名字吗?"

"是的。"

"谁?"

"我跟你讲过的那些家伙,那天死在我周围的那些人。还有一个家伙我要查一下——他可能在这儿。我不知道他有没有活着出来。"

山姆回忆起艾米特所受的折磨,这些年来他的悲伤。他悲伤了十四年。在这耀眼的阳光下,他脸上的脓疮不见了。一架喷气机飞过上空,离地面很近。它的机翼也向后折起,像鸟翼一样。

两个头戴硬工作帽的工作人员站在那儿,带着一架梯子和几件嘈杂的机器。其中一个帽子的背后写着"永远不再",看似正在墙上钻洞。

"他在干啥呢,蜜糖?"山姆听见婆婆在她身后问。

"看起来他们好像在补洞什么的。"**把进了雨水的洞补上**[1]。

梯子上的男人关掉机器,一台打磨机,另一个工作人员递给他一把刷子,他刷着那块地方。好几个名字周围都贴着银色的牛皮胶布,名字暴露在外面。那些名字被涂成了显眼的黄色,就像有人用魔术马克笔把它们涂黄的一样,山姆就是这样在课本里给名字、时间和重要数据做记号的。

"肯定是有人故意搞破坏。"山姆身后的一个男人说,"你想象得出什么样的神经病会做这种事吗?"

"不是,"跟他一起的女人说,"不过是有人想要那些名字醒目一点儿,被人注意而已。这我能接受。"

"你觉得他们会不会把德韦恩的名字给涂上颜色了?"婆婆担心地问山姆。

"不会。他们为什么要那么做?"山姆凝视着纪念碑地基上摆放着的花,一支康乃馨插在纪念墙两个区块之间的墙缝中。一个女人弯下腰,把一个花环上的缎带弄直。缎带上写着金色的字:"宾夕法尼亚州外战老兵协会7215部"。

---

[1] 甲壳虫乐队歌曲《补洞》的歌词。

他们慢慢向前移去，离 9E 区还有一段距离。山姆读着一张支在靠墙的地基上的小海报："献给 173 空降部 503 支部 Bn.1 队 C 连所有在 1967 年 11 月 11 日安达 823 山战役中战死的汉子们。因为他们的勇敢我今天才能站在这里。一个心怀感激的伙计。"

一个男人坐在轮椅上驶过。又一架喷气机飞过。

墙上的一张手写的纸条向一个名字道歉，不该在一场火力战中扔下他不管。

婆婆转身去整理艾米特怀里的天竺葵，她大概就是用这种方式拍打枕头的。

工作人员正在清除名字上面的黄颜色。他们打磨着墙面，小心翼翼地刷着，就像男人们在给他们的汽车抛光一样。梯子上的那个人往他刚刚打磨过的那个名字上喷了点水，用一块抹布擦拭干净。

山姆，一边焦心地意识到他们走得有多慢，一边看着两个身穿制服的海军士兵上上下下地寻找一个名字。"他肯定是在这儿的什么地方。"一个人说。他们不停地看着，用手掠过一个个名字。

"这儿，那是他。"

他们读着他的名字，两个人都突然调转视线，朝林肯纪念碑的方向呆呆地看了一阵，然后快速地离开了。

"我能帮你找找谁的名字吗？"一个穿着 T 恤和绿色裤子的女人问。她是一个公园向导，手里拿着一块夹纸板。

"我们知道该去哪儿找,"艾米特说,"不过还是非常感激。"

在 9E 区,艾米特和婆婆在找山姆父亲的名字时,山姆在他们后面站着。艾米特,目光坚定而专注,面对着墙,似乎正在观察鸟;婆婆,透过她的眼镜,显得专注而果断,似乎在田里寻找什么东西,查看有没有牛跑出了牧场。山姆想象着白鹭停在水牛的背上挑寻虱子,头朝前低下、抬起,鸟喙就像一根尖竹钉。

"在这儿。"艾米特说。那名字在他头上方很远的地方,在墙顶附近。他把手举起来去摸那个名字。"他的名字在这里,德韦恩·E.休斯。"

"我够不着。"婆婆说,"哦,我想摸摸它。"她温柔地说,很失望。

"我们把花摆这儿吧,休斯太太。"艾米特说。他把花盆摆在区间的地基上,动作轻柔,就像在给一个宝宝盖上被子。

"我要嚎了,"婆婆说,垂着头,抽泣起来,"我希望能摸摸它。"

山姆想起个办法。她冲到那两个工作人员面前,请他们把梯子借给她。他们差不多完工了,答应了她的请求。其中一个人把梯子拿过去,放在墙边,山姆催促婆婆爬上梯子,可是婆婆抗议道:"不,我不行。你来。"

"上去吧,女士。"工作人员说。

"我和艾米特会扶住梯子的。"山姆说。

"有人会看见我裙子里面。"

"不会,上吧,休斯太太。你行的。"艾米特说,"来吧,我们会帮你够到的。"

他抓住她的胳膊,和山姆一起稳住她的身体,婆婆把脚放到第一级梯子上,摇摇摆摆地往上爬。她显得很害怕,也不说话。她伸出手去,但是没够着那个名字。

"再上一级,婆婆。"山姆说,抬头望着祖母——从下面望去,她的赘肉松弛而悲哀,她的眼睛哭红了。婆婆朝着名字伸出手去,费力地慢慢向上跨了一步,紧紧地按着裙子。她摸着那个名字,用手在上面掠过,轻轻抚摸着,犹豫地,充满感情,就像在抚摸猫背。她的下巴抽搐着,过了一会儿,她默默地走下梯子。

婆婆下来后,山姆开始爬梯子,手里拿着那个装着唱片的袋子。

"这儿,把相机拿着,山姆。把名字拍下来。"婆婆带着冬娜的一次成像相机。

"不,我没法这么近拍。"

山姆一直爬到眼睛和父亲名字平行的地方。她觉得滑稽,触摸它。石头上的一道刻纹。笔迹。是未来考古学家应该用心思索的东西,一种语言的线索。

"朝这儿看,山姆。"婆婆说,"我想给你照张相。我想试试看把你和他的名字和这盆花一起照下来。"

"名字照不出来的。"山姆说。

"笑。"

"我怎么笑得出来？"她哭了。

婆婆退后几步，拍了两张照片。山姆觉得自己的脸看上去一片空白。在这梯子上，她觉得自己那么高，像一根细长的野草，在这坚硬的土地中那钻石一样明亮的接缝里迅速成长。她看见艾米特站在目录旁边，可能是在搜寻他伙计的名字。她又摸了摸父亲的名字。

"这上面我只看得见我的倒影。"山姆从梯子上下来时，婆婆说，"我希望他的名字能显现出来。你的脸上全是影子。"

"等一下。"山姆说，转过身去，背向婆婆擦去眼泪。她急匆匆地向东翼的目录跑去。艾米特已经不在那儿了。她看见他沿着墙大步走着，在找某一个区间。附近，一队海军士兵正在为战俘和失踪者静坐。他们桌旁的土里插着两行国旗。一个海军士兵手拿一张海报走过："你是一个美国人，你的声音能够引起改变。"山姆浏览着目录，找到"休斯"。她还想在那儿看见父亲的名字。那么多姓休斯的男孩战死了，那么多她不认识的名字。他的名字在那儿，她注视了那个名字一会儿，然后，突然间她自己的名字跳到了她的眼前：

　　山姆·阿兰·休斯　一等兵　阿肯萨斯　49年3月2日
　67年2月2日　得州　休斯敦　14E　104

她的心怦怦直跳，她快速向14E区跑去，她的眼睛在一串串的名字上迅速扫射一阵之后，停留在了她自己的名字上。

山姆·A.休斯。那是那一行的第一个名字，位置很低，可以触摸得到。她摸着自己的名字。感觉何其怪异，似乎全美国所有的名字都用来装饰这堵墙了。

婆婆来到山姆身边，紧紧拽着她的胳膊，手指甲都掐进她的肉里去了。婆婆说:"突然出现在这堵墙跟前的时候，看见它有多黑，真可怕，可我下来走到里面，看见那枝白色的康乃馨在那条墙缝里开着，又给了我希望。它让我知道他在上面看着我们。"她松开她鸟爪一样的抓握，"我们把艾米特给弄丢了？"

静静地，山姆指向那个地方，艾米特正在一个区域研究着靠下面部分的名字。他双腿交叉，坐在墙跟前，慢慢地，他的脸上迸发出一个火焰般的笑容。